大反话

「字码头」读库

◎津子围 著

大连出版社
DALIAN PUBLISHING HOUSE

津子围

本名张连波，1962年生，法学学士、管理学硕士，硕士生导师，一级作家。1990年加入中国作家协会，辽宁省作家协会主席团成员，大连市文联副主席、作家协会副主席。1981年起创作文学作品300多万字。出版《收获季》《ChildhoodBook》《同名のひとたち》等长篇小说14部。小说刊发于《人民文学》《当代》《十月》《上海文学》等。百余篇小说被《小说月报》《小说选刊》等选载，收入中国年度小说精选、年度小说经典及当代中国文学排行榜等。获《小说选刊》小说奖、第12届中国人口文化奖、中国作家大红鹰奖、辽宁文学奖、辽宁优秀青年作家奖等。参与编剧的电视剧获第25届、26届中国电视剧“飞天奖”，第11届全国“五个一”工程奖等。

留住阅读和写作的心

——“字码头”读库总序

滕贞甫

网络时代，很多人似乎慢慢丢掉了阅读的习惯，在市场力量的推动下，消费性的写作也成为了当下的文学主流。

大连是个现代化的海滨城市，在这里工作和生活着一批全国知名的文学作家。他们中间有恪守文学表现时代传统的50后、60后作家，也有表现人物成长和个人生活、侧面展现历史的近70后作家。“字码头”读库推出十二位作家的经典文学作品集，包括作家自选的中短篇小说集、散文集、随笔集。这些作品关注和表现的题材十分丰富，涵盖了历史、现实、农村、工厂、部队、知识阶层、都市时尚生活、现代女性和新人类。写作方面各具特点，有简捷明快、以故事情节引人入胜者，也有的以对人、事、物细腻的描绘和铺陈见长。如，孙惠芬对北方乡村农民及民工人物内心的丰富变化的细腻描绘，马晓丽对部队生活的深刻体验及对人物内心世界的深广、丰富的描述。陈昌平的小说让小人物走进历史，他书写普通人不同历史时期的卑微心理和悲凉人生，在貌似松弛的叙述中透出内在的凌厉无比的锋芒。

该读库作品的另外一个特点是既有故事情节，又能把这一故事讲述得娓娓动人，叙述得有技巧。津子围的小说宁静、平和、自由、开放，没有过多的笔墨渲染心理分析，而是在委婉地讲述着一个个故事，那些现代性的感受和先锋思考，在他的作品中深深地隐匿于个性的皮肉之下。

“字码头”读库中的散文和随笔也有着鲜明

的特点。邓刚、素素、宁明，他们的作品从不同的角度思考着“文革”、知青、改革、文化、历史、社会、人生问题，这些问题同时也是社会关注的焦点，他们力图通过他们的作品回应着历史、现实提出的问题，引领和解答着人们的思考。宁明的飞行散文有着重要的拓展与探索意义，不仅填补了国内散文创作领域书写飞行题材的空白，还为零距离状写蓝天体验提供了文本借鉴。

“字码头”读库与中国社会的发展进程相一致，从中我们找回了历史与记忆，找回了哲学的思考，她承载着当代文学的审美追求，展示着中国文坛梦的趋向与特征。她不仅是对文学资源的一种深度挖掘和发现，同时对当下中国文化的空间、文化的积淀、文化的推动，具有双向的拓展和深化作用。网络时代，我们更加相信，品质上佳的作品还会让人不自禁地想多读些书，让人静下心来投入写作，因为系统的阅读、精致的写作最终是让知识体系完整而不是碎片化。

最后寄语读者、作家：请留住你们阅读和写作的心。

（作者系中共大连市委宣传部常务副部长、大连市文联主席）

目录

DAFANHUA

宁古塔[1]逸事

小弟叫罗序刚，顺治十八年成为流人[2]，帝诏：“籍夺家产，流徙宁古塔。”小弟以为从那一刻起就已告别尘世，虽有人形而无魂魄，真乃一具行尸走肉。

小弟之所以没和你们告别是由于诸多的原因，不说，谅也可理解。现小弟已谪戍宁古塔三年，此刻将戍所之逸事讲与你们，如灵魂有知，必当听到……

那是沉闷的黄昏，罗序刚躺在鞑靼岭的一个没了香火的旧庙里，他一连发了两天两夜的高烧，说了很多在外人听来，听也听不太明白的话。直到黄昏酱色出现，罗序刚才发出汗来，汗水把盖在他身上的棉被都湿透了。

罗序刚在昏睡时一定把他流放的路程重新走了一遍，那些大喜大悲的人生经历令他近乎癫狂和沉醉。他是从一种状态下挣扎过来的，就在灵魂往外飞的时候，他终于还是把它呼唤了回来。

---

[1] 宁古塔，现黑龙江省宁安市（县级市）。清初流放犯人的地方。

[2] 清初被流放的犯人的官称。

第一次踏上关东的土地，罗序刚年方二十三岁，一如他在昏睡时所说，他已经对未来的人生绝望了。现在想一想，那时出了山海关，就是一派荒凉的关东大地，不要说冰天雪地的农历二月，就是盛夏季节，比起“街肆充溢，灯影流歌”的江南也够清冷肃杀的了。

出山海关是农历二月初十，路越来越窄了，满目的景色也越来越苍凉。罗序刚知道，事实上他已经走上了一条不归之路。

押送罗序刚的差人一个叫洪五，一个叫马三。洪五是河南人，马三是河北人，尽管两个人算得上是北方人，可他们对关外一样怕得要死。相对于罗序刚来说，他被流放的过程，实际上洪五和马三也被流放了。或者这样说，如果没有罗序刚的流放，也许他们就不会摊上这么一个倒霉的差事。而事实上，罗序刚所走的流放路线，他们一步也不能少，必须陪伴到底。当然，换了别的流人，也是要有押送的差人的，不过，那可能就不是他们两人而是别的什么人了。命运往往在巧合中蕴含着奇妙的关联。

所以，洪五和马三就不能不对罗序刚有种天然的仇视，不能不在言行中表现得激烈一些。这样，在奔赴可怕而遥远的流放之地的初期，洪五和马三已经把罗序刚作为了发泄的对象。对罗序刚进行非人化的折磨，可以使他们两人在极端仇视的心理和恶劣的环境中得到短暂的平衡。罗序刚身体上如下的伤痕成为了洪五和马三暴行的证据：胳膊上烟袋锅烫的痕迹，十五个新伤和旧痂表明他们已经出关十五天了，到宁古塔，罗序刚的身上无疑会布满伤痕；被撕破的嘴巴，这是由于罗序刚绝食而引起的后果；两腿内侧磨烂的皮肤，作为惩罚，罗序刚的棉裤常是湿的，生了冻伤，没有及时治疗就溃烂了。此外，被殴打的痕迹到处都是，可见洪五和马三的残酷。

在罗序刚被流放之初，他的绝望产生于一种他熟悉的生活的死亡。比如他在江南时罗衣锦缎、美食琼浆、画舫歌赋、艳妓搀扶，当然还有一个更重要的是精神因素，在他那个圈子里的文人几乎都把反清当成人生的气节和志向。可他们毕竟是文人，他们的行动激烈而稚气十足，在现在看来颇有些哗众取宠或出风头的意思。对他们鄙夷的“蛮族”统治者并没有实际的打击效果，而自己却身陷囹圄。说起来奇怪，罗序刚被流放到山海关时，他内心里突然出现了另外一种东西。他觉得自己的命运如此是由于前生积累了很多罪孽，当然，反清除外，他认为的那些罪孽是其他的。所以，他需要在人世间经历磨难，那样他离开这个世界时才可以轻松一些。于是，洪五和马三对他的虐待，名正言顺地被他比拟成在人世赎罪的一种必然。

事实上，出关第十五天，罗序刚已经无法忍受那非人的折磨了——他以这样的借口为自己开脱：他在人世间的罪已经赎得差不多了。于是，就在他思考这个问题的那天夜里，罗序刚下了决心，决定告别这个世界。

罗序刚是凌晨两点左右离开驿站的，不巧那天还飘着夜雪，走出十米就看不见人了。那天夜里看不到指引方向的星星，罗序刚只能朝着他认定是南方的方向走去，走得肯定没有目的性，如果说有目标的话就是死亡。走到哪里算哪里，什么时候走不动了，那个地方就是通向另一个世界的门槛。

罗序刚并没有走出多远，按现在的计算方法，估计不会超过五公里。他是在一个山脚下停下来的，天上的雪还静静地下着。罗序刚实在走不动了，他闭上了眼睛，安静地坐在雪窝子里等待着生命的结束。

不知什么时候，罗序刚看到了淡蓝色的光泽，那是个晶莹的世界，闪烁着五彩的星光。罗序刚以为他已经向天国里行进了。然而，现实很快把他从梦幻中唤醒，他知道自己没有死，而是被雪埋住了，埋得并不深，他身体的温度把靠近自己的那些雪融化并结了冰，与此同时，外面的积雪也帮他抵御了风寒。这时，浑身麻木的罗序刚突然流出了大量的泪水……

再说洪五和马三，他们发现罗序刚不在时天已经蒙蒙亮了。天亮时，户外已经不下雪了。东北就是这样，雪停了风就起来了，而早晨几乎是东北的冬季最寒冷的时候。当洪五和马三确认罗序刚失踪这一事实时，他们的腿就软了，穿棉衣时嘴直哆嗦。罗序刚死了，他们就没机会返回老家，并且，他们没有多余的钱买通驿站掌柜的，一旦驿站掌柜的把他们渎职的报告递上去，他们就倒霉了。

洪五和马三交换了一下眼神，不用商量，他们都知道该怎么做，他们得去找罗序刚。当然，找到活的罗序刚的可能性很小，那他们也要亲眼见到他，见到罗序刚的尸体，他们也就不抱任何幻想了，然后，他们就隐姓埋名，逃回故里。

就在洪五和马三他们找不到罗序刚，无奈地向关内方向潜逃的时候，他们在山脚下突然看到了一个雪人，"我的爷呀！"洪五和马三相互瞅了一眼，快步向罗序刚跑去……

这次经历，改变了他们三个人的关系，洪五和马三对罗序刚不再那么凶了，而罗序刚也不再像以前那样对待洪五和马三。日后他们的关系融洽起来了，罗序刚曾问过两位差人，你们为什么不像以前那样对待我？他们的解释是：你在外头冻了一夜，还没冻坏，可见有神护佑，有神护佑的人都不是一般的凡人。其实罗序刚也明白，重要的是他的命和他们的命运是相关的，只是，这两个差人不说而已。

其实，真正使他们对立双方融洽起来的因素是恶劣的环境和共同的命运，而在这其中，重要的是罗序刚懂得了沟通。他选择一种恰到好处的方式，在充满恐惧和寂寞的漫长路途中，罗序刚开始讲故事，他每天给洪五和马三讲一段。这两个农民出身的差人，几乎没有多少历史知识，听过的故事也寥寥无几，没出两天，他们就被极具表演才能的罗序刚所讲的故事给迷住了。从盘古开天到女娲补天，从精卫填海到大禹治水，还有商汤和妲己，瓦岗寨英雄好汉，唐玄奘西天取经，等等，这样一路讲下来，他们很快就体会到路途中不再孤独和枯燥了。到出关第二十五天的时候，洪五和马三已不再是罗序刚的老爷，罗序刚和他们的地位平等了。而到了第三十五天的时候，罗序刚几乎成了洪五和马三的老爷，他们最不能忍受的就是罗序刚心情不好，罗序刚心情不好他们就不能听到下回分解。不知道下一回人物的命运就像小猫用爪子挠心一样难受，像丢了魂一样不知所措。所以，洪五和马三只能小心地伺候着，伺候也不是完全出于无奈，而是转变成一种乐趣，他们心甘情愿去做，特定条件下的罗序刚显示了独特的魅力。

罗序刚也同样在与洪五和马三相伴的流放路途中找回了快乐。那件事发生在一个天空晴朗的正午，他站在一个山峦逶迤、河床平坦、视野开阔的地方，太阳下，大雪覆盖的世界显得纯洁、透明、辽远。他想起了江南丝竹的缠绵和色彩的俗艳，在奇珍异草的园林里，终日饮酒作乐，花天酒地，兴致所至还自傅粉墨，与优伶歌舞咏唱，不舍昼夜。他曾在奢靡的生活中产生过厌倦情绪，他对好友说，真希望找一个没有人的地方，过简洁质朴的生活。好友说：那是神仙的生活，不是你想过就过得了的。现在，这种生活来临了，他却认识不到。想过这样的问题之后，罗序刚几乎发生了质的改变，他常常在别人看不见的地方，发现美好和快乐。

那年农历四月，罗序刚和洪五、马三到了“极边寒苦之地”宁古塔。那时的宁古塔已经不像他们想象的那么荒凉了，宁古塔城内有东西大街，人烟稠密，货物客商络绎不绝。流人的生活也不像他想象的那么凄惨，先前流放的流人也可能有过悲惨的遭遇，而到罗序刚来时，流人的境况已经大为改观了。

洪五和马三与罗序刚惜别，三人哭作一团，身材高大的洪五竟像孩子一样，跪在罗序刚的面前，紧紧地抱住他的大腿，还左右摇晃着。罗序刚也学着北方人表达感情的方式，跪在两位差人面前，哭得十分真诚。

到了戍所的流人，身体好的要被派去当水手和站丁，罗序刚身材矮小，就被“赏给披甲人为奴”，编入旗籍，成为官田佃户。

当时宁古塔的流人，虽名分上为奴，实际上他们有很宽裕的自由空间。在宁古塔三十余家商业店铺中，十之六七是流人开的。而旧日高官张缙彦[1]在流人中更有“地位”，他在戍所“外方庵”成立诗社——“七子诗社”，还不改士大夫畜养家乐之风。张家的女曲班有歌姬十人，张缙彦亲任女曲班的曲师，并教授琵琶、笛子技法，表演被先朝视为“正声”的雅部昆曲。诗社成员，朝野知名人士吴兆骞[2]，被宁古塔的黑龙江将军巴海请到家中，教其二子学习《尔雅》《左传》《史记》……这些都是罗序刚原来没有想到的。

罗序刚刚到宁古塔结识的朋友是祁六公子。祁六公子是浙江山阴（今绍兴）人，罗序刚是浙江萧山（今属杭州）人，算得上是同乡。在浙江，两人虽没有往来，确也彼此知道姓名，见面之后颇有惺惺相惜之感慨。祁六公子父亲曾是有名的文学家和戏曲评论家，官至兵部尚书，清军破杭州时杀身殉国。后来，祁六公子散发家财，广交豪杰义士，招集先朝遗民，通联在台湾的郑成功，以图复明大业，事发后被定为“通海案犯”，流放到宁古塔。

当时，祁六公子和“同案”的朋友李甲不会经商，迫于生活的压力，只好在宁古塔招优儿班，教十来岁的

[1] 张缙彦（1599—1671），河南新乡人，明崇祯四年进士，累官至兵部尚书。清顺治三年，因洪承畴招抚入清，授山东布政司，后迁任工部右侍郎。顺治十七年（1660 年）因文字狱，被革职流放。

[2] 吴兆骞（1631—1684），江苏吴江人，少年即以诗名世，二十岁被誉为“江左三凤凰”，顺治十四年因科场案受谗，流放于宁古塔达二十三年之久。

小女孩表演昆曲。那个班共有学员十五六人，就靠到大户人家表演来挣衣食。这个办法似乎是生存状态逼迫出来的，实际上，也算是把个人的爱好和生存本领较好结合的结果。同样，在祁六公子看来，罗序刚的乐观态度令他惊讶，刚来戍所的人一般都要经过一段“惊魂未定”的痛苦期，并且很多人一直在沉郁中打发日子。罗序刚不同，罗序刚的眼神里有一种超然的东西。

转眼春天的气息就浓郁了，大地湿漉漉的。祁六公子邀请罗序刚去满族大户人家关老爷家。关老爷身材魁梧，长得肥头大耳，浓密的连鬓胡子。乍一看，关老爷凶相十足。罗序刚和关老爷寒暄之后，就坐在木制的椅子上看“祁科”班的演出。

关老爷表情严肃，可笛子、琵琶悠扬的乐曲一响，他的表情就发生了变化。小优伶粉墨登场之后，关老爷就目不转睛，神情贯注起来。一曲终了，关老爷就和祁六公子、李甲、罗序刚对饮。关老爷笑声爽朗，嗡嗡声直震房梁。

罗序刚来宁古塔后喝过当地酿造的水酒，那些酒虽同是五谷所发酵，也许是关东黑土生的粮食有劲，酿出的酒也格外浓烈。在关老爷家，罗序刚喝了两杯就觉得浑身发热，热血沸腾，同时也有飘飘欲仙的感觉。关老爷的侍女还递给罗序刚一袋黄烟，也叫大烟袋，烟杆有一尺半长，烟锅是生黄铜的，烟嘴是玉石的。烟杆上还系了一个绣了花的布口袋，口袋里装着碎烟，抽几口就在鞋底磕一磕，再从烟口袋里装上一锅。罗序刚知道抽旱烟袋是关东的风俗，关老爷家的太太、公子和大姑娘都抽，他被“赏”以烟袋，足见关老爷对他平等看待。罗序刚叼上吸了一口，那烟也格外浓烈，呛得他直流眼泪。他的表情也招惹在场的人哄笑起来。

那个时候，满族人的很多礼仪都是和汉人学的，不像晚清那么多的繁文缛节，当时，他们还保持很多原始自然的东西。第一次到关老爷家，罗序刚看到，关老爷实际上和夫人、孩子住在一铺大炕上，这是他难以想象的。关老爷曾在军队里当过高官，拥有大片的土地，可他的架子和排场都不大，说话办事还直来直去。

酒至酣处，罗序刚的情绪激昂起来，他觉得自己的脑海里出现了一个怅然若失的红尘世界。罗序刚问祁六公子能否同他和一曲。祁六公子也在兴头，他用戏中道白腔调说：“正合我意。”于是，祁六公子和罗序刚施了粉墨，换上了戏装，李甲为他们配器，他们上演了一出《七夕会》。

《七夕会》说的是牛郎和织女的爱情悲剧故事，一般来说比较适合民间演出。那个时候罗序刚和祁六公子选了这个曲目，大概与他们环境的变化和心情的变化有一定的关系。祁六公子扮牛郎，罗序刚则扮织女，王母娘娘由李甲临时客串。

那一次，罗序刚真的入了戏，他的一个身段一个唱腔都十分匀称，几乎达到了忘我的境地，自己都分不出自己是罗序刚还是真的织女。唱到动情处，织女声泪俱下，荡气回肠。一出牛郎和织女的大悲大恸，把个人高马大的关老爷感动得泪水涟涟，罗序刚和祁六公子卸了戏装，关老爷还在那抽泣。

他们告别关老爷已是晚间掌灯时间，关老爷一直把他们送出了关家大院。初春时节，春寒料峭，关老爷就把自己戴的火狐狸皮帽戴在了罗序刚头上。按理，罗序刚对这么贵重的礼物本该受宠若惊，不想，他却心安理得地笑纳了。

后来，罗序刚也和关老爷成了好朋友，他们常聚在一起"拍曲"。渐渐地，关老爷也可以用大粗嗓子唱上两句，跑起龙套来，跑得浑身冒汗。

罗序刚和张缙彦的相识也是通过祁六公子。那年夏天，张缙彦邀请达官贵人、文人雅士到他的"外方庵"观赏女曲班的演出。看演出在边远苦寒之地自是一件热闹的事，也是有身份人社交的一个场所和途径。所以，无论来宾的身份和意识有什么不同，大家心情还都是不错的，见面时忙着打招呼、行礼。漂亮的优伶出来表演昆腔清曲，观台上也不乏交头接耳，窃窃私语。罗序刚坐在张缙彦的后排，吴江名士吴兆骞就在他的前面，表面上看他气定神闲，手里还拿了一把绘有春江月夜的扇子。

月亮升起来，张缙彦的庭院就更有一番格调，池塘月影，树影花香，颇有一种雅韵高致。罗序刚想，在粗粝单调的远边，张缙彦能带来这样一种景致也可谓不凡。罗序刚特别喜欢荷花，张缙彦的池塘里半池荷花，芙蕖与月色婆娑共舞，令罗序刚产生了幻觉，以为自己回到了江南。

女曲班演的多是折子戏的唱段，尤其以先朝梁辰鱼《浣纱记》第三十出《采莲》更易情景交融。而且，清曲本身也容易让这些流人们产生心里共鸣，比如西施（旦）游湖采莲时为吴王夫差（净）唱道："水远山长莫回首……海上征夫犹未还……"就容易产生离愁别绪，郁塞之情。罗序刚倒显得豁达乐观，他已经能抽烟袋了，一边品酒一边吸烟，很有入俗的感觉。

在吴兆骞留给后世的诗篇中，《秋笳集》之《张坦公侍郎斋中观白莲歌》和《观姬人入道歌》就产生在那段日子。吴公不惜笔墨对那些场景加以描述。比如："素裳欲逐鲜飚轻，粉态愁浸晚云湿；起坐高歌按采莲，笛声嘹亮惊四筵……""共怜飞雪金微外，更有明星玉女来。"

罗序刚的乐观感染了张缙彦，在他的推举下，罗序刚给一个晋商[1]授馆，类似于现在的家教。这样，罗序刚清闲下来的时间更多了，他虽与七子诗社的名士唱和过雅诗，并无诗作传世。罗序刚去得更多的地方是祁六

[1] 山西商人。

公子的简宅，他们还一同修改了不少旧折子曲目。罗序刚本人写了一些嬉笑怒骂、荒诞滑稽的曲目。事实上，昆腔经过了罗序刚和祁六公子之手，在宁古塔演出时已经算不上原汁原味了。

那年佛诞日，祁六公子带着他的优儿班，到观音阁参加汇演。他们演出的曲目是祁六公子和罗序刚新编的。观音阁的静今原是名僧函可的弟子，也因事被遣戍，观音阁就是他修建的。这年的佛诞日是关老爷作会，按常规仍在面对西阁正殿的前面搭了草台。新搭的草台“卷棚歇山屋顶，四檐飞翘如翼”，檐下用彩布采结额木方，台前两侧各有一个直戳天空浮云的圆柱。草台的对面是观众席，两侧为官人和旗人大户搭了高脚看台，被称之为“官厢”。老百姓就只好站在中间的露天场地了。这里也有一个平衡，老百姓虽没有遮雨的“官厢”，看戏却可以站在中央。

祁六公子的优儿班格外受欢迎，远比被同邀的张缙彦的女曲班受欢迎。这大概与罗序刚改编剧目有直接的关系，剧情更适合宁古塔人了，无论是满族人、流人还是商人，他们眼下都是宁古塔人。当然，如果罗序刚没有被流放到宁古塔而仍然在江南的话，他是写不出这样调动所有人情感的曲目来的。

罗序刚就是在那个时候认识红罗的。红罗是宁古塔风尘女子中名气最旺的，人气也旺，见到红罗之后，罗序刚就动了心思。本来，江南就有狎妓之风，罗序刚和一些文人名士也有过很多风流韵事，况且在这流放的苦寒之地，他不动风月之念是很难的。还有一点，罗序刚与祁六公子和李甲不同，祁六公子和李甲都携带妻子或小妾，而罗序刚只是光棍一条。

红罗出现在草台听曲时并没有注意到这个貌不惊人的瘦小南方人，五天之后，罗序刚到红罗的大炕上表达他的缠绵情话时，红罗还觉得莫名其妙。红罗不同于江南的妓女，婀娜姿态，弱柔似水，红罗长得很结实，她身上散发的是生命的活力与妩媚。所以，在首回交锋之中，罗序刚没对上红罗的胃口，红罗也匆忙地把罗序刚打发走了。

妓女是不应该挑客的，但在特殊的环境中也有例外。在男人多女人少的地方就可以例外，况且红罗又是宁古塔当红的“名妓”，罗序刚的遭遇就没什么奇怪的了。

日子一天天地过去了，罗序刚虽然没去找红罗，可实际上他并没有把红罗给忘了。转年三九天，罗序刚在祁六公子处喝酒出来，摇摇晃晃地走在凛冽的寒风之中，不知不觉就走到了红罗的住处。那样的天气，红罗那里是没有男人的。

进了红罗的屋子，罗序刚的酒也醒了不少。红罗见一个小个子男人从外面进来，主动打招呼说：“快点儿烤烤火吧！”

罗序刚就坐在矮凳子上，烤铜盆里的炭火。从“鬼龇牙”的冰天雪地进到暖烘烘的屋子里，而且，红罗穿了一身红色的夹袄，一双眼睛在他面前跳来跳去，这个时候的罗序刚一定看到或者感受到另外的东西。他一个鱼跃跳到炕上。当时，红罗一定觉得罗序刚的举动令她意外。不过，她还是被这个不起眼的小个子的“力量感”给镇住了。她推着力大无比的罗序刚说：“别急，咱们先玩嘎拉哈[1]，你赢了我才行。”

罗序刚什么也不管了，气喘着把红罗摁在了热火炕上……

那次，罗序刚是成功的，他有丰富的经验，他知道红罗这样健壮并性格直爽、在江南人看来有些硬的女人在他怀里酥软了意味着什么。或者这样说，过去与红罗同衾的男人一般是不会考虑她的感受的，罗序刚与别的嫖客不同。

罗序刚与红罗缠绵了一夜。在这个火候上罗序刚说起了情话，红罗就觉得受用多了。罗序刚离开红罗的时候，红罗说：“回头看我啊！别没心没肺的。”——这些都不像妓女说的话。

[1] 满族风俗中一种民间游戏，抛布口袋的同时，把四个动物关节骨头摆出规定的形状者为赢。

第二年春天(康熙七年),罗斯塔国(沙俄)开始进犯,祁六公子和李甲被勒令役军,赴乌拉(今吉林省吉林市)充当水手。祁六公子的优儿班也解散了。当时,宁古塔时局混乱,罗序刚去见祁六公子,公子已经走了。

罗序刚因身体条件差没被役军,就抽调当了站丁。不想,进了驿站的第四天,罗序刚就染上了一种热病,高烧不断,浑身虚脱,不停地说胡话。

罗序刚昏睡了三天,高热才退了。高热退了之后,罗序刚也休克了。就在驿站的人觉得罗序刚没有希望了,把他扔在废弃了的旧庙里,等他彻底咽了气再埋他的那个夜晚,红罗出现了,她将罗序刚放在一个花轱辘车上,拉回了家里。

罗序刚醒来时是在红罗的怀里,他什么都明白了,他问红罗:“是你救了我吗?你这个千人压的!”红罗就喜欢他这样说话,当她确认罗序刚真的醒过来时,她破涕为笑,说:“是,就是千人压又怎么样……可从今儿个起,姑娘就让你一个人压啦!”

后来,宁古塔就没了罗序刚和红罗的影子,不过,有人说在乡下见过他们,但那是很多年以后的事了。二十年以后罗序刚和红罗已经是六个孩子的父母。

在宁古塔的一个戏庙柱子上有这样一副对联,写的是:“尧舜生、汤武净、桓文丑末,自古来半部杂剧;日月灯、山河彩、风雷鼓板,天地间一大舞台。”传闻是罗序刚先生的手迹。

很快就过去了几百年，自然界有自己理解时间的方式，山还是绿的，天还是蓝的，几百年前不会有什么不同。但是，现在到东北的人不会再那么恐惧东北了，尤其是到当年的宁古塔一带，在那里根本就见不到“边远寒苦”，在人们的脸上也看不到恐惧。相反，乐观的人比比皆是，喜欢戏剧的人也非常之多，据说这些都和罗序刚有一定的关联。不过有一点是肯定的，现在的宁安（原宁古塔）肯定有罗序刚的后人——只是多少无法周详。

马凯的钥匙

马凯回家时发现自己的钥匙不见了，在漆黑的防盗门前，马凯紧张了一阵子。不过，等妻子开门之后，马凯的紧张感又减轻了不少。

马凯的钥匙一般是不离身的，一个发条弹簧链将一大串钥匙紧紧地拴在裤腰带上。那串钥匙除自家房门的，还有单位房门的钥匙、金柜的钥匙以及装重要文件和公章的防盗文件柜的钥匙，这样的钥匙丢了当然令他紧张。进了屋之后，马凯找了一会儿没找到，他想，也许是自己一时疏忽落在单位里了。

晚间的电视没有他希望看到的球赛，他也觉得挺疲劳，所以，过了十点钟，马凯就躺在了床上。

躺在床上睡不着，他又想起了钥匙。

马凯仔细回忆着一天的经历。上午，处室开欢迎会迎接新处长老彭，其实老彭也不是新面孔，老处长到点儿（退休）了，老彭是从别的处调来接替老处长的。中午饭之后，马凯本来应该与处室的同事们打扑克，大家喝了点儿酒，嗓门都挺高，玩扑克也会十分热闹。只是，昨天他已经同妹妹讲定了，今天下午和她一起去跑手续，这件事已经拖了半个月了，提起来，妹妹有不少怨气。

妹妹天性活跃，不像他那么死板。不过，妹妹对新事物过于敏感也导致了她工作上的不安定，几年间，妹妹换了好几个单位。年初，她找到一个保健品推销的活，可干了不到三个月，那个代理商嫌效益不好，就撤了摊儿，转移到另外一个城市去了，这样，妹妹又面临着选择。那天晚上，妹妹一家人到他家串门，妹妹说她想了很久，决定自己找点儿事干，不然，折腾来折腾去就老了，趁现在年轻还可以干点儿事。他们讨论了半天，决定在自己家的楼下搞一个粮油商店，投资不大，他们凑凑钱还可以应付。粮油商店的手续可能比一般的食品店的手续复杂一些，不过，他们认为马凯在机关工作，找人总方便一些。

下午，马凯就和妹妹一起跑粮油商店的手续。他们先后跑了四个部门，该找的人没找到，找到的人又推托改日再来，比他们想的还麻烦。办手续的事先不说它，现在马凯主要是想钥匙。下午他走的地方挺多，他到这些地方都没动过钥匙，也就是说，没动钥匙就不会丢钥匙。虽然没动钥匙，但钥匙的确不见了，这说明每个地方都有可能丢钥匙……这样说来，他最后使用钥匙是昨天晚上。昨天他在外面应酬，喝了不少酒，但回家开门时用了钥匙，钥匙失踪时间主要还是今天白天，马凯翻来覆去地想，睡觉前他想，最大的可能还是落在单位了，比如自己忘在办公桌上了，或者钥匙插在文件柜上。即便没在办公室也没关系，还有一套备用的钥匙呢。这样一想，马凯觉得自己应该赶快入睡，似乎早入睡就可以早一点儿亮天了。

第二天一早，马凯第一个到了单位，如果那串钥匙真的挂在文件柜上，同事们看见了不好，新来的处长看见了更不好。到了单位门口，马凯才知道问题出在自己身上，一急了就没了脑子：没有了钥匙，来得再早也没用，进不去门。按此方式推断下来，马凯的心缩紧了，他的备用钥匙恐怕也存在一样的问题，也就是说，如果找不到钥匙就打不开文件柜或者金柜的门，而打不开这两个柜的门，就拿不到备用钥匙。马凯是这样放备用钥匙的，金柜的备用钥匙放在文件柜里，而文件柜的备用钥匙放在金柜里，这样放已经两年多了，如果不是钥匙串不见了，他根本就没有意识到这样放备用钥匙的问题。

马凯在办公室的门口徘徊着，他在心里默默地祷告着。如果这串钥匙真的丢了，自己遇到的麻烦可就大了。

马凯提前了四十多分钟到单位，那段时间里他觉得自己像在密不透风的闷罐子里挨着时间，并且时间越到后来越慢，他开始冒汗了，额头上的不说，衬衣都贴到了后背上。

到了上班时间，打字员小吴来了。他们相互点了一下头，小吴刚掏出房门的钥匙，马凯就迎了过去，接过小吴手里的钥匙，先开门了。小吴觉得马凯的行为似乎有些古怪，她愣愣地看着动作急促的马凯，以前，马凯从不向自己献殷勤的。

马凯进到办公室之后，他在很短的时间内对金柜、文件柜和自己的办公桌进行了“扫描”，没有看到钥匙。马凯的心提了上来，他走到办公桌前，上上下下找开了，找了一遍不放心又找了一遍，找了三遍，还是没看到那串本来十分显眼的钥匙。

马凯傻了，呆呆地坐在椅子上。

上午九点，就有人来机关办事，办事中很重要的一个环节就是盖公章。公章是一种标志，尽管审批不在他这个环节，他盖公章必须看到相关的签字，他不过是履行形式。也就是说，权力不在掌管公章的人手里，但对于整个社会来说，有公章才被正式承认，才有效力。

尽管审批权力不在马凯手里，推托一下马凯还是可以做到的，比如他说他正要出去开会，当然，这个会议得比盖公章重要。“你明天再来吧。”就推过去了。一开始，马凯不想推托，他觉得自己的一时疏忽可能产生连锁反应，比如，对方是从老远的地方来的，跑一趟不容易，如果由于他的推托真的误了人家的事，这种不良影响就有可能传导下去。

马凯想起自己大学毕业时，恭恭敬敬地站在管毕业生分配的干部的办公桌前，那个干部正在讲电话，讲得有滋有味。马凯还算通事理，他并没有打扰那个干部讲电话，他只是静静地等候在那里。管分配的干部发现马凯一声不响地站在那，一只手捂住话筒，抬头问："有事吗？"

马凯脸有些红，说："我是来报到的。"

"你先等一会儿。"那人说完，又继续讲电话，"简直烦死了，连喘气的工夫都有人来……"

管毕业生分配的干部打完电话，脸色难看地接过了马凯的报到介绍信，又翻了翻单位的名册，用蘸水笔在分配介绍信上唰唰写了一行字。马凯的心脏都快停止跳动了，他被分配到了废品回收公司。

那个时候，机关的权力很大，把你分配到什么地方就是一念之差，笔一落就决定你的命运。就是那个极其简单的动作，让马凯在冬天透风、夏天生虫子的砖房里写了六年的材料。因此，他对那个管毕业生分配的人恨之入骨。他们班的同学分到这个城市的仅六个人，他的学习成绩最好，而另外五个人进了大机关，只有他到了办公在郊区，整天和一些破烂王打交道的企业里。事后，马凯反复想过，他与那个管分配的干部无仇无怨的，那人未必是成心整他，也许，那天正赶上那个干部的心情不好，也许他去得不是时候，打电话之前心情还好，打过电话心情就不好了。也许真的有自己的原因，他不该站在他的面前妨碍他打电话。然而，木已成舟，后悔也没用了，那几分钟的决定让他付出了六年的代价。

经过六年的奋斗，马凯从废品回收公司熬到了总公司，经过四年他又从总公司熬到现在这个真正的机关。马凯从下往上熬的时候，他的几个同学有的已经当了处长，或者下派当了总公司那一级的领导。

到了机关之后，马凯在第一年还是挺有责任心的，后来也疲沓了，动作迟缓，办事拖拉。管了处里的公章之后，马凯也在心情不好的时候，有意或者无意之间推托起来。令马凯感到奇怪的是，老处长不仅没有对他的做法加以指责，反而认为他比较“稳”，处里的小金库也交给他管了……

马凯发现钥匙丢了的第二天上午，所有来盖章的人都白跑了一趟，心里不满意也只能陪着说小话，谁也不敢质问马凯。多年来，人们已经形成了在权力面前低头的习惯，实在不满意了，也就在背后发发牢骚，或者偷偷摸摸越级告状。像马凯这样，你告状都没法告，他又没说不给你盖章，他说他今天统计报表，急着要，让你明天来，你有什么好告的。

马凯反复说他统计报表，事实上他只是把报表平铺在办公桌上，一个字也没填，外来办事的人都来去匆匆，当然不知道怎么回事。打字员小吴心里明白，小吴看马凯心神不定的样子，趁没人的时候，问他：“是不是又让嫂子欺负啦？”

马凯的眼睛圆溜溜的，连忙站起来说：“她可不敢欺负我，都是我欺负她。”

“吹牛吧？”

“真的，不信你去问你嫂子……”

说到这儿，马凯止住了话题，他觉得小吴的表情十分怪异。

马凯又坐到椅子上，他知道小吴对他的反常行为有所察觉，一时也无法解释。马凯之所以往明天推托，他又把找钥匙的希望寄托到家里，昨天晚上，他在家里也找过钥匙，不过找得浮皮潦草的。之所以找得不够细心，主要是因为，他觉得钥匙在单位的可能性更大一些。现在，可以肯定单位里没有钥匙了，钥匙在家里的可能性就增大了。

午饭之后，单位的同事相约打扑克，马凯照样去了，他还提议谁输了谁请晚饭。同事说：“饭局就饭局，谁怕谁？”办公室的人知道马凯的博技水平不高，况且，他们的输赢不过是次数统计上的增加和减少，如果认真清查一下，马凯起码欠了十次饭局没请。

马凯刚摸了一把牌，小吴就过来喊他。马凯叼着烟说：“现在是休息时间。”小吴说：“彭处长找你……反正我传达到了，去不去就是你的事了！”

马凯一愣，想了想还是让小吴替他打牌，自己站了起来，说：“输了算我的，赢了算你的，过一会儿我就回来。”

马凯去了处长的办公室。在走廊里，他想，大概是盖章的事，有人反映到老彭那里了。尽管他心里不太痛快，可还是有些小心地敲了处长办公室的门，他对老彭毕竟缺乏了解。

见马凯进来，处长老彭笑眯眯地说：“坐吧！”

马凯坐在老彭的办公桌对面，等待着老彭的询问。老彭不说话，马凯也不先开口，眼睛直盯盯地瞅着老彭。

“知道我找你来干什么吗？”老彭终于发问。

马凯猜想是盖章的事，不过他不能说，他摇了摇头。

“是这样，”老彭说：“咱处的小金库在你那儿吧？”

马凯明白了，不是盖章的事，他多少有点儿紧张的心松弛了一些。“在我这儿。”马凯恭敬地回答。老彭刚来就问小金库，马凯觉得他能理解，小金库是处里的活钱，谁当处长都得重视。

“还有多少钱？”

“大概……大概一万来块吧。”

老彭似乎犹豫了一下，接着问：“有账吧？”

“有。”

“可以给我看看吗？”

“当然。我这就拿给你。”说着，马凯就站了起来，可走到门口，又折回了身子。他想起了钥匙，没有钥匙他就打不开小金库，而那些账全在小金库里。“真不巧，我的钥匙忘家里了！”

老彭认真地观察着马凯的表情，这样一观察，马凯的脸有点儿发热，不自然起来。

“那，就明天吧！”

老彭拉着长音。马凯也注意到老彭的表情，那个表情显得意味深长。

出了老彭的办公室，马凯觉得老彭不相信他的话，怎么平时不忘钥匙，偏偏新处长上班的第一天就忘了带钥匙呢？况且，他自己的表情也不好，暴露出破绽给人家，人家当然不相信了。其实，老处长退休的时候，他和老处长已经对小金库的账目进行了处理，他们不会等到新处长上任了再处理的，这是一般的常识。问题是，钥匙在这个节骨眼上不见了，好像他马凯在搞鬼似的。

马凯垂头丧气地回到办公室，同事们还在吵吵嚷嚷地玩扑克。小吴说：“马凯呀，眼看着就输了你快来吧。”另一个同事说：“这个时候你让他上，他才不上呢，你也不是不知道他的秉性。”这明摆着是激将法，要放在平时马凯早就过去了，今天不同，马凯咧嘴笑了笑，甘拜下风。

快下班时，妹妹给马凯来了电话，催促他把她的事放在心上，最好明天上午再跑一跑。“明天不行。”马凯肯定地说。

“后天呢？”

“后天也不行。”

“……怎么答应得好好的说变就变了呢？”妹妹不高兴了。

马凯也急头白脸的，大声说：“你愿意怎么想就怎么想。”说着就把电话放下了。

晚上，本来有个饭局需要他应酬，可是他找钥匙心切，没到下班时间就回了家。到家之后，马凯把可能掉钥匙的地方全翻了个遍，一会儿趴在地上，用拖把把钩床底，一会儿搬桌子，没多久就忙了一头汗，还是一无所获。

一夜，马凯似睡非睡，他做了很多梦，在梦中他一会儿梦见自己在办公室里找到了钥匙，一会儿在家里找到了钥匙。无论是在办公室里还是在家里，那串钥匙都十分显眼，马凯对自己十分恼火，钥匙本来就没丢，干吗还费那么大的心思呢？后来，马凯做的梦就不是找钥匙的事了，他梦见自己在一个岩石裸露的雪山上跋涉着，他觉得自己非常吃力，就在他艰难地跋涉到山顶的时候，突然有几个人围上了他，不由分说，就把他五花大绑，在绑结处锁了一把锁，然后，将钥匙扔进了万丈深渊，那个钥匙向下落的时候还带着呼哨的声音……马凯从梦中惊醒，他在床上坐了起来，打开房灯，是凌晨三点。马凯觉得自己的汗已经洇湿了褥子，他的心怦怦直跳，仿佛有人在一个空房子外用锤子砸墙一样。

早晨，也就是马凯丢钥匙的第三天，马凯心事重重地走在机关大楼的台阶上，他低头走在上班的人流之中，他在想如何对处长老彭解释。同时，他也抱着这样的希望，也许钥匙还在单位里，不小心在什么地方就出现了。

马凯一进办公室，就有一些人等在那里，他们都是要盖章的。马凯去找老彭，小吴告诉他，老彭去宾馆开会，大概要一个上午的时间。马凯知道上午恐怕不能为他们盖章了，见不到老彭，他不能做任何决定，奇怪的是马凯现在还有了些许轻松的感觉，他几乎觉得自己又争取了一个上午的时间。

马凯以钥匙忘带了作为借口，推托所有来办事的人。那些人中有的昨天就来过，他们说昨天你做报表，今天忘带钥匙，我们还得跑几趟呢。马凯的脸色不太好看，不过他还是解释说：“本来今天是不想忘带钥匙的，不想，越是怕忘带了结果还是真忘带了。”马凯觉得自己的解释挺有特点，也容易让人家相信。那一拨人陆续走了，反正满不满意都得走。人走了之后马凯想，自己的解释给自己找钥匙提供了一个新的思考方法，自己真该平静地想一想而不是匆匆忙忙地寻找，也许越是想找到钥匙反而越是找不到钥匙。或者换句话说，钥匙并没有丢，就在一个明显的地方，出问题的是自己。自己觉得它丢了，并往复杂的地方去想去找，结果，这样想得越复杂找得越复杂，离钥匙所在的位置越远。

想到这儿，马凯开始宏观地找开了，他在办公室里转来转去，小吴的眼睛也随着他转来转去。后来，小吴还是忍不住问他："你有什么心事吗？"

马凯想了想，说："有点儿，但是不大。"

上午九点左右，楼下办公室常和马凯下围棋的小刘来电话，说："听说你现在挺难说话的，我家邻居孙婶找你两次了，什么程序都走了，就差你盖章了。看在我的面子上，给通融一下。"马凯解释说他不是故意难为她，他只是忘带钥匙了。小刘笑了笑，笑得十分诡秘，说："我知道我知道，你就给盖了吧，别的以后再说。"放下电话，马凯的心情十分复杂。

放下电话不久，老婆也来了电话，老婆说他们单位的领导让她找马凯说情，说领导爱人的弟弟已经找过马凯了，就差盖马凯那个公章了，而且人家急得不得了。"你就给盖了呗！"马凯老婆说。

"他怎么这么快就找到你？"马凯问。

"你在机关这么多年你还不知道，现在别的效率不一定高，找关系是效率最高的。"

"我没盖自然有我没盖的原因。"马凯不太高兴地说。

"算了吧，从来也没听说你有什么权，就盖一个破章呗……再说，我们头还给你捎了一条烟，是'红塔山'。"

“你净跟着乱！”马凯气呼呼地放下了电话。

十点多钟，马凯的同学大方也来找他了。大方在另一个局当处长，办公离马凯不远，马凯在五楼，大方在七楼。他们并不是总见面的，所以见面之后难免寒暄了几句闲话。寒暄之后，马凯问大方：“说句老话，无事不登三宝殿，说吧，什么事？”

大方笑了笑，说：“马凯啊，想不到你也俗起来了。”

“怎么啦？”

“没什么，俗不一定不好。不过，俗也有俗的原则。”

“什么原则？”

“马凯，你记得老刘吧？……原来是人事局的。”

马凯茫然地点了点头。

“他死了！”

“死啦？”

“心肌梗塞，昨天死的。”

马凯的目光有些黯淡。大方说的老刘在十几天以前还找过他，当时马凯一见到老刘，他的心突突地直跳。他认出了老刘，老刘却没有认出他来。老刘就是当年负责毕业生分配的人，他的笔唰唰一挥，马凯就受了那么多年的罪。现在他找马凯盖章来了，马凯当然不能放过他，马凯不能放过他也不是别的什么，无非是态度上生硬了一些，找各种理由推托他。令马凯觉得意外的是，原来趾高气扬的老刘居然在自己的“房檐”下也低头，他说了不少好听的话。他不说这些话还好，他这样一说，马凯就更加气愤，用一种敌视的目光瞅着老刘，把老刘瞅得一身寒战。

“我前几天看了一个材料，”大方说，“很多人过不了退休这一关，有百分之三十七的人在退休第一年就出了问题，老刘就是这样……你大概不知道，老刘在死之前还有一个心思，就是他女儿，他没退之前把女儿安排在热点岗位上，不想，热点岗位竞争得比人们想象的还激烈，女儿被竞争下来了。他女儿又没有多少文化，所以，他想在自己家一楼临街的位置上新开个门，给女儿做点儿小买卖……据说申报材料在你手里，你不给盖章。”

马凯沉默着，他脸色很不好看，呼吸也不均匀。

“我相信你不一定是故意难为老刘的，肯定有客观的原因。老同学嘛，谁不了解谁……说到这儿就不说了，怎么样，我的面子总还有吧？”说着，大方拿出一个审批表。

马凯明白了，他连忙对大方说：“我可不是故意刁难你，今天真盖不成了……”马凯小声对大方说：“我的钥匙丢了。”

大方愣了一下，他的表情传递给马凯这样的信息，平白无故的怎么可能把钥匙丢了呢，他显然是不相信的。大方在确信马凯的“不诚实”之后，他有些恼怒了，论职务、论在机关的资历马凯都没资格同他比，所以，大方足以理直气壮地对马凯表示他的不满。“凯子（马凯在大学时的外号），我承认我这几年变了不少，也有‘黑’的时候，可我觉得，怎么黑也不能黑到死人头上……”

“你误会了！”马凯眼睛圆溜溜地说。

大方冷笑一声，把没盖章的材料摔在马凯的桌子上，声音清楚地说：“想要多少开个价，别拿钥匙丢了当借口！”

大方扔下材料的同时也扔下了话，转身就走了，马凯呆呆地坐在椅子上，觉得天旋地转。马凯沉默了好半天，回味着大方的话，也回忆着自己的当年，回忆老刘来找他的情形，他不清楚这里面为什么出了那么多的差头。

现在，即使马凯想立即给老刘的那个审批表盖章，恐怕也挽不回大方对他的看法，况且他现在是有心盖也盖不成了。

马凯又在办公室里转开了，他知道他无法把两个锁打开，倒不是它们坚固得如何不得了，关键是他不能不经允许就破坏那两个锁。他知道必须经过相应的审批程序，并且请有关部门负责开锁的人来开锁，而且，只能是这样的程序。

中午，马凯一直在机关大楼外转悠着，熟人同他打招呼，他就说散散步。马凯内心里有一个期望，他期望处长这时候回来，他将如实向他坦白。小吴说彭处长只开一个上午的会。

到了上班时间，马凯才慢腾腾地回到了办公室。小吴对他说："老彭来过电话了，他本来找你，你不在。他让我转告你，一会儿有个姓黄的人来找你盖公章，那人上午大概来过一趟了……老彭说是那人向他告了你的状！"

马凯说："现在，天王老子找我，我也没办法了。"

小吴发愣地瞅了瞅马凯，马凯无奈地摇了摇头。

马凯决定立即和老彭联系，他要把丢钥匙的实情告诉老彭。丢钥匙也是有责任的，他并不希望把这样的结果告诉老彭，哪怕有一点儿找到钥匙的希望，他都不会告诉新来的处长。眼下就不同了，眼下还有比丢钥匙更令他难堪和棘手的事，况且，按照目前的情况看，找到钥匙的希望已经越来越小了。

马凯给老彭挂了传呼，他等了一个多小时，老彭才回了电话。"你怎么才回电话？"马凯问。问了之后马凯才意识到自己的口气不对，他怎么能这样问新来的处长呢？即便是自己急了点儿，也不该用这种口气，使用这种口气的应该是人家而不是自己。

不想，老彭似乎不在意马凯的口气，说："我正在开会，会场不方便回电话。……没什么急事吧？"

"急事倒没什么……只是，我的钥匙，丢了。"

“我当是什么事呢，钥匙丢了再配呗。”

“……是金柜和文件柜的钥匙。”

“是吗？”老彭在电话的另一端沉默了。

“……该找的地方我全找遍了，看来只能撬文件柜了。”

“也只好如此了，你先写个报告吧，等明天我上班再处理。”说完，老彭就把电话扣上了。

放下电话，马凯愣了一会儿，不过，他还是觉得自己轻松了不少。那天下午，马凯也提前离开了单位，他似乎觉得自己把丢钥匙的事告诉了领导，丢钥匙这个压在他心里的负担就卸了下去，他就可以解脱了。这样，他就像没有任何责任一样，又哼着含糊不清的曲子，收拾东西准备回家。临出门他还问小吴，昨天中午(玩扑克)谁输了。小吴说你不是知道了吗？马凯笑了笑，说：“哪天我请你饭局，只请你自己，你出来吗？”

小吴立刻笑了笑，说：“可以，但必须是大酒店。”

马凯回家坐22路有轨电车，在咣咣当当的摇晃的车厢里，马凯又想起了钥匙。按照物质不灭的原理，那串钥匙是不会丢的，最多是从他的手里转移到另外一个地方。比如在一个谁也不注意的角落里，比如让另一个毫不相关的人捡去了。而关键是，这串钥匙只有在有关的人手里才有用，才可以发挥它的“权力”作用，别人捡去了一点儿用都没有，不过是一串废钥匙。并且，他们也不会发现，在他们看来威严而高高在上的权力其实很普通、很平凡的，就在这串普通的钥匙背后，只是，这串钥匙对他们并没有什么价值……

马凯回家之后，妹妹就来了，马凯对妹妹和颜悦色，他说："你的事你不用着急，会有人主动给办的。"妹妹问为什么，马凯神秘地笑了笑，他说现在我找到途径了，我们单位管公建房商用改造的审批，最后由我盖章。工商局管营业执照的审批，你想一想，有的人同时需要我们这两个部门，这样，他们就会主动来协调了。

妹妹想了想，她似乎明白了，可她还是说："关键是我不能等太久了。"

马凯说："以我的经验来说，心急吃不到热馒头。"

有求于他的妹妹眨眨眼睛，没再说什么。

第二天上班，马凯请来了开锁的专业人员，在处室里指定人员的见证下，不消几分钟，那个防盗文件柜的门就被打开了，里面一串备用钥匙哗地掉了出来，几把黄铜钥匙正好落到马凯的脚上。马凯眼睛一亮，突然想起钥匙，痛心疾首地拍了一下大腿——

原来，钥匙失踪的头一天晚上，马凯喝了酒，回家后洗了澡。洗澡时他把钥匙从腰带上解下来，用钥匙上的指甲刀剪了脚趾甲，用后随手放在了卫生间的浴具盒里。

一顿温柔

马凯是整个机关里最关心薪水的人了，现在的人对工资都记一个大数，没有多少人能确切地记得自己的工资零几元零几角零几分。马凯就不一样了，他不但能准确到分上，而且，如果财会人员推迟了他的加班补贴或者其他的津贴，比如换季费、秋菜补贴什么的晚发了一个月，马凯肯定非去财会室问个清楚不可。所以，单位里的人见了马凯就会半开玩笑地问他，老马，哪天开工资？马凯不以为这是揶揄他，他会认真地告诉你，还有三天，今天才九号。

今天就是发薪的日子，马凯把这个月的工资清点了两遍，小心翼翼地装在口袋里。作为男人的马凯，这样算计好像挺没出息的。其实，马凯不等着钱买米下锅，他的生活负担并不重，马凯只是要及时准确地把工资交到老婆手里。马凯的老婆的确挺厉害的，但也不见得把工资管到角管到分。马凯准时交工资似乎是一种习惯，到交工资的时候他就交了，你要不收他反而觉得不自在，不习惯了。

工资放在口袋里，马凯的心就安稳了，他在椅子上斜歪着，悠闲地想这想那。这时，处长在里间的门口伸出头来："马凯，来一下。"马凯一愣神，磨蹭磨蹭，慢腾腾地进了处长的办公室。处长问他手里有急活吗，马凯说也没什么急活。处长说那你就去设计院跑一趟，送一个材料。

马凯去办公室请车，办公室的人看是马凯，想都没想，说没车。马凯又向处长汇报，说办公室（的人）说没车。处长说那你就打车去吧。马凯没吱声，不吱声就是应承了，马凯这样习惯了。

马凯并没叫出租车，他直接去了离机关大楼三百米外的一个公共汽车站。那个汽车站是有三个线路车的停车点儿，而三个线路的车都不直达设计院，马凯要想去设计院，按最合理的路线，起码也要倒一遍车。马凯倒不在乎这些，时间对他来说并不重要，重要的是他坐了公共汽车而不是出租车，这样，他就可以随便找一个出租车的票根，报销二十元钱。

马凯到公共汽车站时，一辆车刚刚开了过去，马凯只好等下一辆了。马凯等车的站点儿叫"解放广场"，叫广场并不一定有广场，就像现在一些商品房小区叫什么什么花园一样，其实跟花园一点儿边都靠不上。好在那条街上有浓密的树荫，很是清凉。树是梧桐树，上了年头就枝繁叶茂，树冠在宽阔的柏油路的上空连接，剩下一线天空。这些年来，马凯对环境已经缺乏感受了，感受往往都是留给外地游客的，而生活在这个城市里的人反而没有新鲜感了。一如自己书柜里的书，有很多书从买回来放到书架上开始，就再也没动过，而借的书就不同了，总想办法在计划的时间内把它看完。

马凯胡思乱想着，等车对于心里没事的人来说是一种特别的感觉，十分放松，还可以随便看看，随便想想。就在马凯东张西望时，一辆车从马凯的眼前驶了过去，马凯觉得眼熟，看到车尾的号码，他才肯定那辆车是单位的。也许车上的人看到了马凯，可不管是谁看到了马凯，马凯都觉得对自己不利，毕竟自己应该打车去送材料，而不是在这个站点儿等公共汽车。

一辆从马凯眼前驶过去的轿车，令马凯的心情发生了变化，也许那辆车上除了司机没有别人；退一步讲，即便那辆车上有人也不见得是单位里的人；再退一步，即便车上有单位里的人，人家也不一定能看到他。好，再退一步，即便是单位里的人在车里，也看到了在站点儿上等车的就是马凯，人家凭什么就关心你为什么在站点儿等车呢，你马凯算个什么了不起的人物也行，你让人家上心人家还嫌麻烦呢。

可马凯却不这么想，马凯也不是一定要想出一个答案来，就是心里不舒服，觉得不错的心情已经发生了变化。说起来，马凯在单位里挺窝囊的，他甚至觉得自己越来越吃不开了。马凯心里明白，还不是因为自己没提起来。人就是这样，一轮一轮提拔过去了，就是没有你马凯，让那些还对你抱有希望的人失望了。况且，马凯还故意表现出无所谓的样子，姥姥不亲舅舅不爱的，再加上他小气，大家当然疏远你。马凯不是个笨人，他心里明白，可有的时候是，明白归明白，做起来就是另一回事了。马凯想，不要说别人瞅你窝囊，就是自己也觉得窝囊。就像马凯刚到站点儿时，那辆公共汽车刚好关上门，开走了。这些年，马凯的经历就是这般情景，总是差了那么一点儿，落了一班车就会落第二班车，一步赶不上步步赶不上。

事情怪就怪在一“点儿”上，如果不是差一点儿而是很大一块，马凯也许早就离开那个单位，运气也许早就转折了。问题是，马凯被一班车落下了，下一班车他排在头，又最有希望，他能放弃吗？然而，下一班车来了，情况又发生了变化，他又被落了下来，而后再希望再落下，就这样下来，一步差一点儿，一晃，马凯就三十七岁了。而他也在这个机关里整整待了二十一年。刚到机关时，马凯的胡子软塌塌的，连胡楂儿都刮不出来，现在，身上的肉懈怠了，鬓角也染了杂色。岁月把一个水灵灵的马凯揉蔫巴了，他也变得疲沓了，也油滑了，可他的疲沓和油滑也在范围之内，不算出大格，这说明什么？说明马凯还希望着，嘴上他说早想开了，实际上，他内心里的提拔情结更加严重。

公平地讲，马凯算得上是机关里的老“干部”了，一九七九年，马凯出现在这个机关里，他是最年轻的一位。当时，机关里大多是工农出身的干部，领导还多是平反后落实政策的。马凯虽是中专毕业，也属于小知识分子，他还得接受一段时间的“改造”。马凯的改造是从拖地板开始的，每天他第一个到单位，把自己所在的房间的地板拖了，还把整个走廊的地板也拖了。地板一拖就拖了三年，大家对马凯的耐力是认同的，可在研究干部时，有人说他年轻，也有人说，这个人“积极”得有些现眼，比如整天拖地板，是不是有什么所图？单位那么大的地方，话是隔不住的，没出两天就传到马凯的耳朵里。马凯很生气，打那以后就三天打鱼两天晒网的，后来，比他毕业晚的同志来了，他也渐渐地把“表现”的机会让了出去。马凯不拖地板了，说马凯有所图的人更觉得自己的眼光锐利，说，我看人就是眼毒，怎么样？应验了吧。其实，那个人和马凯的关系还不错，他倒不是想整马凯，他就那种观念，就那么想，他大概认为那是一种应当应分的责任。

马凯拖地板也不完全有所图，自己是单位最年轻的同志，拖地板这样的事总不能让上了年岁的老王、老孙、曹姨他们干吧，况且，年轻人积极上进一些也是正道。后来别人把提拔他的事和拖地板联系起来，他才觉得这里面的事挺复杂的。

平心而论，刚到机关时马凯挺知足的，他出身于工人家庭，父亲是重型机械厂的工人，母亲没有固定工作，在家属队里干过几年临时工。这样的家庭里出来个政府机关干部，好比一步登天，街坊邻居都刮目相看。原来不怎么来往的邻居也来介绍对象，马凯就是在那种知足的状态中，每天乐呵呵地第一个去单位拖地板的。

马凯的不满足是六年之后的事了，一批老领导退了下去，而他所在科室的老孙提了起来。多年来，老孙一直是单位里的“落后分子”，眼睛转来转去，一眨眼就一个歪心眼，掂对来掂对去就是想占单位点儿小便宜。不想有一天，老孙突然积极起来，也说些冠冕堂皇的话，他平时发惯了牢骚，一说冠冕堂皇的话，显得尤其滑稽。更让人觉得意外的是，老孙“积极”不出一个月，文件下来了，老孙成了马凯的科长。马凯的眼睛长了老半天。

人就是这样，进机关之前马凯大概认为，如果自己能进机关，干一辈子办事员也行啊。可真的进了机关，自己稳定了，什么都熟悉了，衡量一下自己还比一些在他上头的人强，心就活泛了，野心也有了。现在回想一下，马凯觉得自己“机关化”大概就在老孙提拔之后，他觉得自己必须努力，尽快提拔起来，提拔是一种价值的体现，在别人的眼里风光，自己也捞得相应的待遇和实惠。那几年，马凯的确是努力的，工作投入了很大的精力，在领导面前跑前跑后，领导上是认可的，同事也赞同他。可当时，干部遗留问题太多，提拔干部不注重学历，论资排辈，而单位里四十岁左右该提拔的堆了一堆，一时半会儿还轮不到马凯头上。不过，马凯觉得自己的希望最大，时间是前行的，前行的车轮总会轧到他们这一拨的。机会是留给有准备的人的，一旦轮到他们了，他肯定是最先“进步”的。

那些年，地区和市里合并，科改处什么的，发生了很多的变化。一转眼，马凯的孩子就八岁了，老的也一茬儿一茬儿退了，终于提拔年轻人了。马凯胸有成竹地等待着，不想，比他小的一提就提了一批，唯独把他落下了。事后马凯才知道，单位的领导也觉得他到了“该用”的时候，可上头有硬杠杠卡着，这一轮提拔的必须有大专以上学历，而马凯的学历是中专，只好忍痛割爱了。那天，马凯在家门口的小店喝得大醉，过去自己错过提拔机会，理由是小知识分子得考验，这次大张旗鼓地提拔知识分子了，他还被划在了线之外，沾的都不是好光。怎么偏偏自己这么倒霉呢？委屈的泪流了好几滴。

马凯三十二岁了开始上电大，晚上看书看到半夜。一边要干好工作，一边要干好家务，一边还要应付考试，每天倒是挺充实的，可那些日子也让马凯掉了不少头发。三年过去了，马凯熬了个电大文凭。不久，又一轮提拔开始了，马凯觉得照顾也该照顾到自己头上了吧。不想，提拔的标准又变了，要求是本科学历，马凯又没赶上“班车”——马凯真的失望了。

问题是，马凯的失望只表现在形式上，其实他的内心更加渴望了。人是经不住“水”下去的，一“水”了，在单位就没地位，在单位没地位在家里更没地位，况且，马凯的老婆还是一个持有“善心不得好报”观点的人。你想一想，老婆有这样固执的观念，马凯的日子能好过就怪了。在家里受老婆的气，到单位能有好气吗？那一阵子，机关里整顿作风，解决“三难”问题，也就是门难进，脸难看，事难办。机关党委书记试着拨机关的电话，不巧就拨通了马凯办公桌上的电话。那天早晨老婆窝囊他没出息，说了很多刺伤马凯的话，马凯的肚子里灌满了含氮高的气体，连早饭都没吃。所以，在单位接电话的时候他就十分不耐烦。打电话的书记说你这样的态度是不对的。马凯说不对又怎么样啦？书记说总有部门管吧？马凯说你爱上哪儿告就去哪儿告！把电话给摔了……其实，马凯绝对不是被整顿的对象，比较起来，他的态度还算好的。可谁让马凯那天赶上和老婆生气，光生气也没什么，书记不打那个电话也没事了，即便书记打了电话，马凯知道是书记的电话也就罢了，他偏偏联想到头几天，一个精神不太正常的人没完没了地向他“咨询”政策，种种巧合凑到一起，就发生了和书记抽查时的冲突。你想，这还有马凯的好吗，整个一顶风上，活活撞到了枪口上。马凯成了“典型”，被通报了，被大会小会点名了。那一段时间，马凯的知名度很高，去机关食堂吃饭，都有人想认识一下他。

不久，那件事就被遗忘了，渐渐地马凯自己也遗忘了。谁想，两年之后讨论干部，有人又把这笔旧账翻了起来，马凯又一次被甩在了“班车”下……

马凯正在胡思乱想着，马凯等的那线公共汽车开了过来。车还没停稳，就有一些乘客围在了车门前。马凯决心不让这趟车把自己落下了，无论如何也要挤上去。

车门开了，上车的人流把马凯夹在中间，来自不同方向的力量相互作用着，左拥一下，右拥一下，在这种力量被耗散的过程中，马凯突然意识到，巧劲太重要了。或者这样说，不会使巧劲，你就是总去健身房也没用，也使不上劲，相反，如果你会使巧劲，甚至可以以逸待劳，顺水推舟就上去了。这种经验在很多人身上都应验过，比如，在等车的人群中，常常是规规矩矩排队的人吃亏，而挤在边上的人占了便宜，你排了半天，可边上的人虽然刚来，却能在你之前上车。这种不符合公众价值判断的行为却符合物理方面的规律，很多事都是这样，说明白比较困难。

马凯终于一只脚踏在车门上，他感觉到了希望。然而，就在一瞬间，马凯前面突然挤进来一个女人，那个女人显得很有力量，顺着人流的推动，一下子堵在马凯的面前。已经夹在马凯前面的女人正好站在上一个台阶上，她圆滚滚的臀部正对着马凯的脸。这时，马凯身后的人又拥了一波，马凯为避免自己的脸贴到女人的那个部位上，先前已经腾出来的一只手就本能地挡了一下，这一挡不要紧，他张开的手掌正好适应女人部位上的弧度，并在反作用力下，显得有一定的力量。前面的女人一定有了奇特的感受，她显然有些恼怒，紧接着就向后顶了一下，作为她不满的回应。这一顶不要紧，那个部位作为武器时一定不同于平时，马凯立刻觉得自己的眼镜和鼻子被一块生面拍来，拍得他头昏眼花。与此同时，女人还高嗓门喊："拱什么啊？拱！"

马凯也火了，他说："谁拱谁？拱了人你还火啦？"

"我火怎么啦？你的动作不太卫生！"

"呔……什么叫不太卫……生！你说话怎么这么不干净？"

"我说话不干净，总比动作不干净好！挺大个男人……"

两个人吵嘴的同时，他们已经被拥到了汽车里。马凯的表达能力不强，吵架多半吃亏，不过马凯的火气却大，所以在吵架过程中，他是不能"循序渐进"的，嘴上笨笨嗑嗑的他，找到什么赶劲的话就冒出去了，所以，他与人吵嘴，不但不能使吵架趋于缓和，反而会激化矛盾。

两人在车里站踏实了，脸也对应上了。马凯的脸憋得通红，他气咻咻地说："看你的样，自己觉得不错。"

这话从何说起，他对面的女人一时没反应过来，愣了一下，才骂道："臭不要脸，我的样关你什么事，又不当你妈。"

"你怎么骂人？"

女人的嘴很快，马凯的话音刚落，她的话就出来了："没骂好人！"

马凯气得呼吸都困难了，眼看着就要发生什么意外，被逼到这份，马凯完全有可能做出缺乏理智的举动。马凯停住了，他停住并不是想终止他们之间的冲突，而是一时没找到更有力的办法。同时，他对面的女人看着马凯，她刚张嘴要骂什么，也停住了。

女人低了一下头，接着又抬头端详一下马凯，突然，女人噗地笑了。马凯怔怔地瞅着女人，他越发莫名其妙。女人说话了，她带着试探的口气问："是马凯吧？真是的！"

马凯傻了。

经过回忆，马凯还是想不出他对面的女人是谁，她的年龄和自己差不多，衣着算不上得体，多少还有修饰过重的感觉。还有，令马凯不舒服的一定是她身上的廉价香水味，酒精含量太高。"你是……那谁吧？"

“我是高丽英啊。”

高丽英，高丽英！马凯想起来了，高丽英是自己小时候的同学，曾经同桌三年。

高丽英大笑起来，笑得咯咯的，她说真不巧啊马凯，你说咱们前世是不是一对冤家对头，小时候你就和我别扭，因为书桌也吵架，没想到二十年没见，一见面就打……话没说完，高丽英又忍不住咯咯地笑。

马凯不好意思了，他说真是没想到，真是没想到。

马凯与高丽英奇特的邂逅，对于他们两人来说是重要的人生体验，而对车上的其他乘客来说，却司空见惯，吵架是常有的事，并不觉得怎么有意思。但就马凯本人来说，他并没有多少类似的经验，虽然敌对的陌生女人变成了二十年没见面的老同学高丽英，可他一时半会儿还没从吵架的状态中恢复过来。

相反，高丽英已经风平浪静了，她甚至显得十分兴奋，将整个身子面向马凯：“你要去哪儿？”

马凯说去设计院，送材料。高丽英笑了，说：“你这样的大领导，送材料还用坐公共汽车？”马凯的脸又涨了一下，他没说什么。

高丽英没十分在意马凯的表情，她开始喋喋不休地同马凯说话，那股热乎劲像朋友一样，马凯在生活中，好久没碰到了。高丽英说她早就知道马凯在政府机关工作，有几次，还想过去找他，可总觉得他已经不是当年的马凯了，“当了大干部，怕你不稀得搭理我们。”高丽英还说，马凯，咱班就你最出息，真正进政府机关的就你一个人。马凯说这有什么，也算不上出息。高丽英抢着话说：“出息就是出息，有啥好谦虚的嘛。”马凯不言语了，他心里自有苦涩。社会就这样，你高估了自己不行，低估了也不对。在外界看来，马凯是机关干部，并不是谁都可以成为机关干部的。他是在机关里工作，可自己出息吗？了不起吗？比谁了不起？也许同这个拥挤的车厢里的人相比，他马凯才是个不快乐的小人物。按单位个别人的说法：“那小子啥也不是。”自己真啥也不是吗？显然不对。显然，也不是高丽英想象的那样，自己成了班级里最出息的人。

高丽英继续说，她说她前一段还看见了同学大敏，大敏说她求你办过事。听到这儿，马凯又不自然了。大敏的确去找过自己，托他办一件事，那事正好归他们处管，具体办理手续的是刚毕业没出两年的小陈，小陈学生干部出身，眼神好用，知道谁轻谁重，所以，马凯向他讲人情时，小陈态度还好，只说他十分为难。马凯碰了一个软钉子，心里很不痛快，不过，他对大敏解释时还不能说自己不行，同事没给他面子，只能说政策挺死的，实在办不了。大敏说，不行咱花点儿钱。马凯一听还不高兴了，他说你们不要这样理解问题，好像花钱什么事都可以办似的，事实上，有的事可以办，有的事花钱也没用。大敏见马凯使了态度，就把要说的话憋了回去，悻悻地走了。谁想，第二天下午，大敏给马凯打来电话，在电话里，大敏说：“马凯，那事你别牵挂了，今天上午办了，其实很简单，就朋友一句话。”说完，大敏就把电话挂断了。马凯手里拿着电话，半天没缓过神来。放下电话，马凯用仇视的眼光看着小陈，小陈没向他这方向瞅，所以，根本不知道马凯在用那种眼神瞅他，或者这样说，马凯瞅也白瞅。马凯瞅累了，就收回自己的目光，怨谁呢？总不能各个树敌吧，要怨还是怨自己吧，谁让自己没出息呢。“大敏没说我好话吧？”马凯问高丽英。高丽英笑了笑，说没说什么。不过，有的同学可认为你难求，可我看你挺平易近人的，并不高傲啊。马凯苦笑一下。

车在下一个站点儿停了下来，刹车的晃动，使得高丽英整个身子向马凯倾斜过来，柔软的胸部正好碰到了马凯的前胸。一瞬间的接触，马凯感觉到高丽英的脸微红了一下，不过，很快又恢复了中年妇女所常有的“随意”，大大咧咧地一笑。在马凯的记忆里，高丽英是文静和内敛的，说话慢声细语，小的时候，高丽英的皮肤那么白，那么细嫩，看着你就可以想象，只要你用手一掐就可以掐出水来。马凯注视了高丽英一下，现在，高丽英变多了，岁月的风霜无情地蹂躏了她，她也在抗击风霜的过程中使自己长得结实、强壮了许多。好在高丽英的底子好，皮肤还算白皙，成熟女人的妩媚还在。

高丽英大概知道马凯在注意她，她习惯性地捋了一下头发，对马凯含蓄一笑。这样，不自然又交给了马凯。马凯清了清嗓子，问高丽英在什么地方上班，高丽英说原来在高压阀门厂，厂子早黄了。厂子黄了之后做过一些小买卖，也不怎么挣钱，现在是盐咸菜掉到菜缸里——大闲（咸）人。听到这话，马凯本能地表现出虚伪的同情的表情，“那，你爱人的收入还行吧？”“他收入多少和我没关系，我们早分手了。”“孩子呢，你带着？”马凯的用意是，你没了收入，带一个孩子就更不容易了。高丽英淡淡地说：“没孩子。”

谈这些挺沉闷的，马凯想转一个话题。他说今天的天气不错，昨天天气预报说有雨，看这样，不像能下下来。就是啊，高丽英说。

很快就到了勤奋街车站，马凯应该在这个站点儿下车，然后再倒一线车去设计院。车到站了，马凯对高丽英说，我该下车了，你去哪儿？高丽英说，原来是准备去超市逛逛的，早过站了，反正我现在也没什么事，要不，我陪你去设计院吧，也好聊一聊。

马凯没说什么，他们就一起在勤奋街下了车。

勤奋街站是一个大站，所说的大站并不是说那条街怎么繁华，主要是它所处的地理位置特殊，在这个地貌不算规则的沿海城市里，勤奋街成为几条不同方向联系的无奈选择。现在，勤奋街的两侧多是忙忙碌碌的建筑工地，扬尘暴土的，噪音肯定会超过检测标准的。既是一个中转的大站，就会有很多周转的流动客人，下了车之后，马凯才意识到，自己和高丽英亲密地站在一起，是他预先所没有想到的。

高丽英当然不会在意马凯所想到的问题，她站在马凯的右肩旁，大声说："去设计院应该坐 16 路。"

马凯似乎不想和高丽英长时间并肩站在车站等车，当然，也许还有别的原因，他看了看表，时间已接近中午十一点。马凯说："不去设计院了。""不去啦？"高丽英用征询的口气抬头看着马凯，阳光正面对着她，她有些睁不开眼睛。

马凯下意识地碰了自己的口袋一下，他突然冒出一个念头，他想和高丽英一起吃饭。老同学嘛，又多年没见，况且现在又到了中午。还有，自己刚发了工资，口袋里有足够的资金，而高丽英恰恰没工作，没有钱，等等，有足够的理由促使他和高丽英去找一个饭店，并由他请客。只是，他马凯已经有很多年没请过客了，即便是节假日亲朋好友聚会，张罗的是妻子而不是他。

但是当时，马凯想到更多的是应该请客的理由，而对请客带来的后果却没怎么想。所以，他向高丽英提出请她去饭店时，马凯的表现还是挺敞快的。高丽英没什么说的，表情上还是掩盖不住的高兴。

马凯和高丽英选择了路边一个还算大一些的饭店，饭店的店名叫“光彩酒楼”。说是叫酒楼，实际上是居民楼下的裙子房，只有一层。“这个饭店的价格还行。”高丽英说。马凯问高丽英：“你以前来过吗？”高丽英说来过几次，这一带没有太像样的饭店，这个就不错了。这几年，马凯虽然不自己请客，可他对饭店却不陌生，参加会议也好，参加单位组织的宴请也好，人们对饭店环境的要求越来越高了。进到光彩酒楼之后，马凯觉得档次确实是低了点儿，不过，自己掏腰包请客，就不能挑剔什么了。

马凯和高丽英很快就点了四个菜，不是什么贵重的菜。他让高丽英点菜，高丽英当然不会点贵重的菜，而马凯自己，本想点好一点儿的，可真点的时候，他想又不讲究排场，还是实惠一些的好。高丽英对菜似乎不太挑，只是到了点酒的时候，她坚持要亲自去吧台选择。“今天一定喝点儿白酒。”高丽英说。马凯说我很多年没喝白酒了，你喝白的，我陪你来点儿啤的吧。高丽英说，你一个大男人，怎么好意思。二十年没见了，你今天就破点儿例……马凯实在不好说什么，只能说，那你就选低度的吧……以往每次单位聚会，马凯都在酒上藏心眼，有一次处长对他说，没听说吗，能喝半斤喝八两，这样的干部能培养；能喝八两喝一斤，这样的干部领导放心；能喝白酒喝啤酒，这样的干部早晚走；能喝啤酒喝饮料，这样的干部不能要。当然，处长说的多半是玩笑，可马凯心里还是不太舒服。马凯所以不肯过量喝酒，主要是他喝醉酒时失过态，得罪过老领导，影响了他的进步。可话说回来，很多年来，马凯已经不敢喝酒了，他也没进步起来。

好在他和高丽英喝酒，完全是私人性的聚会。

高丽英拎着一瓶白酒坐在马凯的对面，她张罗着，好像请客的不是马凯而是她。马凯的目光也一直随着高丽英转着。这时，他突然想起小时候，扎着羊角辫的高丽英从他家的门前走过去。每次看到高丽英走过去，他就知道，自己也该挎上书包上学了。那个时候，高丽英的母亲跟他开玩笑说，将来，等你长大了，把高丽英送到你家，给你当媳妇。小学四年级上半学期，马凯还真觉得高丽英是他未来的媳妇，只是，那个学期结束后，他就跟随父亲下放到了农村，他娶高丽英的梦才破碎了。

“想什么呢？”高丽英问。

马凯说没什么，来，喝酒，怎么喝？高丽英说按规矩来，先干三杯。马凯没有犹豫，和处于兴奋状态中的高丽英一口气干了三盅。三盅过后，马凯觉得晕乎乎的，他说：“好久没这么喝了，酒也有点儿认生。”高丽英笑了起来，她说酒这东西说好还真好，说不好也要命。她讲起在工厂时的一个工友，特别好酒，一沾酒就控制不了自己。平时，那个工友特别小气，一分钱都能掰瓣花，但是，只要喝一盅白酒，他就变了个人似的。所以，到了中午，大伙想让他请客时，就用酒瓶盖给他喝一瓶盖，他推托一番还是喝了，这一喝不要紧，他的眼睛铮亮，把手里的盒饭一放，说，这样的饭哪能下酒，走，去像点儿样的饭店。大伙笑着闹着跟在他的身后，心满意足地蹭了一顿。“他自己不知道是你们圈拢他吗？”马凯问。“怎么不知道，”高丽英眼睛有神地说，“酒醒过来，他肠子都悔青，可下一次让他喝酒他又忘了。”“就是，”马凯说，“喝酒的人没记性。”

“你还记得大撇了吧，就走路外八字、住你家西街头的孙强。”高丽英手里拿着半根黄瓜，一边嚼一边问。马凯想起来了，小时候他不愿同那小子玩，在他的印象中，外号“大撇了”的同学一肚子坏心眼。“啊，怎么啦？”“喝酒喝死了，最后喝得倾家荡产的。坏心眼的人是不得好报的。”

马凯不由得感叹了一下，时光流逝得太快了，“大撇了”小时候的模样就在眼前晃动着，仿佛昨天一样。问题是，坏心眼的人都不得好报吗？黄平就不是这样的，马凯和他在一起工作十年，那小子似乎天性就坏，遗传基因里有问题，可他可比马凯活得滋润多了。黄平刚来机关时，对马凯那个恭敬啊，一口一个领导。一起出差时，他还给马凯打过洗脚水。后来就不一样了，在黄平提拔副处长之前，黄平专门整马凯，马凯是他的竞争对手，所以，他专门对马凯下绊子。马凯并不怎么把黄平放在眼里，他知道，司机出身的黄平，论人品论工作能力，论什么都不是他的对手，况且，大家的心里也有个衡器，能量出他们不同的分量的。社会上说：会干的不如会说的，会说的不如会拍的，会拍的不如会送的。黄平属于什么？会送的？他送不送谁也不知道。在机关里，人际关系就像八卦中的阴阳鱼，此消彼长，变化极其微妙。后来，单位里的人暗传黄平和局长的关系好，大家的态度也发生了微妙的变化。当着马凯的面，大家说黄平什么也不是，就会喝酒打麻将。可同黄平说话，也一样表现出了新的热情。尽管如此，马凯还是信心十足，他觉得黄平怎么折腾也不是他的对手。黄平的表现谁都清楚，他私心太重，言行粗鄙，一点儿都不像一个机关干部，领导起用他，在场面上不丢脸才怪呢，所以，不易过领导关。再有，在群众中，他马凯再差也比黄平有人缘，就他们处来说，大家都知道黄平是个小人，提拔干部是要经过民主测评的，测评是无记名的，这样说来，群众这一关也够他过的。然而，出乎马凯所料，半年前，黄平一下子被提拔为副处长，马凯彻底傻了。黄平提拔为副处长之后，马凯依然和他是对立的，只是，他发现自己越来越力不从心了。按理，凭借自己的智慧和顽强的意志，对付黄平绰绰有余，可黄平提拔后就不一样了，他们之间的力量对比发生了变化。马凯琢磨来琢磨去，他才悟出其中的道理。过去，他所面对的对立面只是黄平一个人，现在，处室里的人有不少转了风头，而靠向了黄平一边，他面对的就不是一个人的力量了。马凯突然间恍然大悟，原来奥秘就在这里。不管怎么说，他马凯总不能人人树敌，不服气又能怎么样，还是打掉门牙往自己肚子里咽吧。如果说马凯把机关里的位子看得太重了，不处于马凯的环境，是体会不出位子的威力的。

马凯胡思乱想着，高丽英以为他喝酒有了反应，她说你实在不能喝就别勉强。马凯说这点儿酒还没关系，在我喝酒的记录中，最多是九两，还是高度的。高丽英说哎呀呀，那我可不是你的对手啊。

接下来，他们都分别讲了分别这二十年的一些经历，高丽英讲得有滋有味，轮到马凯，马凯只说上学、工作，娶老婆、生孩子，干干巴巴的。事实上，马凯的确谈不出什么，回头想一想，在机关这二十年，整天忙忙碌碌的，可回忆起来却没什么好回忆的，也没什么好总结的。看着高丽英亮闪闪的眼睛和红润起来的面孔，马凯多少有些感慨地说："看起来，你活得比我活得有意思。"高丽英愣了一下，她慢慢地说："其实，每个人有每个人的难处，关键在自己调节，你怨天怨地有什么用？骂这骂那也没用，现在我明白了，人的最大敌人是生活，我们一直在斗争的不是别的，是生活。"马凯安静地瞅着高丽英，他突然发现，高丽英的眼睛里溢满了泪水。

高丽英似乎意识到这一点，她一抬胳膊，快速一抹，转过头来笑着对马凯说："来，喝酒！"

就这样，高丽英要的第一瓶喝光了，他们又要了一瓶。喝酒就是这样，开始望着一杯白酒都眼晕，可喝到一定程度，什么都不在乎了，甚至觉得酒越多越好。

下午三点左右，马凯去了一趟卫生间，把卫生间的房门关上，他才觉得自己头晕，尿尿时站不住，只好一只胳膊扶着墙，以求得平衡。即便如此，马凯还是把尿滴在了裤子上，连裤腿上都是。从卫生间回来，他见高丽英笑微微地迎着他，一瞬间，他似乎看到了高丽英小时候的影子。马凯兴奋地回到自己的座位上，他乐呵呵地说："来，喝酒，就是个喝！"

这时，光彩酒楼隔壁响起了咚咚的乐曲声，"怎么这么吵？"马凯嘟哝一句。高丽英说是旁边的舞厅，下午场刚刚开始。马凯问高丽英怎么知道，高丽英说她去过那个舞厅几次，闲得难受了就约几个工友一起去散散心。"你们当然不稀得去这种档次的舞厅了！"

马凯问什么样的档次。高丽英说就是人们常说的"穷鬼大乐园"，一块钱一张门票，由几个退休的老头组成的乐队伴奏。不过，大舞厅有大舞厅的好处，可以跳花样。"要不，一会儿咱们去看一看，就算你体验体验生活。"马凯说体验什么生活，我连舞都不会跳。高丽英说唬谁呢，你们当干部的还不会跳舞，那些高档娱乐场所不都是给你们准备的吗！马凯说，说你也不信，我真很少进娱乐场所，真……真不会跳舞。高丽英说那好办，我一会儿就能教会你。马凯又喝了一盅，这时，他看着剩了半瓶酒的酒瓶子，自言自语地说：“真是邪了，喝这么多的酒还不醉。”高丽英笑了，说了一句词不达意的套话：酒逢知己千杯少嘛！“就是，”马凯说，“同学见同学就是喝大酒嘛。”高丽英立刻纠正他，说你说得不对，人家说老乡见老乡，两眼泪汪汪，战友见战友就是喝大酒，同学见同学就是搞破鞋。话音一落，她似乎觉得自己失言了，她捂着嘴不好意思地看了马凯一眼。马凯也有些不自然，忙着把话题岔开了。

马凯和高丽英从光彩酒楼出来，又晃晃悠悠进了酒楼旁边的一个舞厅。马凯一边走一边用牙签剔着牙，反正是一块钱一张门票，他的胸脯挺得老高。一进舞厅，就像进了一个山洞，四周漆黑一片。也许舞厅营业刚刚开始，里面的客人稀稀拉拉。马凯跟在高丽英的身后，选择了一个角落坐了下来。在进入舞厅的过程中，高丽英的肩在他的胸前若即若离地摩擦了几下，这令马凯的神经紧张，也勾起了潜藏的兴奋。所以，落座之后，马凯大声喊服务员：“上四瓶啤酒，要贵一点儿的。”高丽英说：“喝混酒容易醉。”马凯说：“我不怕醉，我是难得一醉啊。”

舞厅里的人陆续多了起来，头两个曲子跳的人少，到第三首曲子时，跳的人就多了起来。高丽英邀请马凯跳舞，马凯说等一会儿，还是先喝酒吧。到了第四首曲子，高丽英还是请不动马凯，无奈，她就来拉马凯，把他拉到了场内。马凯磕磕绊绊，与高丽英支着“黄瓜架子”，眼睛一直盯着自己的脚。“把头抬起来，没人注意你的。”高丽英小声对他说。马凯抬起了头，没抬一分钟，头又耷拉下来。他们在舞厅的一角转了没多久，马凯说什么也要下来。“坚持一下，一会儿你就适应了。”高丽英耐心劝说他。马凯说我知道，下一曲再跳，走，回去喝酒。没办法，高丽英只好回去陪马凯喝酒。

马凯和高丽英坐在那儿，马凯闲着行，女的就不一样了，不一会儿的工夫，就有人请高丽英跳舞。每遇到这种情况，高丽英都瞅马凯一眼，马凯也不能说什么。接下来，马凯真的就只剩喝酒的份了，他孤独地坐在那里，而高丽英则消失在黑暗的人群之中。马凯叹着气，高丽英跳一曲，他就喝一瓶啤酒。跳到大约七八首曲子时，一个上点儿年纪的人来请高丽英跳舞，他似乎和高丽英挺熟悉的，两个人一边跳一边说着什么，显得很亲密的样子。这些，马凯都看在眼里。他又把一瓶啤酒干了下去。

中场休息是放舞曲录音，这个时候，马凯不再谦让了，他监视着上点儿年纪的人，那个人刚要起身，马凯就把高丽英邀请下了场，他扶着高丽英，趺趺撞撞的，一下子平衡不好，身子的重心倾向了高丽英，本能的反应，他把高丽英给抱住了。高丽英扶了扶他，他还是紧紧攥住高丽英的手。高丽英问他：“你没事吧？”马凯说：“没事。”高丽英的呼吸渐渐急促，她用手在马凯的后背明显地钩了一下，这一钩，令马凯的神经突绷了一下，他深吸了一口气，接着，把高丽英紧紧地拥在了怀里。他们就那样晃着，一直把那个曲子晃完了。灯亮时，高丽英小声对马凯说：“你真有劲。”

作为一个转折点，那曲舞下来，他们两人就亲密起来了。在接下来的舞曲中，他们两人的动作就更大了，相互拥抱着，抚摩着。兴奋之中，高丽英对马凯说：“一会儿上我妈家待一会儿……我有自己的房间。”马凯什么都明白了，明白了，他的神经也快绷断了。

高丽英的母亲还住在马凯小时候的老房子附近，他们到那里时，天已经黑了。马凯一直处于半醉状态，不过，他的脑子还算明白，进高丽英家之前，他还给高母买了一个大西瓜。高丽英的母亲十分苍老，已经变成了纯粹的老太太。进了门，高丽英向她介绍：“这就是前栋房的‘豆包’（马凯小时候的外号叫豆包）。”“查电表？”老太太听不太清。她大声向老太太喊：“不是，他是我的同学，你忘了，他还打过咱家的玻璃。”“啊，知道了。”马凯上前向老太太问好，把西瓜递了过去。老太太抿了抿没牙的嘴，含混不清地说，这么客气干什么！高丽英对马凯使了一个快乐的眼神，把自己的房间示意给马凯，意思是让马凯先进去，她又大声对老太太说：“我和同学谈点儿事，你别来打扰我们。”老太太问：“洗脚？洗什么脚？”高丽英比画着说，不是，你别进我的房间。老太太点了点头。

高丽英把房门关上，就跳到了床上，一下子把坐在床上发愣的马凯扑倒了。马凯和高丽英是成熟的、近乎中年的人，他们以他们特有的方式快速脱自己的衣服，快速钻到被窝里，快速拥抱到了一起……他们进行得也比较顺利，只是高丽英的声音大了一些。马凯气喘着对高丽英说：“你别那么大声。”高丽英也气喘着说：“没事，我妈听不到。”“不是怕你妈，我太紧张了，怕忍不住了……”这时，老太太在门外敲门，他们立刻静止住，屏住了呼吸，高丽英大声问：“什么事？”老太太在门外说：“吃饭了没有？”“你别管，吃过了。”此时，马凯已全军溃退。

事毕，高丽英出去给马凯冲茶水，马凯蜷着腿坐在床头的一个沙发上，他的两只脚交叉在一起，像一个蜷缩在秋风中的小男孩。这时，经过激烈运动的马凯，酒已经醒了八分。马凯怅然若失地打量着高丽英的房间，房门上方搭了一个吊铺，当年，高丽英就住在那个吊铺上，现在，那个吊铺上放了两个老箱子，漆红色，铜柜锁已生了绿锈。在吊铺上泛黄的墙角，还有一张旧了几十年的纸画，是当年的样板戏宣传画……这些属于他小时候的记忆，令马凯的心里袭来一股一股的阵痛。

马凯回家已经是晚上九点多了，他几乎完全醒酒了。爬楼梯时，他才觉得问题严重了。从上午九点半开始，他就失踪了，除了高丽英，对所有熟悉他的人来说，都可以说是失踪了。老婆会不会给单位打电话？老婆一旦问起来，他怎么编理由？还有，老婆知道他今天发工资，一旦要工资怎么办？中午和高丽英吃饭，加上在舞厅里的消费，加上给高母买西瓜，大概得花掉四五百元，他还没来得及细数，反正对不上账。家里的人情往来和生活开销都是老婆安排，马凯从未花过这么多的钱，他能说清楚吗？还有，结婚二十年来，他马凯从未有过越轨行为，在敏感细腻的老婆面前，他能保证自己伪装得天衣无缝，不露马脚？还有，老婆的例假就在前两天结束，按他们的生活规律，也该在一起了，如果老婆今晚对他有所暗示或要求该怎么办，自己还有充沛的体力吗？马凯的头开始隐隐作痛。

马凯进得家来，老婆正在看电视连续剧，她用眼角扫了马凯一眼，说：“在外头吃饭也不打个招呼，谁知道带不带你份。”马凯十分柔和地说：“别提了，碰到一个老同学，我们哥俩从中午就喝酒，一直喝到现在，哪想能喝到晚上啊。对不起了，以后不这样。”马凯的话似乎轻描淡写，实际上，他是动了一番脑筋的。这句话平平淡淡，却透露出这样几个信息，一是自己没在单位，和朋友一直喝酒，如果老婆往单位打了电话，也不至于错不开牙；二是与自己喝酒的人是个男同学。老婆不问便罢，如果问是哪个同学，他随便说一个名字就行，反正老婆也不认识他的同学。

接下来，马凯最担心的是老婆问起工资，他可以说落在单位里了，可这样说就容易出纰漏，老婆太了解他了，有的时候比他自己都了解他，他不可能在工资问题上出现“落单位”这样明显的错误的。当然，马凯也不能说请同学吃饭了，如果是请同学吃饭，老婆可能要他出示发票，他的确开了一个发票，但舞厅的钱、买西瓜的钱又对不上了。一时，马凯还没想出一个更好的办法，老婆如果真的问将下来，他只能冒着风险说落单位里了。

谁想，老婆并没有提工资的事，只说让他早点儿睡，明天早晨欢欢（他女儿）学校组织郊游，你得送她去学校。马凯担心的也就是老婆让他早睡，他自言自语，又有些愤慨地说，我们处长太不像话了，出力不讨好的活总交给我，这不，让我写一个材料，说明天早晨交稿。说的时候，马凯还抖了抖公文包。老婆斜了他一眼，什么也没说。马凯走到卫生间里，仔细洗着脸，在高丽英家临出门，他洗过脸，他怕高丽英的口红留在他的脸上。

可能是心虚吧，回到家，他还是觉得有可能没洗干净，一旦在高丽英家没洗干净，让老婆发现哪怕一点儿，他就要倒霉了。

老婆似乎没太注意他，那个电视剧结束，老婆就去刷牙、洗脚，准备睡觉了。马凯觉得他又逃过了一关，他必须靠时间，把老婆彻底靠睡了才行。可是，时间也不是好靠的，装做写材料比真的写材料还难受，难受也没办法，马凯只好把公文包里的一个讲话稿拿了出来，在稿纸上把那个讲话稿抄一遍，而且，那个讲话稿还不能抄得太工整，还得有改动，有加句子，有删句子，那样才像，明天早晨，老婆起来看到桌子上的稿子，才算混过关了。事实上，老婆看稿子的可能性几近于零，问题是一旦她意识到什么，真的看了呢？还是准备充分点儿好。

不到十一点，马凯就把那篇七千来字的长稿子抄完了，这个时间，老婆也该进入熟睡状态了，而他马凯也可以上床睡觉了。可马凯不敢，他还在想他和高丽英的事，从他们意外邂逅、到光彩酒楼吃饭、到舞厅跳舞、到她妈家……他一个细节一个细节地回忆，时而清晰时而模糊，有时高丽英的气息在身边浮云般缠绕着，有时又觉得他们之间发生的事如一场飘忽不定的梦……马凯不敢去睡觉，他觉得自己现在上了床，也是无法入睡的，肯定会心事重重，浮想联翩，翻过来掉过去的，老婆肯定会起疑心，索性就再熬一段，熬到自己的眼皮发黏，实在困得不行了的时候再上床。然而，坐在那儿想也不行，越想越害怕，甚至觉得老婆已经发现了他的蛛丝马迹。不行，马凯想，得马上洗一个澡，他身上不可能不残存高丽英的气味。在这方面，女人是敏感的，如果不洗掉，老婆一定会有所察觉。还有，高丽英是长头发，说不准他的身上或者衣服上就沾了一根长头发，让老婆发现了，那可是证据啊。十二点左右，马凯在卫生间里哗哗地冲起了淋浴，就在马凯洗来洗去的时候，老婆起夜了，她在卫生间的门口咚咚地敲。马凯身上的香皂沫还没冲净，就披着浴巾跑了出来。马凯所以这么匆忙，他是担心老婆等时间长了就惺惺了，最好老婆半闭着眼睛进去，再半闭着眼睛出来。还有，他所以跑出来，是不想自己全裸的身子给老婆看，老婆看到他的那些，说不准会有所兴奋，他可怕老婆兴奋。

马凯艰难地熬过了难眠之夜，第二天到了单位，他的压力仍然没有减轻，甚至有加重的趋势。首先，马凯昨天没把材料送到设计院，并且整个一天都见不到影，一旦处长问起来，他怎么回答。而关键的是，如果高丽英来了电话，大大咧咧地问他，马凯，昨天还好吗，他怎么回答，况且，单位里的电话还是串联的，说不准被黄平，或者被小陈听去了，不用一天，除了他马凯，全局都有可能知道高丽英给他打电话，很快就会传出他的绯闻。当然，也许是他考虑得太多了，现在，人们对这些事已经不那么感兴趣了。问题还不在绯闻上，几个月后就要机构改革了，机构改革就得调整干部调整人员，这个当口上出了娄子，亏可就吃大了。马凯进步的心还没凉透，灰烬中还有残火，还等待着熊熊燃烧起来。

在单位里，马凯是在热锅里煎熬着，当然，煎熬的是他的内心，大家该干什么干什么，谁也没太注意他。好在那天处长并没问他送材料的事，马凯下班的时候提前走了一会儿，果真打了一辆出租车，把材料送了去。那之后处长也没问起过材料，他或许是忘了，或许，对于处长来说，他既然把送材料的事安排了，他的任务就完成了，送不送到是另一回事了。第二天晚上，马凯把工资交到了老婆手上，他东挪西凑，总算填平了那个窟窿。事情按说到此也摆平了，事实上，马凯的日子却仍然难过。

每天上班，马凯都担心电话铃声，一有电话，他就抢着接，他怕是高丽英的电话。如果高丽英再次邀请他，或吃饭，或跳舞，或去她家，他该怎么办？如果他回绝了高丽英，高丽英不高兴了，哪天来到他的单位找他，往他办公桌前一坐，他该怎么办？还有，他与高丽英已经分别了二十多年了，他对现在的高丽英一点儿都不了解，现在的高丽英变化究竟有多大，她是怎么想的？

她对他有所图吗？尽管他马凯是个实在不值得提的小人物，可在高丽英的眼里，他可是机关里的大干部，以后动不动就求他办事，他能办得了吗？况且，从高丽英目前的境况、她起了毛边的衣着、简陋的家庭环境看，高丽英的经济状况很不好，如果高丽英让资助，他上哪儿弄钱去？越想马凯越恐惧，他觉得自己现在已经没资格同黄平他们斗了，对机构改革这个调整的机会也不抱什么希望了，因为自己有一个严重的问题潜伏着，现在他已经没有资格了。别说什么进步，不出问题就万幸了。与此同时，马凯对那天发生的事十分懊悔，还时不时地在内心里责骂自己，暗自抽了自己好几次耳刮子。

日子一天天过去，自马凯和高丽英分别后，一点儿高丽英的消息也没有，没有高丽英的消息，并不等于不会有她的消息了。马凯觉得，高丽英就像挂在他身上的定时炸弹，时间越长，离爆炸的时间就越来越近，危险性就越来越大。而这期间，马凯也在无奈之中完全放开了，也就是说，他对自己提拔的事彻底不抱希望了。总结自己这二十年的机关生涯，马凯想，说复杂真复杂，可说简单也真简单。机关是什么？不过是一些人凑到了一起，在一个人为的规范里或圈子里活动而已。以前，领导说要防止公共权力部门化，部门权力个人化，说得挺好的，但只能是说得挺好的。不过，也别小瞧这个圈子，这里也有一个规则，就是必须得和大家一样，你太出格了不行，太有本事了更不行，像社会上的其他一些圈子一样，圈子总会内外有别的。想一想，自己在机关二十来年，提不提拔不说，没被这个圈子挤出去已经说明了一个问题，说明他马凯有毅力，是个了不起的人。

一天，马凯蹲在厕所里，就像小时候挨父亲打之后那样蹲着，心里觉得委屈，眼睛里也噙满了泪水。他觉得，自己为什么这么没出息呢。事实上，这段时间里什么事也没发生，没有高丽英的消息，没有老婆和处长的责问和怀疑，没有大家特别的目光……自己的恐惧全是自己造成的，是自己吓唬自己，是自己把自己打败了。可自己为什么要自己吓唬自己，自己要打败自己呢？说起来，他和高丽英都不是生活中的强者，都是在生活中受憋屈、受委屈的人，甚至活得有些窝窝囊囊的。这样的生活在底层的两个小人物在一起温暖一下有什么错？想到这儿，马凯擦了一下眼泪，站了起来，放粗了嗓门喊了一声。

马凯推开厕所的门，见局长正在小便池尿尿。局长瞅了马凯一眼，要是以前，马凯的脸早就吓得惨白了，这次，马凯也瞅了局长一眼。

就在马凯什么都不在乎的时候，机遇却来找他了，那年机构改革，马凯被破格提拔为局属最大的一个事业单位的头，从正科一跃成为正处。马凯手下管了六七十号人，黄平被分流出来，成了他手下的一个副处级调研员。马凯有了车，有了手提电话，人缘也好了，业务也忙了。他踌躇满志，工作干得有声有色。

一晃一年就过去了，一天，坐在办公室里的马凯突然心情沉重起来，他想起了高丽英，他在自己的电脑记事本上翻着，他明明知道没有高丽英的电话，却也翻着。他和高丽英在舞厅那天，高丽英用舞厅的酒水单子给马凯写了一个传呼号码，不过，在马凯回家的途中，就被他撕得粉碎并抛到了车窗外。

马凯想来想去，给大敏挂了一个电话，寒暄了一番之后，马凯说他想请老同学们聚一聚，顺便还管大敏要高丽英的联络号码。大敏说你别找高丽英了。马凯问怎么啦。大敏说高丽英春天就走了。“走了，去了哪里？”

“她能去哪儿，阴曹地府呗。”

马凯的心立刻凝固了。大敏说你怎么不知道，我听丽英说她还见过你，你们见面的时候，丽英肚子里的癌细胞就扩散了。马凯放下电话，两天都没怎么说话。

后来马凯去当年的老房子找过高母，他去时，那片房子已经扒了，高丽英母亲家动迁到了城郊，马凯费了很多周折才找到高丽英的母亲，他给老太太带去很多好吃的东西。那之后，马凯每逢节日都去看望高母，老太太已经彻底认出他就是高丽英小时候的同学，老实巴交的“豆包”了，老太太也想起了当年开的玩笑，就是等他们长大了，把高丽英给马凯当媳妇。不过，老太太显得很认真，若有所思地说：“现在像你这样的好孩子太少了……如果当初，我家丽英嫁给你就好了。”

从高母家出来，马凯心里十分难过，他想，如果高丽英还健在的话，他会大大方方地去找她吗？会这么频繁地来探望高母吗？还有，如果高母知道这其中的一切，并知道他内心所想，老太太也许就不会说那样的话了。

谁爱大米

一

表姐辛宇红的假期结束了，她要提前回学校。辛宇红要走了，宁兹却很矛盾。一方面她曾经急切地盼望，甚至是诅咒她早点儿滚蛋，另一方面，表姐真的要走了，她又觉得很失落，心里发空，不知道接下来要干什么。

表姐回来这段日子里，父亲和母亲有意安排，让她们多在一起，想让表姐有形无形地影响她。不管表姐身上有多少缺点，总之瑕不掩瑜。表姐以很高的成绩进入了重点大学，在一个不出知识分子的家庭里，够光宗耀祖的了。所以，请表姐吃饭时，母亲让宁兹坐在辛宇红的身边。母亲说："小兹啊，这个假期你不要跟其他人玩了，就跟你表姐一起玩，她可是你学习的榜样啊。"宁兹用不友善的眼光瞄了辛宇红一眼，心想，别以为你很酷，其实你没什么了不起的，还在那一本正经装大瓣蒜，够人！

辛宇红不是看不出来，宁兹对她的态度并不友好。

即使是宁兹对她亲近，她愿意承担这个角色才见鬼呢！她只是觉得要给足二姨妈的面子。家庭条件比自己家好的二姨妈很疼爱自己，也给了自己不少物质上的帮助。况且，辛宇红觉得自己毕竟比宁兹大，大就该有大的样，她主动与宁兹交好，相信过两天情况就会发生变化。

其实没用两天时间。下午，宁兹就主动邀请辛宇红上街，她想把自己的头发漂成蓝星条。辛宇红问她，我二姨同意吗？宁兹说，我自己的头发我有权处理，为什么要她同意？辛宇红说不行，你妈肯定不会同意的。宁兹立即将眼睛瞪成了圆葡萄，对辛宇红说你别说那么多废话，你去不去吧？辛宇红立即意识到，自己的方法简单了一些，她想了想，说，走吧。

街上，辛宇红和宁兹并肩走着，由于辛宇红妥协了，宁兹的气就顺了不少。她问辛宇红，你上大学有意思吗？辛宇红说没意思，可是，也没别的有意思的事啊。宁兹笑了，她说你跟我的想法不一样，我觉得有很多有意思的事。“比如说？”辛宇红显得老到地启发宁兹。宁兹想都没想，说，比如说染头发。“可是，”辛宇红说，“可是你想过没有，你染那样的头发，怎么去学校啊？除非你不上学了。”宁兹说我真不想上学了，要不是我爸我妈逼我，我肯定不上学了。辛宇红说不上学你干什么啊？宁兹说不上学就有很多自由了，想玩什么玩什么。辛宇红很惊讶，停下来，问，你真这么想啊？

宁兹蹙了一下细嫩、漂亮的眉头，说，是啊，但是不现实，恐怕还得上学。

辛宇红说对啊，这么想就对了。

宁兹说对什么对啊，只是没办法而已。

辛宇红趁热打铁，说，既然你要上学，就不要染头发了。宁兹似乎明白了，她说为什么不呢？我只是假期染头发，等开学了，我再染回来不就行了？

辛宇红知道宁兹的想法是经过考虑的，她不太高兴的样子，说，既然你已经下了决心，完全不必拉着我，你自己去不就完了。宁兹坦率地说，是啊，可是，你跟我来，我妈会原谅我的，因为我妈相信你。

辛宇红哭笑不得，她可不敢小看宁兹了。辛宇红说好吧，我就陪你去染头发，但有一点，你别拉我也染头发，我觉得很无聊。宁兹站住了，她问，你为什么觉得无聊？辛宇红想了想，说什么也不因为，可能每个人的美学观点不同吧，我更喜欢音乐。一会儿，你去染头发，我去音像店，等你差不多了，我回来找你。宁兹盯着辛宇红看，迟疑地点了点头。

辛宇红和宁兹分手后，就去了音像商店，故意做出精心挑选光碟的样子，其实她从进这个店铺开始，就打定主意不花一分钱的，她只是来考察和了解，如果找到她需要的歌曲，她就会到网上去下载。

辛宇红聚精会神的时候，宁兹站在她的身边，她噘着嘴，等着辛宇红发现她，辛宇红偏偏没在意她。无奈，宁兹说话了，她说你在选什么歌啊，这一片哪有好歌，都老土！

辛宇红抬起头来，她觉得宁兹的样子很可笑，就捂起嘴，一边笑一边问，你不是在染头发吗？宁兹说，今天真没劲，那么多人！那，不染了？辛宇红问。宁兹想了想说，明天再说吧。

第二天，宁兹没提染头发的事，她似乎已经把头一天的事忘了，也许是改变了主意。辛宇红当然没忘记，只是她不会主动提起，宁兹都不提，她为什么要提自己本来就不赞成的事呢？辛宇红和宁兹走在街上，辛宇红说这条街在我眼里和外地人的眼里是不一样的，当然，我上大学以前眼里的街和现在眼里的街也是不一样的。宁兹用奇怪的眼神瞅了瞅辛宇红。辛宇红问：“不是吗？”宁兹说我不知道，你说的话我听不懂。辛宇红很夸张的样子，她说不会吧！宁兹不理睬她，只管走路。

宁兹走路，辛宇红就陪着她走路。走了一会儿，辛宇红问，你倒要去哪儿？宁兹停下，想想笑了，她说，我们去音像店吧？

在音像店里，她们并没有挑选 CD，而是坐在临窗的茶座上吃冰激凌。一边吃一边聊音乐。辛宇红说，我喜欢那种哽在喉头的音乐，让你吐不出来也咽不下去，当然，最后还是要咽下去的。“那是什么样的音乐啊？”

宁兹问。辛宇红列举了几个流行歌曲的名字。宁兹快速将嘴边的冰激凌拿开，说，早过时了。辛宇红瞪着修剪过睫毛的眼睛，说，怎么会啊，我们学校刚流行的，这两首歌推出还不到半年时间。宁兹说，怎么啦？奇怪吗？因为你们学校在大城市，我们这是小县城，你们就比我们时尚？不见得。辛宇红自言自语，奇怪了，我们那儿刚刚流行的……“刚流行？太没水准了吧？”“怎么没水准了？”宁兹的表情十分不屑，她说老了老了。辛宇红问，那你认为谁没老呢？宁兹说出两个陌生的名字。辛宇红无奈地说，真搞不懂你们这些孩子。

宁兹说，你也是孩子呀。

辛宇红显然不服气，她把随身听递给了宁兹，说，不要以为最新的就是最好的，感受一下，如果你真的懂音乐，就知道我是什么品位了。宁兹接过来，将纽扣一样的东西塞到耳朵里，并不陌生地挑选着歌曲，一边听一边摇晃着身子，旁若无人。

“怎么样？还是找到喜欢的了吧？”辛宇红问。

宁兹摘下了耳塞，问，什么？

“喜欢吗？”

“喜欢。”

“哪一首？”

“我喜欢你的 MP3。”

辛宇红差点儿让宁兹给气得背过气去。

不管怎么说，辛宇红和宁兹毕竟还是相处下去了，找到了她们之间的最大公约数。只是好景不长，辛宇红放假没多久，大迪就出现了。

二

吃饭的时候，妈妈问宁兹，你和表姐玩得好吗？宁兹说挺好的。“你们都在一起玩什么？”妈妈问。宁兹说也没什么，聊天，听音乐。妈妈笑了，她说这就对了。

宁兹迟疑了一下，说，姐姐有个 MP3。

“什么是 MP3？”

随身听，用来听音乐的。宁兹说。

啊，妈妈点了点头，没再说什么。

宁兹显然是要同妈妈继续谈 MP3 的话题，见妈妈不感兴趣，她只好说，那个 MP3 是姐姐的，开学了，她就带走了。妈妈瞅了瞅宁兹，说，多吃点儿青菜，青菜好。

宁兹放下了筷子，她说妈，能给我买一个 MP3 吗？

妈妈似乎已经有了准备，她说你正准备考高中，不能分心。宁兹说，你嫌贵啊？也不算贵，才几百块钱，况且，也有便宜的啊。妈妈说不是钱的问题，你想想看，我和你爸努力挣钱为了什么？还不都是为了你！咱家不过是普通的人家，算不上有钱人，可在你学习上，妈花钱从不眨眼睛。别的不说，这个假期，学习班报名费、学习资料就花了一千多。为你吃为你穿为你学习，妈从不算计，可随身听就不同了。你别插嘴，别以为我什么都不懂，我知道随身听是什么东西，那个玩意儿对你学习没好处。

宁兹嘟起嘴来，她说不买就不买呗，干吗絮叨那么多话。

“妈妈说也不是说绝对不能买，主要是——”“主要是为了让我好好学习，”宁兹接了过去，“我知道你要说什么。”

妈妈说你知道就好，这样吧，咱们达成一个协议，如果你中考考上了大一中，我就给你买，买最贵的，由你自己挑……宁兹摔下筷子，站起来就走。妈妈很不高兴，她说你这孩子，怎么这样呢！

宁兹老爸肩膀上搭着手巾走了进来，他说，娘俩又拌嘴了？妈妈白了爸爸一眼，说，哪来的臭毛病，一不高兴就摔筷子。爸爸笑着说，遗传的呗。妈妈啪的一声把筷子摔了，她说遗传也是你的基因！

宁兹去找辛宇红，辛宇红和大迪爬山去了。宁兹想不明白，大热的天去爬山，一定是脑袋出了问题，让门挤了。

宁兹对大迪的概念来自辛宇红，辛宇红对她说，大迪是她中学同学，上高中的时候就追她，那时候辛宇红没理大迪。她没理大迪，并不是因为大迪不好，辛宇红说自己刚刚上路，不想让第一个男人把所有的风景都遮住了。“事实证明我是有远见的。”辛宇红说这话是指大迪没考上大学。大迪没考上大学也不想复读，他在部队做了首长的大伯就帮着做工作，让他参了军并准备考军校。辛宇红回来之后，大迪就来探望，大概出乎大迪的预料，辛宇红对他的态度十分友善。这样，大迪已经降温的情感又翻腾起来，急速达到了燃点。“你真想跟大迪那样？”宁兹问。辛宇红笑了，她说，小孩子懂什么？宁兹说别瞧不起人，我懂的你还不一定懂呢！辛宇红不笑了，她说我在做善事，我在还给别人梦想。宁兹喃喃着，还给别人梦想……不明白。

辛宇红傍晚才回来，她和大迪一起邀请宁兹吃饭。辛宇红说真不好意思，把我的宝贝妹妹扔下了，二姨妈可把你交给我了啊。宁兹说没什么，今天我过得愉快极了。

辛宇红说得了吧，你的脸上已经写着了，你过得不愉快。宁兹摸了摸自己的脸，说她胡说，我脸上什么都不会写的。辛宇红说，怎么样，还是露馅了吧？

宁兹坦白：“早晨跟我妈生气了，我想买MP3，她说等我考上大一中再给我买，还不是空头支票。”辛宇红说你也会用这样的词啊。宁兹说这有什么，一句话而已。辛宇红说那不是空头支票，是承诺。“承诺个鬼啊，我要是能考上大一中才怪呢。所以，那不是空头支票是什么？再说，我爸已经给了我好几个承诺了，哪个不比MP3贵。”

大迪过来拍宁兹的肩膀，他说没关系小妹，实在不行哥给你买。

宁兹白了大迪一眼，她说谁要用你买？还有啊，你别管我叫小妹，听着别扭。

辛宇红笑了，从胸前拿起自己的随身听，对宁兹说，这没问题，等假期结束，我这个就送给你。

宁兹想了想，笑了，她说那要等好久啊，这样吧，以后你们出去扔下我一个人，就把你的MP3借给我，算是对我的精神补偿好了。辛宇红说宁兹啊宁兹，等你长大了，一定是个不好对付的人。

宁兹梗着脖子说，知道就好。

辛宇红不和宁兹在一起，也未必都跟大迪在一起，不过，辛宇红还是顺从了宁兹，当天她就把MP3借给了宁兹。

那个小巧的假金属外壳的塑料东西对宁兹来说不陌生，可仍然充满了神秘感，那个小玩意儿里隐藏了很多她崇拜的歌星，可以连蹦带跳滚动出她喜欢的歌曲。当然，神秘也许不在于歌曲本身，还在于下载她需要的歌曲的过程，在很多音乐网站上跑来跑去，有的歌需要找好一阵子，由找不到到发现了，由不能下载或下载困难到下载成功，失望、紧张、懊恼、兴奋……这个过程很折磨人也很吸引人。一直到宁兹觉得她选的歌差不多了，她才停下来，兴冲冲地给关系亲密的同学小楠打电话，小楠的姥姥告诉她，小楠不在家。宁兹又给冠予打电话，冠予一接她的电话，宁兹就抱怨累死了，这两天没出门，整天在家里下载音乐，现在我已经把流行歌曲收集全了，当然，还有一首《帅老公猪八戒》没找到。冠予支吾着。宁兹说来我家吧，我们听歌。冠予说不行啊，老妈看得死死的，整天让我写作业。“真不幸啊，”宁兹说，“要不这样，我去你家。”冠予说来我家也不行，老妈在家。“你妈在家怕什么？”冠予说……我妈怕我假期跟你在一起玩疯了，才对我实行暴政的。宁兹说我靠，你妈 IQ 零蛋啊？冠予说不准你这样说我妈，说着把电话放下了。宁兹手里是响着忙音的话筒，她想了想对着话筒说，本来嘛，你妈 IQ 就是零蛋。

宁兹觉得很无聊，她又给小楠家挂了电话。小楠姥姥仍告诉她，小楠不在家。“什么时候回来啊？”宁兹问。小楠姥姥说要等很长时间。“很长时间是多少？晚上吗？”小楠姥姥说是不是晚上我不知道，不过，起码得一个礼拜。“一个礼拜？她去外地啦？”宁兹问。小楠姥姥说，小楠跟她妈去黄山开会去了。宁兹明白了，以前，小楠就跟妈妈出去开过会，游览了很多名胜古迹。很多人都说开会不好，宁兹却不这么看，开会多令人羡慕啊，可惜，爸爸妈妈没有开会的机会，不能带她出去开开眼界。当然，老爸也有他自豪的，他每过两天就换一辆车，有的时候是摩托，有的时候是三轮车，有的还是车体明亮可以照出人影的进口轿车。老爸是开修车行的，做一些简单的修理和保养工作，比如补胎、钣金、喷漆、洗车以及给轮胎补气，等等。这样，老爸就可以把停在车行的车开回家，哪一个修车的人都不会反对的。老爸说，过去一句老话叫靠山吃山，你爸我把买车的钱省下了，修理行开一天，就有一天车开，重要的不是所有权，而是使用权。老爸的话也可以应在妈妈身上，她经营一个手机专卖店，卖新手机也收购旧手机，所以，妈妈三天两头换手机，有了新款的手机她也可以试用几天，找买主再卖掉。不过，妈妈不主张宁兹用手机，她认为手机不是什么好东西，不适合孩子用。

宁兹没把爸爸妈妈自豪的东西看在眼里，她只对她感兴趣的东西上心。老爸再重复他引以为自豪的话题时，宁兹冷冷地说，我明白了，咱家现在有了车，有了电话，就少一个饭店了，将来我开一个饭店，那样，一辈子不愁吃饭了。宁兹的话令老爸觉得很意外，他拉伸着脖子，半天没说出话来，妈妈打了老爸一拳，说，你看你，用什么方法教育孩子！老爸挨了打，更加不服气，他说你好，你没说过这样的话吗？

宁兹没想过开饭店，她只是说说而已，宁兹想过开理发店，只是，考虑这个问题的出发点绝不是为了为老爸剪头和妈妈烫头提供方便的。

见不到小楠和冠予，宁兹的情绪很低落，自己听那些歌也觉得无聊，其实，下载了那么多的歌，她并没有完整地听过一首。那么，她下载了那么多的新歌有什么意义呢？

宁兹出现在美发厅立即引起了水红的注意。水红正在给一个中年妇女盘头发，那个发型也许更适合年轻一点儿的女性，可是，哪个女人不希望自己年轻一些呢？宁兹见水红正忙，也没打扰她，就自家人一般，自己找个地方坐了下来。水红说宁兹小妹啊，真不好意思，你每次来都是我最忙的时候。宁兹笑了，她说好啊，那我就天天来。

美发厅里响着音乐，那些音乐很嘈杂，使得整个房间成了一个掉了螺丝、开了胶、破了网的音箱，兜不住四下冲撞的声音，尽管如此，音乐的声音还是很大。

水红终于忙完了一个活，她走过来，亲热地拍了宁兹的肩一下。水红说，今天想染头发吗？其实宁兹听到了，可她故意装作没听到的样子，扭着头反问："什么？"水红大声说："染头发吗？"宁兹摘下了耳机，她的动作幅度很大。水红说不是我不想挣你的钱，做生意嘛，哪有见钱不赚的道理，我是怕你没想好。怎么样？想清楚了？宁兹说什么想好没想好的，不就染个头发吗？水红说那可不行，如果你妈不同意，来找我怎么办？宁兹说我的头发又不是我妈的头发，我自己说了算。水红说那好，下一个就给你做，不过，在做之前，我还是要给你一个意见，漂蓝色有点儿刺眼，很少有人漂那么鲜艳的，都是刚走向社会的年轻人才那样，你还是学生，所以……宁兹说，粉色怎么样？水红想了想，她说粉色也有点儿鲜艳，如果是浅黄色还好一些，少漂一点儿，既时尚又不显眼，配你天生丽质，就完美无假了。宁兹噗地笑了，她说不是完美无假，是无瑕。水红掩饰一下表情，她说意思对就行呗。

宁兹说漂黄色也可以，多少钱？水红四下瞅了瞅，将文得猩红的嘴靠近了宁兹耳朵，小声说，别人都收五十，收你三十吧。宁兹想了想，她说如果我带一个人，漂两个头，能不能再便宜点儿？水红说干吗呀，我这可是有成本的呀……好了好了，如果那样，收你们五十吧，每人二十五，吐血的价了。宁兹说这还差不多。“那，你现在做吗？”水红问。

“现在？”宁兹显然没有准备，她说我今天没带钱！宁兹翻着口袋：“只有五块钱。”水红说你今天没打算做头发啊。宁兹说等我带表姐一起来，她负责付钱。水红笑了，她说那就等你表姐来再说吧，我得忙去了。

水红去忙了，宁兹就一个人摇头晃脑地听歌，水红一直也没注意到她在听歌，宁兹很失望。

三

宁兹去找辛宇红，她并不确定辛宇红是不是在家，她想去碰一碰，她想，反正原来也没打算去找辛宇红，在家更好，不在家她也没什么损失。

宁兹敲了半天门辛宇红才把门打开，她脸色红润，像刚刚跑步锻炼后的样子。进了门，宁兹就往辛宇红的身后张望。辛宇红问，瞅什么呀？宁兹滑稽地一耸肩。大迪走了过来，大迪衣着没辛宇红的整齐，他的衬衣下摆从裤子的前开门露出了一角。宁兹眨着眼睛，指了指。大迪连忙转过身去，将露出的衬衣掖回去，拉上拉链。

辛宇红把宁兹拉到了一边，问她什么事。宁兹说没什么事。“没什么事还来找我？”辛宇红说。宁兹想了想，告诉辛宇红，她已经跟水红说好了，她们两人一起漂头发，漂淡黄色，很时尚还显得有内涵。收费也不高，才五十元。并且，收费只收辛宇红一个人的，而宁兹是免费搭车的。辛宇红说五十元倒不贵，只是她现在还不想染头发，不过，她现在倒想改变一下发型。“为什么要改变发型？你现在的发型已经够酷的了。”宁兹说。辛宇红说我也不知道，反正就有这样的想法，突然想改变一下。宁兹问她要怎样改变呢，辛宇红说可以剪短一点儿。宁兹有些感慨，她说已经留这么长了，剪了多可惜。

辛宇红说没什么可惜的，头发还是要长的，现在剪短了，将来还能长长的。宁兹想了想，小声问，你跟大迪那样啦？

“哪样了？”辛宇红大声说，“小孩懂什么啊？”

宁兹白了辛宇红一眼，说，告诉过你别小看我，我什么都懂。

辛宇红说好了好了，不说这些了。对了，听歌了吗？宁兹说是啊，最新的歌我下载全了。辛宇红吓了一跳，她说，你没把里面的东西弄丢吧？宁兹说怎么会啊，你的东西我一点儿都没动。辛宇红说这还差不多。

宁兹拉了辛宇红一下，小声说，告诉你实话，我不喜欢大迪。

“不是说好不提了吗？”辛宇红说。

“可是你不让我讲的啊。”宁兹大声说。

宁兹的话莫名其妙，辛宇红一下子被牵扯住了，她缓和了语气，她说你说吧。“说什么？”宁兹问。“说说，为什么不喜欢大迪。”宁兹得理不让人的样子，说，你不是不让我说吗？“说吧，现在让你说。”宁兹严肃地瞪着眼睛说，大迪很没人性的。辛宇红茫然地瞅着宁兹。宁兹继续说，上次吃火锅你还记得吧，大迪盛了一盘活泥鳅，一下全倒到滚烫的水里。辛宇红回忆着，点头。宁兹说完了，她开始低头摆弄随身听。“然后呢？”辛宇红问。

“没了。”

“没啦？”

“是啊。”

“就这事啊？”辛宇红有些失望。

“就这事？这事不严重吗？他杀死了那么多无辜的生命。”

辛宇红有些庄重地点了点头，她说明白了，现在代沟越来越大了……不错，有爱心不是坏事。

“我说得不对吗？”宁兹问。辛宇红说你说得对，但是到此为止，以后不要再提了。

宁兹瞅了瞅辛宇红，嘟哝着，你以为我愿意提啊！随即，摇晃着身子念叨：要问我有多爱你，就像老鼠爱大米……

离开学还有十多天，辛宇红准备提前返校了，原本她不是这样计划的，但计划的作用好像就是用来被打破的。据辛宇红讲，她之所以提前返校，是因为男朋友提前回学校了，要带她去旅游。宁兹问辛宇红，既然你已经有男朋友了，为什么还跟大迪黏糊？辛宇红不喜欢听这样的话，她说小孩子说话别这么狠，怎么叫黏糊呢？

辛宇红和宁兹说话时，大迪来了，他在门外暗号一般地敲门。辛宇红说，是大迪，不要理他。宁兹不解地看着辛宇红。大迪很有耐心，每隔十几秒就敲一次。宁兹来到门口，从猫眼向外张望，她小声对辛宇红说，真是大迪，他还拎着礼品袋呢。辛宇红向宁兹招了招手，回到自己的房间里，拉过被子躺在床上。辛宇红说，拜托你，告诉大迪，说我和他结束了，我永远都不想见他，告诉他，我现在哭得正伤心呢……还有，把这个还给他。辛宇红递给宁兹一个意大利牌子的时尚眼镜。宁兹问，为什么要这样啊？辛宇红说，你不是都知道了吗？我有男朋友的，正在读硕士研究生。宁兹有些为难，她说，大迪要是闯进来怎么办？辛宇红说他不敢，况且，我知道你是有办法对付他的。宁兹还犹豫着，辛宇红说，哎，别那么没良心，我还答应给你 MP3 呢。

宁兹来到门口，开了门她就挡在了门口。宁兹把眼镜扔给大迪，简短地说，以后你别来找姐姐了，她一辈子都不想见到你。说完，翻身回屋，砰的一声把门关上了。

大迪反应了一下，这才又敲门。宁兹在门里大声喊，你再这样我就报警了！

外面立即没有了声息。宁兹小心翼翼地趴在门上，透过猫眼望了望，他发现大迪的眼睛里噙着泪花，站了好半天，才垂头丧气地离开了。

大迪走了，宁兹却觉得很失落。回到辛宇红的房间，辛宇红赞赏地说，了不起宁兹，你比姐姐还厉害。宁兹很迷惑的样子，自言自语地说，大迪不是你朋友吗？为什么这样对他？辛宇红说大迪是我男朋友没错，不过他不是我正式的男朋友，他只是我在老家的朋友，而且是临时的……他的任务就是陪我度过这个无聊的假期，填补我这一段时间感情上的空白，明白了吧？宁兹想了想，说，可能吧。辛宇红继续说，现在他的任务完成了，就应该快刀斩乱麻，不能藕断丝连……这些你不太懂吧？宁兹说可能吧。辛宇红将胳膊搭在宁兹的肩上，她说小妹，女人要想不被男人欺负，就要学聪明一些，要充分运用女人的天然条件……明白吗？跟你打这样一个比方吧，男人的金矿在外面世界，他们必须到外面去找，女人不同，女人的金矿在自己身上，要学会自己开采……这些，你现在还不懂，你还小。“我不小了。”宁兹说。

辛宇红认为，有一句老话应该改一改，女人是男人的衣服，用的时候拿来，不用就扔掉，她觉得男人也是衣服，而且，修改后的比喻更贴切一些。“关键的问题是，”辛宇红说，“高明的女人应该有驾驭感情的能力，想在一起的时候，让男人唯命是从，不想在一起的时候，还能制造出分手的理由，让男人觉得错在他那里，让他内疚。”宁兹问，你是怎么让大迪内疚的，辛宇红说这个属于隐私范畴了，我有权利不告诉你，你也不该再问了。

辛宇红离开前，宁兹和辛宇红在一起住了一夜，天晚了，宁兹就给家里挂了电话，电话是妈妈接的，妈说你跟姐姐住吧，跟姐姐在一起，妈放心。

宁兹和辛宇红挤在一张床上，辛宇红穿睡衣，宁兹却光着身子睡。辛宇红望着宁兹已经发育得白里隐红、丰腴的身子，赞叹着说，典型的美女坯子！宁兹喜欢辛宇红赞美她，她笑着说，你也不错啊。辛宇红抚摩了宁兹的前胸一下，说，看看啊，发育得太早了，比我的还鼓呢，看这，头都立起来了。宁兹把辛宇红的手推开，她说别那么流氓好不好！我跟你说，我可不喜欢同性恋。辛宇红的脸像掉在水中的纸一般，迅速洇红了。她说你想哪儿去了，我只是觉得奇怪，你们这些孩子怎么发育得这么早？宁兹，你今年十四岁吧？

"我十五岁了。"

"可是，周岁还不到十四岁吧。"

"那又怎么样？"

"看你身体，好像十八九岁的样子。"

宁兹问，不好吗？

辛宇红说，我没说不好。

关灯以前，辛宇红还用手在宁兹的下体撩了一下。辛宇红用轻慢的口气说，让男人碰过吗？宁兹当然懂辛宇红的意思，她说，你问我是不是处女啊？如果我跟你说我现在还是处女，不是很没面子、太逊了吗？我可不想跟那些猪小妹一样。辛宇红很惊讶地抬起头，你不是处女啦？宁兹说我没说我不是处女。"吓我一跳，我还以为你……"宁兹说你吓一跳干吗，我的又不是你的，再说，我也没说我一定是处女。辛宇红望着宁兹，目光十分茫然。

家里人去车站送辛宇红，宁兹没去，她们分手之前，宁兹又生气了。本来，辛宇红答应走的时候把 MP3 留给她，真的走了，辛宇红又变了卦，要把 MP3 带回学校去，把里面的资料、图片和音乐拷贝之后，再寄回来，送给宁兹。这样说来，辛宇红变卦并不是在内容上变，仅仅是在形式上变了。尽管如此，宁兹也接受不了，她有一种被蒙骗了的感觉。老爸和妈妈怎么跟她说她都不去车站送辛宇红，谁也没办法。

宁兹家那栋楼离铁道线不远，虽然看不到火车，却能听到火车路过的声音。根据时间判断，宁兹觉得辛宇红坐的火车该路过了，她似乎也隐约地听到了声音。宁兹对着火车的方向大声说，辛宇红我告诉你，我一点儿都不喜欢你，没有你，我照样有 MP3，肯定会有的，我才不要你的呢，将来，就是你求我让我要，我也不会给你面子的……

四

宁兹也不是那么记仇的人，辛宇红走的第二天，她对辛宇红的气就消了，不过，MP3 的概念却停留在她的脑海里，或许是对自己费心下载的那些歌惋惜，她一定要在开学前拿到属于自己的MP3，而且，还要把那些歌完整地装进去。

宁兹的老爸和妈在一起吃早饭。妈说这懒虫还在睡觉，过一阵子开学了，我看她怎么办。老爸问，你知道她跟表姐是怎么回事？头一天还好好的，怎么说翻脸就翻脸了呢？妈说可能是因为随身听的事，宁红跟我说了，她答应送给小兹，等她回学校把里面的材料转出去，就给我寄过来。老爸说就这么点儿事啊，至于那么不高兴吗？不行就给小兹买一个呗，用不了多少钱的。妈啪地把筷子摔到桌子上，她说老宁我可跟你说清楚，你要这样惯孩子，以后孩子就交给你一个人管。老爸说你看看你看看，来不来就摔筷子，我不是跟你商量吗？妈说没什么好商量的，我已经拒绝了小兹，无论如何都不能给她买。老爸说不买就不买呗，何必翻脸呢！

宁兹知道找妈妈是不行了，她决定去找老爸。

老爸正在工作，见到宁兹，他摘下沾满油污的手套，说，我知道你找我干什么，是不是想买随身听？宁兹说哎呀老爸，你会算吗？老爸笑了笑，他说对，我能掐会算，所以以后你要小心点儿，有了什么错误的想法我都知道。宁兹笑着点头，她说这回我怕你了。不过有一个问题，能掐会算，掐是什么意思？老爸说，掐啊，过去瞎子算命，都在手指头上掐来掐去的。宁兹点了点头，继续问，那，为什么瞎子会算命呢？老爸有些犯难，他说这个，你去问你妈吧，我一两句话说不明白。他们不过是一句话接一句话，宁兹她对算命的问题并不上心，在她看来，瞎子算命不会比星座说科学，尽管她同样不知道星座说是不是真的科学，但她宁愿相信星座说。宁兹说既然你已经算到我来找你的目的，那，来点儿实际的吧。老爸愣了一下，他说你现在就要钱啊？宁兹说是啊。老爸说，看来我真得跟你好好谈一谈了。

老爸把宁兹叫到自己的小办公室里，那个办公室是间壁出来的，更像是一个盒子。里面堆得满满当当，还散发着午餐盒混合发酵后的馊味。老爸一本正经地坐在一只破椅子上，端着锈了茶垢的大搪瓷缸子，呷一口茶，开始了话题。老爸先从宁兹的班级问起，宁兹班里共有五十一名学生。宁兹回答之后，不满地说，这些你都知道啊。老爸继续问宁兹在班级里考试排名，“是五十名，倒数第二名。”老爸说。宁兹说，你知道了还问？老爸说你想想，五十名，眼看着就考高中了，你这样的成绩，你自己不担心吗？宁兹说既然是这样的成绩了，担心有什么用。老爸放下茶缸子，怎么？你还觉得挺有理？宁兹说本来嘛，我是五十名的材料，你非得让我考前五名，不现实。“可是，为什么别人能，你不能呢？”

宁兹说不要问我，我听奶奶说，你小时候也不愿学习，还不是遗传的。

老爸瞪起了眼睛，他显然是尽力压着火气。平静了一番之后，老爸说宁兹啊宁兹啊，我和你妈就你这么一个女儿，（宁兹在一旁小声说，不一个也不行啊。）我们的所有的期望都在你的身上。老爸开始唠叨，他的大意是说，以前，上小学的时候，他们希望宁兹考第一名，将来进一流的重点中学县一中，那样，就有可能奔北大和清华使劲，宁兹上了初中之后，在宁兹考试成绩的现实面前，他们不得不把期望指标下调，希望宁兹经过一番努力，考上二流的重点中学九中或十五中，然而到了初一，宁兹的学习成绩进一步下滑，他们再一次调整期望值，只要宁兹考上普通高中就行。没想，到了初二期末，宁兹考了全班倒数第二，而倒数第一的是个智障孩子。宁兹不是智障，她是放弃了。以她现有的成绩，连职业高中都考不上去。

说一说，老爸的底火还是升腾起来，他砰地放下了大茶缸子，说开学就上初三了，就剩一年就中考，你不想学习的事，整天鼓捣一些没用的东西，还指望我支持你……

宁兹听明白了。她说不买就不买，说这些干啥？

老爸愣了，他说我说的不对吗？

宁兹说你说的都对，可是一点儿用都没有。说完，宁兹要走。老爸站了起来，他说你站住，上哪儿去。宁兹说我去想办法啊。

“想办法？想什么办法？”

“你不给我买，我只好自己想办法了。”

“你能有什么办法？”

“那你就不要管了。”

“我还没说完呢……”

宁兹说如果你给我买，我就听你唠叨，唠叨两个小时也行。

老爸的脸变了色，他说你别做梦了，这回我肯定不能依着你的性子来。

宁兹说，那我还在这儿浪费时间干什么？

宁兹的时间本来就是浪费的，现在，她正在“美心”美发厅闲坐着。水红一边洗毛巾一边对宁兹说，我就知道小女孩不定性，一会儿这样想一会儿那样想，怎么样，染头发的事没影了吧？宁兹说这事不怨我，主要是我表姐辛宇红，再说，过十几天就开学了，现在我最想做的事是买一个MP3。水红说还不是啊，说不准过两天，你就不想买……那个什么三了。你说的什么三是随身听吧。宁兹说是啊。水红说你不是有吗？宁兹知道，其实水红已经注意到了，那天她是带着辛宇红的MP3到美发厅的。

宁兹说还说呢，表姐本来答应给我，临走又变卦了，这回我要自己买一个。

水红的美发厅是这两年开的，以前那个房子是一个馄饨馆，生意不好就停了。再以前是居民住宅，因为邻街就改成了店铺。从外面看，美发厅的招牌很大，里面加起来不过六七十平方米的样子。大大小小三间屋子，其中一间是厨房，最大那间是理发厅，里面的小间是美容室。为了充分利用空间，水红还在理发室的棚顶搭了一个夹层，年节忙的时候，水红就雇两个小工，棚顶就成了小工的宿舍。

水红洗毛巾的时候，外面来了客人。宁兹说，你去忙吧，我帮你洗。水红看了看宁兹，她说你这么漂亮的姑娘哪能干这活。走到门口水红还说，我要有你一半漂亮，我就不吃这份辛苦了。

水红理发去了，厨房里就剩下宁兹一个人，她听着水池里有节奏的滴水声——那是水红为了省水钱取水的办法，一滴滴地接水，水表不转。宁兹突然想起来什么，她跑去找水红，水红正和一个中年模样的人讨论着什么。水红看到宁兹，她示意客人等她一下，走到宁兹身边小声说，我谈点儿事，你先回避一下。宁兹说，我说一句话就走……如果我给你当小工，你一个月给我多少钱？水红笑了，她说你干不了。说完，就离开了。

宁兹不服气，她回到厨房，带上水红那副染得迷彩服般的塑胶手套，试着洗那些给客人反复用过的毛巾，那些毛巾都很油腻、很厚重，洗起来十分吃力，宁兹不明白，水红为什么不买个洗衣机，用洗衣机一搅不就完了。也许是为了证明给水红看，宁兹费力地洗着毛巾，在家里，她从不干这样的活。

水红见宁兹真的把那些毛巾洗了，她很吃惊。毛巾是洗了，可还是不太干净，水红又加工了一遍。水红说，看你的样子不像干活的坯子啊。宁兹说还行吧，怎么样，收我在这儿当小工吧？开学还有十多天，我不多挣，够买 MP3 的就行。水红问买“哎摸皮三”多少钱，宁兹说好点儿的五百多块钱吧。水红说看来你一点儿行情都不懂啊，在我这儿做小工，一个月才能挣三百块钱，十天，我都挣不了那么多钱啊。宁兹愣住了。

水红给中年男人约的按摩小姐来了，她见宁兹直盯盯地看，就推了宁兹一下，让她把洗过的毛巾拿到门前晾起来。宁兹端着装满湿毛巾的塑料盆，看着中年男人和按摩小姐进了“美容室”。在宁兹的印象中，中年男人带着酒气，按摩小姐打扮妖艳，而水红姐脸上挤着假笑。

这些毛巾要拿到太阳底下晒，太阳是最好的消毒器。水红这样跟宁兹说。晾晒毛巾的架子是一个可以转动的圆盘，如同旋转木马的架子。宁兹用圆盘上的夹子耐心地把毛巾一条条地固定，晾晒在太阳下，她擦了擦额头上的汗，觉得很累。

看来，做小工挣钱这条路也不行了。宁兹想，接下来，用什么办法能弄到买 MP3 的钱呢？首先，宁兹想到了借，借是一个好办法，将来有了钱再还给他，可是，向谁借呢？水红？水红不会借给她，亲戚朋友？亲戚也许会借给她，问题是，他们会跟老爸和妈通气的，一通气，就没戏了。向朋友借？宁兹没有几个朋友，和自己对脾气的同学倒是可以借给她，可借十块八块行，多了她们也没有。这就是说，有钱的人不能借给她，能借给她的人又没钱。真是很无奈啊。还有一种办法是骗，比如她编一个理由，说自己病了，或者惹祸了，反正就是一个最有希望让对方拿钱的理由，而能骗的对象还是亲戚朋友，问题是，骗和借一样，现在通讯那么发达，他们打一个电话就把她的骗术揭穿了，恐怕不会有效而且难以成功。那么抢呢？当然，这也不是自己的特长，自己毕竟是女流之辈，有钱的人她抢不过人家，她能抢过的一定是老幼病残的，一般来说，老幼病残都是没有钱的人。还有就是偷了，自己不会偷，况且，偷不成被抓了怎么办，人家还不揍你一顿。最关键的是，偷也好抢也好，那可都是犯罪的行为，这一点自己还是知道的，无论如何也不能犯罪啊。

宁兹胡思乱想着，不觉生出了困意，坐在美发厅的门口就睡着了。

宁兹想过的问题老爸和妈妈也想到了。老爸对妈妈说，把宁兹逼急了，她会不会出点儿什么事。妈妈说，她能出什么事？她有什么本事出事？借钱吧，没人相信她，谁能借给她那么多钱？偷她不会偷，抢她不敢抢，实在没钱，渐渐地她也死了那份心。老爸说是啊，以前，我们对她太迁就了。停顿一下，老爸又说，你说，我对宁兹的做法是对的吧。妈说谁说不对了，就应该这样，我的做法也是对的。老爸说是啊，早该这样了。

老爸和妈妈在床上讨论那个夜里，宁兹想到了大迪，只是，她一时还没找到让大迪出钱买 MP3 的最好理由。

五

宁兹第三次走到大迪家门口才正式敲门了。在此之前，宁兹总是在最后的关头放弃了。她在第一次来大迪家前就想好了一个理由，她要告诉大迪，不要为辛宇红分手的事伤心。这样，她认为是对大迪的贡献，大迪给她买一个 MP3 算是奖赏，他们之间的交易是公平的。至于表姐说过的话，她是不会全部告诉大迪的，她觉得那样做就把表姐出卖了，而且自己也做了不光彩的人。从另一个意义上来说，大迪也许瞧不起她的为人。她想好了，她只告诉大迪一个真相，就是让他不要伤心，这点就够了。

开门的是一个中年妇女。宁兹不自然地说，我要找大迪。

宁兹不瞅对方，可她知道对方此时用什么样的眼神审视着自己。中年妇女问，你是谁？宁兹说我是大迪的朋友……

“大迪的朋友？”

宁兹补充说，朋友的妹妹。

“妹妹？”

宁兹继续补充，啊，是表妹。

“我明白了，”中年妇女说：“你一定是辛宇红的表妹了。”

宁兹急速抬起头来，看着中年妇女。

“说吧，是不是辛宇红让你找他的？”

“不是，是我自己想找的。”

“你自己是什么意思？……有什么事吗？”

“……没什么事。”

中年妇女说既然没什么事，那就不要找他了，而且，你也找不到他。大迪昨天早晨就走了。宁兹问，大迪去了哪里？中年妇女说，他去部队了，他得从部队考军校……还有，我正式请你通知你表姐辛宇红，以后不要再烦大迪了。我说的话你明白吧？

宁兹摇了摇头，又点了点头。

老爸和妈妈在暗地里观察着宁兹，他们都感觉到宁兹很忧郁，心事重重的样子。在内心里，他们在与宁兹拔河，谁都不肯松劲，当然，如果宁兹真的有特殊的反应，他们还是会放弃的。那天早晨，老爸上班前还去了宁兹的房间，出了房间之后，他对妈妈说，我发现她看书了？“是吗？什么书？”妈妈急切问。“是漫画书。”老爸回答。妈妈也轻盈起来，电影里的慢镜头一般，蹑手蹑脚地进了宁兹的房间，果然，她发现宁兹的枕头边放着一本卡通漫画书。妈妈对老爸哧哧地笑，她说，这回我们赢了。

大迪走了，这出乎宁兹的预料。随着大迪离开，宁兹的又一个计划破灭了。不过宁兹想，自己不会放弃的，一定在开学前，把 MP3 的问题解决了。

的确，宁兹也想到过放弃，该想的办法都想到了，实在解决不了，也得继续活啊。

宁兹去找水红姐，她对水红说，今天就做头发，要最鲜艳的。水红说你怎么回事，一会儿这样一会儿那样，我可不敢给你做了，说不准我刚给你做完，你又后悔了。宁兹说不会的，我已经想好了。水红说过几天不就开学了吗？宁兹说正因为过几天开学了我才做的呢。水红一时想不明白，她的眼睛转来转去，怎么也找不到最好的落脚点——不知道该不该给宁兹的头发染上最鲜艳的色彩。宁兹坐在椅子上不耐烦了，她说你等什么啊，怕我不给你钱吗？

水红说好，这可是你强烈要求的啊。说着水红过来给宁兹洗头，也许是老熟人，也许她想有更多的时间跟宁兹交谈，以了解她深层的想法，水红用了“干洗”的方法，一边给宁兹洗头，一边跟她说话。宁兹的眼睛正好对着美容室那张油漆有些剥落的门。

水红问宁兹随身听怎么样了，宁兹说不买了。水红问为什么，宁兹坦率地说买不起。“买不起就不买了呗……其实不买就不买了，没什么大不了的，只是觉得有些不甘心。”宁兹说。

水红说是啊，你知道吗？我小的时候家里很穷，家里穷是穷，可我的学习还挺好的。上小学四年级，老师要求我们练钢笔字，我没有钢笔，我的邻桌有一支非常漂亮的英雄牌钢笔，我羡慕极了，做梦都想有一支那样的笔。知道吗？后来我有钱了，我一口气买了五支钢笔，可那时，钢笔对我已经没有任何意义了。我对着钢笔笑了半天，觉得生活真是太滑稽了……水红瞅了瞅宁兹，她问，我说话你都听了吗？宁兹的眼睛直直地瞅着美容室的门。

“宁兹！”水红叫道。

“啊。”

“你想什么呢？”

宁兹拉了水红一把，她说我不染头发了。水红笑了，她说我知道小女孩没长性的，头还没洗完，就变卦了。

宁兹说水红姐，求你一件事呗。水红说那要看什么事了，借钱的话就别说了，这阵子生意不好。宁兹说我怎么会管你借钱啊，我自己就有本钱呢。女人和男人不同，女人自己就是一座金矿，看你怎么挖掘了。宁兹的话令水红觉得吃惊。不过水红似乎对宁兹的话不陌生，她说是啊，像你这么漂亮的女孩，一旦走上社会那还了得。前几天，老郑还向我打听你的情况呢。宁兹问，哪个老郑？水红说一个客人。宁兹好像感觉到了什么，她说我知道了，是不是上次找按摩小姐的那个男人，满身酒气。水红说你们应该是见过的。

宁兹说水红姐你说，如果我要给他按摩，他能给我多少钱？水红笑了，她说你也不会按摩啊。宁兹说你别瞒我了，我都知道。水红故意说，那是需要技术的。宁兹撇了一下嘴，需要什么技术？躺在那儿一闭眼一咬牙，坚持一会儿就完了。水红傻傻地瞅着宁兹。宁兹说，不对吗？水红没说话，有些色情地对宁兹挤了挤眼睛。宁兹继续问，多少钱？你还没回答我。水红说你就不同了，如果你给老郑按摩，他一定会出一个高价的。“高价是多少，可以买一个MP3吗？”水红笑了，说，肯定没问题！

“那，你帮我联系一下呗。”宁兹说。

水红小声问，你以前干过吗？

“没有。”

水红说不行，我可不想你在我这儿下水。

宁兹拉住水红的胳膊，孩子摇大人一般：“求你了水红姐。”

水红问，你是处女吗？宁兹点了点头，又摇了摇头。水红说你别说，还真有人让我给他找处女，处女的价格很高啊，可也有假的。宁兹说真的假的一试不就知道了吗？水红说那可不一定，现在的科技很发达，什么都可以做出假的来。宁兹说我向你保证，肯定没问题，如果是假的，你不给我钱。水红说干吗呀，我们只是说话，可别当真啊。宁兹说本来说的就是真的啊。水红说不行，我告诉过你了，我不干这样的事。宁兹变了脸，她说你瞒别人还瞒我啊，我早就知道了。你要不帮我的忙，我会告诉别人。

水红瞪着眼睛看着，半天说不出话来。

宁兹说真的，我说的可是真的。

水红说不管你真的假的，反正这个忙我帮不了。

宁兹又摇水红的胳膊，姐姐，求求你了。

“你不威胁我了？”水红说。

宁兹说，如果你帮我了，我还能威胁你吗？我也参与了呀。

水红说，现在的小丫头，真可怕呀。

水红还是给宁兹联系“客户”了，不知道是因为宁兹的威胁还是利益的原因。水红给老郑挂电话时，还在告诫着自己，不能这样做，毕竟，在此之前宁兹还没下水，即便她自己想堕落，最好也别在她这儿堕落，她这只给“成熟”的按摩小姐提供方便。想归想，水红的体内仿佛混进一个怪物，有一种魔力在驱使着她，她还是给老郑挂了电话。

老郑如约来见水红。老郑问，是那个白白的高个子闺女吗？水红向理发厅里指了指。老郑龇着烟垢很浓的牙，点了点头。老郑问水红价格，水红说你看着办吧，你不知道我做她的工作有多难，要知道人家可是处女，是女人一生的第一次啊，她把第一次交给你了，你说应该给多少钱吧。老郑想了想，说也是啊，接着问，她说要多少钱？水红说这也要看你，你打算出多少？老郑迟疑着，说两千怎么样？水红说你真能想，亏你还是大老板，这么漂亮的女生两千？你这个忙我帮不上了。老郑瞅了瞅水红又瞅了瞅窗户里的宁兹，瞅了瞅宁兹又瞅了瞅水红，他不甘心的样子，他说这样吧，我出四千，最多了。水红说如果你要有诚意你就出五千，低于这个数就不要谈了。

交易在不到二十分钟的时间里就谈成了。老郑进美容室之前，水红还嘱咐他一句，你跟她什么都不要说，不要问她的身份，也别暴露你的身份，别谈钱的事……老郑说你说的都是废话。

宁兹第一次在比自己父亲年龄还大的男人面前脱衣服，她觉得眼前那双目光淫亵、贪恋且隐含着恐惧，她对面前的男人说，瞅什么瞅啊，脱衣服啊！男人说，不着急，我要欣赏欣赏。“欣赏？”宁兹停下了手里的动作：“欣赏什么？”男人走过来摸宁兹的身体，拿起宁兹的乳罩用力地嗅着。宁兹说你能不能快点儿？男人说好好，自己开始脱衣服。宁兹已经把衣服脱完了，她站在床边。男人的目光一直定在宁兹的胴体上，给宁兹形成了无形的压力。宁兹说，你不要那样瞅我，你的眼神我害怕。突然，男人愣住了，他把已经解开的衬衣扣子扣上，拎起外衣就走。宁兹呆呆地问，怎么啦？男人说我不做了。

宁兹坐在脏兮兮的床上，环顾光线阴暗的房间，一股刺鼻的霉味混合着劣质化妆品的气味迎面而来，在此之前，她还没感觉到这一点。宁兹不明白男人为什么走，是自己说错了话，还是自己不够好呢？宁兹双手抱肩，蹲在床上，泪水大滴大滴地落了下来。

水红见老郑出来，她问，这么快？老郑说我不做了。“不做了？为什么？”水红问。老郑说这丫头是个“白虎”。水红也愣住了。老郑说我最怕的就是“白虎”，前年，我弄了一个“白虎”，结果生意赔了六百多万。现在，我就那么一点儿家当了，我可不想全扔进去，再说了，没了钱哪来的女人，所以，我给自己定了个规矩，只要是“白虎”，就是仙女下凡，我也不做。

水红让宁兹穿衣服，宁兹不穿，反复问为什么。水红说你是“白虎”。宁兹不明白。水红告诉宁兹，“白虎”就是没有阴毛的女人。宁兹说我有啊。水红仔细看了看，果然有，只是稀少了一点儿。水红说那也没办法，有些做生意的男人迷信，他们认为碰到“白虎”会走霉运。宁兹说臭男人，还挑我，要不是MP3，见到他都觉得恶心。

水红安慰着宁兹，别哭了，我再给你找个好点儿的。

六

很多看到的被人们广泛否定的事，人们总是把过程想象得十分容易和简单，事实并非如此。水红为宁兹找“客户”很上心，但效果并不理想，直到第三天，大广才出现了。水红以前就认识大广，四年前大广和自己还有过一次经历。表面上，大广是做生意的，实际上，他不过是一个能“办事”的中间客，不过，他给水红的印象是，讲义气，而且出手大方。大广一大早就来到了美发厅，有一个理发的顾客被他完全忽略了，他大大咧咧地对水红说，你说的漂亮妞在哪儿？水红向他使了一个眼色。大广用了一个被普遍认为是脏字的动词开路，然后说，我可跟你说好了，不是处女，我可不给钱。水红满脸涨红，匆匆忙忙给一个外地模样的年轻人理完了头发。

水红满面笑容地把客人送走，转回身，她的脸色就变了。水红说广哥你也太不够意思了，你不是存心想砸我的牌子吗？大广莫名其妙，他问水红，我什么时候砸你的牌子啦？水红说你说话一点儿都不注意，你当然不在乎了，拍拍屁股就走人，可我还要在这儿做生意呀。大广明白了，从嘴角挤出笑来，他说没事没事，剃头那个人是个民工，没事，再说了，现在谁在乎这事。水红说话可不能这样说，很多事情都出在麻痹大意上。大广嬉皮笑脸地说对对，以往的教训是过于轻敌……人呢？水红说男人都这德行，看你急的，跟个臊猴似的。还有一点我得跟你说清楚了，一万块，得现金。大广拍拍了自己的口袋，他说，我什么时候不爽了？

宁兹站在理发厅的门口愣住了，她眼里的男人显得凶悍。小平头，小眼睛，魁梧结实的身材，脸上的肉也十分结实。宁兹立即萌生了退意。水红说快过来，见见王哥。大广瞅了瞅水红，大广不姓王，他似乎觉得水红小心得有点儿过头。

大广那双小眼睛眯缝起来，将宁兹做了透彻的扫描，宁兹却没有多少察觉。显然，大广对宁兹是满意的，他对宁兹说，过来，让哥摸摸你的鼻子，一摸鼻子就知道你是不是处女了。宁兹站在原地不动。

水红说干吗呀，人家还是初中学生，很羞涩的。水红强调宁兹是中学生大概想佐证宁兹是处女，不想，这句话到了大广那里，信息就改变了符号。大广立即问宁兹，你是初中生？几年级？宁兹并不满意大广的问话方式，可还是做了回答。

水红觉得场面不如她期待的那样好，她就把宁兹叫到一边，小声问宁兹今天怎么了，不开心吗？宁兹说我有点儿怕。水红说，大广……啊，这个王哥可是社会人，黑白两道都混得开，不过，人还好，非常仗义，大气。你放心吧，这样的人更讲究。宁兹看了看正在抽烟的大广，不知道为什么，她有一种好奇的心理，反而想接触一下社会上的男人。对于女人来说，对付凶悍的男人也许更有挑战性。宁兹沉默地点头，水红笑了，她说这就好。

大广和宁兹进了美容室。宁兹仍一言不发，她开始脱衣服，脱衣服的过程没有感觉，跟在家里睡觉前脱衣服一样。大广站在门口继续抽烟。突然，大广问，你跟我说实话，你今年多大？宁兹的衣服脱了一半，她回头说，十五，怎么啦？大广接着问，十五？我看你有十八岁了。宁兹说我真是十五，不信我给你拿户口本。我是一九八九年九月五日生。大广皱着眉头算了算，一九八九年九月……是十五周岁了……不对，一九八九年……你还不到十四周岁啊？宁兹问这有什么关系吗？大广说你赶快把衣服穿上，你是姑奶奶，我可不敢 × 你。

房间里又剩下宁兹一个人，她十分气恼，拿起自己的衣服在床上反复摔着，一边摔一边骂。

外面，大广也在发火，他对水红说，你她妈的存心要害我呀。水红不解，她说我怎么敢害广哥。大广说这个丫头是个幼女，你想让我蹲十年八年监狱啊。这边让我花大头钱，那边让我蹲监狱，你他妈的够毒的。水红被大广给吓着了，她红着眼圈说，广哥，我怎么敢害你，我有那个胆吗？大广发了火，情绪也稳定了一些，他说也不怪你，你不懂法，我可是法律专家。水红说，可这事，不都偷着干吗？大广说那可不一样，我嫖她只是违法，却不是犯罪。水红眨了眨眼睛，没搞懂大广的意思，在她看来，违法不就犯罪吗？大广说，知道吗？她还不满十四岁，到今年九月才满十四岁，法律规定，只要不满十四岁，不管什么原因，都按强奸论处。水红说眼看着不就九月了吗？大广说差一天也不行，法律就这么死板，今天她没过生日就有事，明天过了生日就没事了。水红说有那么严重吗？大广说这些我比你明白，这些年我就吃这碗饭的——大广一边说一边比画——这是一条线，法律的线，一般的人都离这条线远远的，我就站在线上，我不往犯罪这边迈步，就没事，钱也好赚，懂了吗？水红莫名其妙地点了点头。大广说如果要做，也要等九月份，到时候给我留着。水红试探着问，今天真不做了？大广说我可不想倒霉。水红说，宁兹说的不一定是实话呢，你怎么就知道她九月份出生。大广说我是干什么的，在江湖上混了这么多年，白混啦？

为了安慰宁兹，水红晚上请宁兹吃烧烤，两人吃得嘴唇和牙都焦煳，一杯一杯地喝啤酒。水红对宁兹说，是不是不想干了？不干我也不勉强你。宁兹瞪着眼睛说，我不信，我这么没魅力，我一定要把这件事做完，实在不行，我找高年级的同学。水红说高年级的同学就太亏了，他们没有钱，白占你的便宜。宁兹说无所谓，只要我争回面子就行。水红说你别小看了自己，像你这么漂亮的女孩子，这么大的县城也找不出几个啊。宁兹说，可那些臭男人为什么都不喜欢我？我有问题吗？水红说不是不喜欢你，他们都怕你！“怕我？”宁兹愣住了。水红说是啊，你还小，还不到十四岁，他们说怕犯了强奸罪。宁兹哧哧地笑，她说他们都不懂法啊，我听说，只要自己愿意，就不是强奸啊。水红也笑了，她说是啊，不懂还装懂，你看大广那个德行，还教育我一顿，说别人懂法我还相信，他是社会上混的人，他怎么可能懂法啊，再说，我起码读完了小学，他连小学还没读完，要说懂法我也比他懂啊。宁兹露着小黑牙笑着，笑一笑，宁兹又不笑了，她板着脸对水红说，别笑了，你说说，我哪儿不好，啊？

宁兹每天早早就去了水红的美发厅，水红的消息成了她每天最盼望的事，买 MP3 的原始愿望似乎隐藏到了事情的背面，买不买 MP3 不是最重要的了，最重要的是，她要完成这件事。她不相信，凭借她的条件，连这样一件事她都做不成，如果真的那样，那才叫失败呢。

水红仍卖命地联系着，巨额的诱惑已经令她丧失了基本的判断。她甚至对宁兹说，如果客人再问你，你就说你十八。

宁兹开学的头一天，水红经过艰难的努力，终于联系到了精神有些萎靡、一向老实的外科医生老赵。老赵似乎不在乎处女不处女的，他跟水红讨价还价，最后以两千元的价格成交。水红对宁兹说，这人抠门，但我还是给你争取了五百元，买随身听够了吧。宁兹说，无所谓了。

水红嘱咐老赵，这个姑娘还是处女，你千万别粗鲁，要有耐心。老赵说我是医生，我精通人的生理结构，你放心吧。

辛宇红还算说话算话，她把清洗过的 MP3 和几本学习资料寄到宁兹妈的手机专卖店里。妈妈打开邮包，心里十分高兴，甚至对辛宇红充满了感激之情。妈妈拿起手机就拨宁兹老爸的号码，拨了一半她又停了，她想算了，反正也不着急，还是晚上回家再说吧。

宁兹老爸并没在机动车修理行。他开着一辆补着腻子、还没喷漆的吉普车在街上转悠着。这几天，他觉得宁兹的神态很不正常，一忙就忽略过去了，刚刚闲暇时，他突然想起了宁兹，就开着车去找宁兹。宁兹不在家，他就去街上问，一个邻居告诉他，宁兹这几天都在“美心”美发厅。

宁兹眼前的男人看到她的身体之后身子就在发抖，宁兹问，你冷吗？男人说，我从没见过这么完美的女人，你是女神啊。宁兹白了男人一眼，说，你能不能快点儿。男人像个听话的小学生，立即回答，唉！于是开始动用他所有的器官来展示他的技巧，勤勤恳恳地爱抚着宁兹。宁兹越来越烦躁，觉得被男人舔过的地方黏糊糊的，抚摩过的地方很痒，她实在忍不住了。宁兹把嘴里的口香糖吐掉，大声说，你他妈不能快点儿吗？

这时，宁兹突然感到，自己仿佛是一个绿色的树杈，被人一下子撕裂开了……

国际哥

出租车卡在四环路上，前进不得也后退不了，很快，气温在这个服役近十年的桑塔纳车体里升高了。吴虞觉得腋窝有些发黏，她用喷了香水的手绢扇着风，嘴里不停地埋怨。张国强也有些不耐烦，不过他还是态度很好地说，你别着急，肯定不能误机！吴虞说不是误不误机的问题，我让你走三环你偏走四环，怎么样？张国强说一般情况下，四环比三环保险，今天真邪了！

按照当时情况，车一时半会儿是动弹不得的。吴虞焦急地下了车，她手搭凉棚向前张望，桥上的汽车像受了空袭的后勤补给部队，长长一排，拖得没边没沿。吴虞又回到车上，她说真倒霉，还没上飞机就这么不顺利。张国强默不作声，弯腰拿出一瓶矿泉水，递给吴虞。吴虞用手挡了一下。吴虞说，张国强，如果你耽误了我的事，我不会原谅你的。张国强赔着笑脸，说不会的，我有数。吴虞白了张国强一眼，她说，你有数才怪呢，就不再理张国强了。

三年前的秋天，吴虞去欧洲，也是张国强送机。那时张国强比现在威风多了，他在部队给首长开车，交通警察只认牌子不认人，去机场的路上顺风顺水。由于时间宽裕，张国强还在机场候机楼请吴虞喝了咖啡。张国强跟吴虞半真半假地说，你可别不回来呀，你要不回来，我不知该怎么活了。吴虞说你闭嘴吧，这些年我没答应你，你不活得挺滋润吗？张国强说，那不是为希望活着吗？如果你远隔重洋，我还有希望吗？没了希望，我活着还有什么意思！吴虞说我早就跟你说过了，没一点儿可能，我再说一遍，今生今世我们是不行了。张国强一脸失望，他说你别那么肯定好不好，说不准哪天你改变想法了呢？吴虞扭头“哧”的一声，一副无可奈何的表情。

张国强是吴虞在北京唯一的同乡，他们来自北方遥远的同一座县城，曾经在同一所中学读书，吴虞高张国强一级，那时他们还不太熟悉。他们以不同的方式进了北京。吴虞考上了中央工艺美术学院，毕业后在北京找了工作，而张国强走了当兵的渠道。吴虞工作的第二年一个偶然的机会见到了张国强，从那一天开始，张国强就对她展开了锲而不舍的追求攻势。吴虞曾对张国强说，认识你之后，我的噩梦就开始了。张国强厚着脸皮笑了，他说我知道我有些不自量力，你是大学生，我只是个大头兵，可是，我还是不放弃机会。不是说吗？百分之一的希望百分之百的努力。吴虞说，靠，I 服了 YOU！

吴虞随大队人马搭乘凌晨两点的飞机离开了北京首都国际机场。她盼望的欧洲十五日游终于变成了现实。由于兴奋，吴虞睡不着觉，摆弄着长焦的数码照相机，还时不时地向土耳其航班绒毛很重的空姐要可乐。吴虞所在的旅行团，是由几个省市单位凑成的，只有她要单帮，她不在意这些，本来，她就是天马行空，喜欢独来独往。

这次成行还要感谢她的老板，一个月前她顺手牵羊揽了一年五万元的封底广告。当然，说是顺手牵羊，事实上也包含了忽悠的成分。比如吴虞把杂志的发行量多说了三倍，展开“目录”的英文，说国外也有发行，并答应请对方吃饭。广告下来之后，吴虞就找老板要提成，老板说等钱全到账了再说吧。无奈，吴虞真的请广告投放人吃饭。喝得天花板旋转时，那个肉乎乎的家伙邀请她跳舞，跳一跳手就不老实了，在吴虞的后腰上划来划去。吴虞故意装傻，把他哄得腾云驾雾，当场就把余款的支票交给了吴虞。第二天，广告投放人满身都充溢着吴虞勾起的荷尔蒙，他热情地给吴虞打电话，小吴，是我啊！吴虞很不高兴，她说你这人怎么这么不讲究啊，昨天晚上为什么趁我喝醉了占我的便宜？肉乎乎的家伙也是有身份的，见吴虞这么严厉地对他，觉得很羞愧，一个劲直抱歉。

钱全到了账，老板又变卦了。吴虞去总编室，她说曹老师，做人不能这样吧？这些年，老曹对付这些牙尖嘴利的编辑已经有了经验，他不温不火地装糊涂，吴虞说了半天，老曹才说，你以为我不想给你提成？凭什么好人我不当，还得听你数落？现在有规定，不让提成。“什么时候规定的？文件呢？”吴虞问。老曹说看你说的，有文件我还用跟你费口舌吗？吴虞说还不是的，既然没文件，你为什么说是规定？老曹说的确没有不让提成的规定，可是，也没有让提成的规定啊，我拿不出“不让”的文件，你就可以拿出“让”的文件吗？吴虞卡住了，她想了想说，好，曹老师，算你狠！可是，这些年社里不都这样做的吗？想赖我的账？我可不是好欺负的。老曹缓和了口气，他说赖账倒不会，等等吧，前几天又有匿名信告上去了，说我们发回扣，你说，编辑部就这么几个人，怎么这么难弄？过去我带一个团的兵（实际上老曹转业前只是相当于团职的干事），也没这么操心。吴虞说你别转移话题，我只问你，给还是不给？老曹说我会想办法，但不是现在。“什么时候？”吴虞紧盯不放。老曹说你别逼我，总得给我时间解决吧，如果把我逼急了，我还真不管了。

吴虞知道硬碰硬不是办法，老曹是旧轮胎，你用锥子扎没用，最好的办法就是用锉去磨他，一个礼拜磨他一次，看他怎么办。这一招果然奏效，老曹主动找吴虞，他说小吴啊，你不总惦记着去欧洲吗？这样吧，我给你出钱，全顶提成了。吴虞说顶什么啊，有了提成，我想去哪儿不行，为什么要你安排？老曹说你别这么没良心，这个办法还耗费我不少脑筋呢。现在上头不让发回扣，可你做出了贡献又不能不奖励。所以，这是个两全其美的办法，况且，有了收据财务上也好平账。吴虞本想说点儿什么，想一想还是可以接受的，本来理直气壮拿的提成经过老曹的一番阻挠，似乎觉得是老曹的恩赐、成了“额外”的收获。

吴虞算了一笔账，如果拿提成可以拿到一万元现金，这次欧洲游的费用是一万两千元，加上十五天的假期，她还是划算的。到机场和团友刚认识，吴虞就问起了旅游的价格，对方告诉她，九千八百元。吴虞猜测自己被老曹或者会计给算计了，而且，她回来还得买一些礼品。给老曹礼品的价格不能太低了，这样一算，她似乎没占到便宜。临登机老曹给她来了一个电话，老曹说我忘了一件事，十一月竞聘副主编，我会力挺你的。别看我对你不太热情，其实，我对你的印象很好。吴虞明白了，老曹放了她之后大概就后悔了，老曹一定是怕吴虞“黑”在国外不回来了。吴虞正在气头上，她对老曹说，谢谢你曹老师，我早就想去欧洲了，没找到更好的机会，这次，你无意中帮了我大忙，不好意思，接下来的事你还得跟着受牵连。老曹在那边卡住了，他也知道，飞机马上就要起飞，采取什么措施都来不及了。就这样，吴虞去了欧洲。

到巴黎是第二天上午，时差使得时间偷停了一般，出了机场，晨光喷薄欲出，也许全世界的机场都是一样的，高大的金属建筑物很多，反射起阳光都争先恐后。吴虞的心情很好，在一个叫大宝的台湾导游的带领下，他们上了一辆大客车。大宝宣布，那个意大利籍的司机将一起伴随他们的行程。大宝还主动把自己的手机号告诉那些用南腔北调急于表达好奇心的游客，一旦走散可以跟他联系。也许日程原本如此，也许为了节约时间，大宝并没有安顿大家住下，而是直接开始了游览日程。车在巴黎歌剧院不远的地方停了下来，纪律散漫的旅行团游览古老的建筑时，吴虞突然有了新奇的念头，她想看一场歌剧。可是，看到售票处的告示，这个念头立即打消了。如若她买票，看演出也要等到第二年的春天。吴虞失望地坐在歌剧院门口的台阶上，她发现身边坐了很多人，不同年龄不同肤色的人似乎都在晒着阳光。吴虞却没有他们那么气定神闲，她人坐在那里，眼神却驻留在哨兵身上，紧紧盯着同行者熟悉的服饰，她怕被旅游团丢下。这种匆忙的感觉在接下来的旅游中越来越明显，他们很快参观了凯旋门、埃菲尔铁塔、卢浮宫，太阳下山前，他们还去了郊外的凡尔赛宫。晚饭后，大宝极力动员他们去“红磨房”观看表演。吴虞本想静一静心，就遭遇了大宝不够友善的表情，无奈，吴虞只好上了大巴车。那种表演在国内用不上十分之一的费用，所以，回来的路上大家都使劲心疼自己拿出去的美金，吴虞心里也不痛快。出国前，有欧洲游经历的朋友说，欧洲游的最大特点是：上车睡觉，下车尿尿，停车拍照，一问啥也不知道！躺在巴黎郊区宾馆里的吴虞想，剩下的时间恐怕难逃这个命运了。她一向不看重旅游，看重的是旅行。吴虞认为，旅游走马观花，收获的多是照片，而旅行不同，可以静下心来体会甚至体验，极有可能把旅游的照片印在心灵深处。就这样，在巴黎那个充满了奶油甜味的夜里，吴虞做出了脱团的决定。

吴虞给大宝打电话时，大宝一定焦急地等待着她，而车上的南腔北调们，也会责怪她浪费了大家的时间。吴虞告诉大宝，她不跟他们行动了，什么时候跟他们会合要看心情。大宝猜测到吴虞要滞留欧洲，应对这样的事情他有过经验，他说你都想好了，我也没什么办法。吴虞笑了，她说你别担心，回国的时候我们还要见面的。大宝说那样最好。吴虞说，我省下的食宿费就抵你的小费吧，说完吴虞就把电话放下了，毕竟，电话费是很昂贵的。

离开了旅行团，吴虞自由了，脚步也轻盈起来。不过，那种兴奋的感觉很快就消失了。她像一个掉队的小学生，周围的一切都是陌生的，关键是她的英语很一般，也许这才是陌生的根本原因。那天上午吴虞重游了卢浮宫，她在玻璃金字塔为背景的一个长椅上长久地坐卧着，尝试着内心与周边环境的对话，仿佛在断断续续的情感电流中与地下那座艺术宫殿散发的磁场相互脉冲。吴虞在椅子上一定待了很久，直到加里出现。

吴虞发现加里时，加里已经给吴虞拍了不少于一组的照片。如果在国内，吴虞肯定会认为陌生的男士偷偷地对着她拍照是极其不礼貌的事情。然而面对加里，吴虞表现出异常的宽容，她对加里笑了一下。加里说，你太美了，是我见过的最美的东方美女。吴虞以她不娴熟的英语基础可以听出，对方的语言也十分蹩脚。不过，这并不妨碍他们相互通报名字，吴虞还在见面的初期令加里明白：她不是日本人，不是越南人，而是中国人。加里笑盈盈的，活泼而生动。“是上帝指引我来到你的身旁。”加里这样说。吴虞并不能很快明白加里表达的意思，或者说吴虞不能听懂所有的句子，对于加里来说也许是一样的。不过，人有一种自己都惊讶的潜能，即使吴虞和加里在语言上不能顺畅交流，他们还是能明白彼此想表达的意思。吴虞从加里表情上读懂了献殷勤的白种人的奔放和热烈，而这些正是吴虞过去看译制片时梦想过的。曾经的梦想延续到了眼前，吴虞意识到这一点，立即显得有些拘束。不过，这样的感觉很快就过去了，在异国他乡的吴虞显得很适应，和加里认识不到十分钟，她几乎已经接受了眼前这个漂亮的欧洲男人。

真正到了国外，吴虞发现并不是所有的外国人都像电影里的男女主人公那么漂亮，同在国内一样，漂亮的人总是占很小的比例。加里除外，加里身体修长、挺拔健壮，他有一副棱角分明的英俊面孔，光线下金黄色驯服的头发，灰蓝色的瞳孔闪烁着善良的光泽。吴虞暗自庆幸，她遇到了加里，她甚至这样想，能跟加里这样的男人在一起哪怕一个小时也是幸运的。所以，当她知道加里想去威尼斯而请求同行时，吴虞毫不犹豫就答应了……

张国强下车吸了半支烟，僵滞的车队开始移动了，他迅速跨到车上，紧随其后，前面不停闪烁的刹车灯令他的眼睛有些模糊。

吴虞坐在车的后座上，正闭目养神。张国强本想跟吴虞说点儿什么，见她不快乐的神情，把要说的话留下了。

吴虞随旅行团从欧洲回来，还是张国强去机场接的她。张国强十分兴奋的样子，走一路说了一路。张国强说你走这段日子我真担心啊，担心你不回来了，还担心你跟了洋鬼子。你说，如果你跟了洋鬼子，咱中国的男子汉多没面子……吴虞说：“把冷气打小点儿，要冻死人啊！”张国强连忙调整空调旋钮，继续唠叨：“我就知道你会回来，要知道，这个世界上没有比我对你更好的人啦……”吴虞大声说，你闭嘴吧！张国强吓了一跳，他说闭嘴就闭嘴，犯不上那么激动吧？

吴虞下了车，想一想又走到豪华的黑色轿车前，把一条冒牌领带送给张国强。那条领带十美元三条。

……吴虞回来后才知道，她一走曹总编就住进了医院，其中的原因吴虞最清楚不过了，老板一定被她那句玩笑话给吓住了。如果吴虞真的借“出国考察”的机会外逃，老板的位置就不保了。老板在很大程度上是为那个位置活的，所以，这个打击比什么都大。老板给吴虞打电话时，她并不认真，只是在气头上说说而已，实际上，她没有“黑”在欧洲的计划。当然，她独自漫步在巴黎大街上时，的确想过留下的问题，可想一想自己就否定了。她不知道她能干什么，尤其是一个拿短期签证的人。当然，遇到加里之后，她又想过留下的问题，不过，那已经不是“黑”下来的问题。如果加里真的像他说的那样可以为她付出一切，那么，她完全可以合法而且风光地获得身份，而不用“出逃”，不用“黑”在陌生的国度里了。

吴虞去探视老板的路上有了内疚感，她觉得她做得有些过分，无论对老板有多大的意见，也不该把他送到医院里。

曹老板看到吴虞抱着鲜花走进来，他先是一抖，立即扭过头去，痛苦地闭上眼睛，接着又睁开了眼睛，瞪着吴虞。吴虞乖巧地坐在老板的身边，摸着老板的手说，你是不是还生我的气？跟你开玩笑的，我也不傻，怎么会提心吊胆地当偷渡客呢……好了，别生气了，我还给你带来了BALLY腰带呢，很高级的。老板不理吴虞，不理归不理，心情一下子反转过来了。得病如山倒，去病如抽丝，曹总编苦啊。

一场浪漫的欧洲行并没有改变吴虞在国内的生活，唯一的变化发生在身体上。当她兴致勃勃地整理去欧洲的照片时，发现身体有些不对劲。到医院一检查，才知道自己怀孕了。很显然，是加里使得她怀孕了！吴虞毫无准备。尽管吴虞属于拿得起放得下那类新潮女人，可真的体会到体内的变化时，她还是有了很多疑惑。一方面，她想把这个孩子生下来，这个孩子是她和加里激情的产物，对于自己，甚至可以说是爱情的产物。这个孩子成了她和加里关系的证明，可以让吴虞时刻感受到，威尼斯的浪漫是真实的，这是她抓住的加里的一部分。更主要的是，好奇心牵动着她，她想看看，她体内一天天长大的孩子会是什么样？像自己还是像加里？是黑头发还是黄头发？是黑瞳孔还是灰瞳孔？这些疑问本身就散发着魔力。另一方面，吴虞也有很多困惑，她对加里缺少起码的了解，加里是做什么的？他究竟属于哪个民族？在巴黎时，加里告诉她自己是荷兰人，可在意大利，加里又说自己是阿鲁巴人。回到国内，吴虞查了大半天的世界地图，她真的找到了那个叫阿鲁巴的小岛，那个小岛在加勒比海令人眼花缭乱的若干个小岛之中。加里说谎了吗？很显然，荷兰不是阿鲁巴，可地图上阿鲁巴下面的确有“（荷）”的字样。这样看来，阿鲁巴应该是荷兰的殖民地，也可以靠上边。问题是，这些判断的前提是加里说的话必须是真实的，否则，一切都无从谈起。这样看来，加里是个谜。至于加里在哪个国家并不重要，反正他在地球村，不是外星人。吴虞关心的是加里身体本身的问题，他有没有疾病？如果有，什么病？是现代医疗可以治愈的还是无法治疗的？有没有家族病史？是否有隐藏的不良基因？这些，吴虞都不清楚，而这些又跟自己腹内蠕动的小生命有关。

吴虞困惑那段时间，单位今天要改组明天要合并，自己也病恹恹的，吴虞索性不上班了。经历三个月的精神磨砺，吴虞做出了最后的决定，她要生下那个孩子，她甚至给孩子取了名字，男孩叫查尔斯，女孩叫戴安娜。吴虞也于那年年底离开了杂志社，调到一家平面设计公司工作。在新单位的同事眼里，吴虞已经结婚了，丈夫在国外，是荷兰人。

张国强和吴虞一直来往着，有了难事吴虞就想起了张国强。下雪那天，吴虞感觉身子不舒服，就给张国强打了电话。张国强陪她去医院检查，医生告诉她要注意休息，调整饮食结构。原本，吴虞不想为了孩子把自己吃成个胖子，营养缺乏令她呕吐得厉害。张国强很奇怪，他反复问吴虞，吴虞告诉他怀孕了。“怀孕？你跟谁怀孕的？”张国强惊讶得把眼睛瞪得睚眦毕露。吴虞说我已经结婚了，在欧洲结婚的。“在欧洲结婚的？怎么可能？别人不知道，可我知道啊！”吴虞生气了，她说为什么你就知道，我早就有男朋友了，我们交往了好多年。“交往？我怎么不知道？”“为什么要你知道，你是我什么人，家长？领导？即便是我的家长、领导，我也没义务必须汇报！”“可是，”张国强脸色发紫，问，“你们怎么联系的？”“为什么要告诉你？”张国强难过得几乎要流泪了。他自言自语，我知道了，你们一定是在网上认识的，这一点我怎么就没想到呢？

张国强送吴虞回到公寓已经是晚上九点了，吴虞看着沉默的张国强，多少有了歉疚感。她拉着张国强的手说，我知道你是好人，可男女的事要靠缘分的，答应我，做我的弟弟吧，永远做我的好弟弟。张国强还是流下了眼泪，他一把把吴虞抱住，吴虞也把手搭在张国强肩上。吴虞的动作鼓舞了张国强，张国强突然揽过吴虞的脖子，热烈地亲吻她，吴虞连忙把张国强推开，她说不能这样！张国强声音颤抖着说，我爱你。吴虞说，不是说好了吗？

我们是姐姐和弟弟，不能这样。张国强说我不要当弟弟。说着，张国强把吴虞抱得更紧，她的肚子受到了强烈的挤压。“张国强你放手啊！”吴虞大声喊。“不！”张国强也大声喊。吴虞急了，她说张国强你还要不要脸啊！张国强愣住了，他苦笑一下，说不要脸就不要脸吧，今天我就要你了！说着张国强把吴虞推到床边，伸手解吴虞的扣子，吴虞一边反抗一边用拳头打着张国强，张国强一走神，吴虞从他的怀抱中挣脱出来，她跑到窗前，指着张国强说，你别过来，你过来我就跳下去。

吴虞的公寓在十五楼，吴虞已经跳到窗台上，从吴虞说话的态度上看，她绝对是认真的。张国强害怕了，他一边向门口退一边说，别，别干傻事，我走，我走还不行吗……对不起，我这个人是够臭不要脸的。说完，张国强拖着沉重的脚步下了楼。

吴虞坐在窗台上，她知道张国强已经下楼了，她不敢向楼下看，她有恐高症。说起来，吴虞并不是把贞操看得过重那类人，她只是从不迁就而已，但也不是特别绝对，比如对张国强。问题是，张国强选择了不合适的时间。

吴虞双手抱膝，长久地在窗台上坐着。也许张国强说对了，她再也找不到像他那样真心对待自己的人了。吴虞有些为自己的行为后悔，至少她应该向张国强解释清楚，自己怀孕三个月，行男女之事是危险的。

查尔斯降生了，果然是个毛茸茸的洋娃娃。回到家里，吴虞常常发呆地看着襁褓里的孩子，寻找着自己的影子，也寻找着加里的影子。那种感觉很模糊，查尔斯的模样也与吴虞欧洲的浪漫经历一样飘忽不定，有的时候可以找到，有的时候又分外陌生，难以牢牢抓住。看的时间长了，吴虞的担心也落叶般堆积，越积越厚。威尼斯那个激情的夜晚，吴虞和加里都喝了很多酒，查尔斯就产生在那天夜晚，按照优生的原理，很少有夫妻在酒后孕育后代的。问题是，当时吴虞并没把合欢和孕育后代联系起来，或者这样说，他们的重点是男人与女人之间的激情，而不是为了孕育后代而交合，一种目的产生了另一个种结果。诚然，头一种目的并不一定会产生后一种结果，可这个结果还是产生了。当这个结果破题而出，真实地呈现在吴虞面前，她发现，自己前前后后的想法竟然有这么大的不同。如果从结果往回推，她肯定不会那样做的。只是，时光不会倒着来的……男女双双溺酒而产生的孩子会不会有缺陷，这个担心和对加里是否有疾病的担心一样，都现实地体现在未谙世事的查尔斯身上。那个秋天，令吴虞疑虑重重，惆怅得一塌糊涂。

好在那个阶段很快过去了，查尔斯用目光、手势、咿呀甚至哭声跟她交流时，她的忧愁就被驱赶了，被遗忘了。她抱着混血儿骄傲地出现在朋友的聚会上，迎接一些女友羡慕的目光。查尔斯也被这个亲吻那个拥抱着，虚荣心使得吴虞获得了极大的满足。

吴虞开始有新的生活圈子，也认识了新的男朋友，有落拓不羁、才华横溢的画家孙教授，有面孔冷峻而又“性”趣昂然的宋医生，还有一位文质彬彬、处事低调的地产商大均。这三个男人分别走进了她的私生活，与她同衾。他们都没有因为她有老鬼“丈夫”、生过洋娃娃而疏离她，似乎正因为如此，反而增加了他们接近吴虞的热情。他们都是情人现象的积极实践者，在两三年的时间里，维持着一种生理需要，情感的漂流和探险。孙教授和宋医生是有家室的，唯独大均属单身男人。不过他们和吴虞的交往都是纯粹的情人关系，没有人把交往的目的指向婚姻。张国强再也没有出现，吴虞曾给张国强打过电话，张国强换了手机。她把电话打到张国强所在的部队，对方说张国强已经复员了。吴虞知道，即使张国强复员他也不会回到家乡的，可能还漂在这个城市里。吴虞给张国强打电话，当然希望找到他，但她显然不是非找到他不可，不然，吴虞怎么也会有办法找到张国强的。

查尔斯健康地成长着，吴虞怀孕期间那种疑惑和担心消失了。不过，随着查尔斯蹒跚地走路，逐渐有了主观意识，新的疑惑又逐渐产生了。吴虞当初的疑惑主要围绕着生理健康进行的，后来，吴虞所担心的是另外的东西。比如孩子长大后会有什么样的性格、智商、品德以及习惯，等等。加里是谜，查尔斯也是谜。

很快查尔斯就三岁了，一天早晨，坐在马桶上的吴虞突然觉得满身悲凉，这种悲凉不是外界因素的诱发，而是发源于身体的内部，一点点汇集，最后澎湃出一条汹涌的河流，将她弥漫、淹没。“自己的人生原本不应该是这样的。”吴虞想。一个只知其母不知其父的用以满足虚荣心的洋娃娃，一个虚构的荷兰丈夫，这些已经遮蔽了自己真实的生活，这是她要的人生吗？吴虞不停地冲着马桶，水箱里的水满了冲一遍，再满再冲一遍……

威尼斯圣马可广场密密麻麻的鸽子，微风中衣袂飞动的露天乐队，茶色落地窗内盛开鲜花的酒吧，宾馆柔和灯光下肉欲的气氛……加里跪在床前，长睫毛的眼睛、白色闪着金光的胸毛，他喃喃着吴虞听不懂的感叹词，像欣赏艺术珍品一般。“你是我的女神啊，我愿意为你付出我的一切！”吴虞只听懂这一句，而这一句足以感动她，足以让她小腹都激动得颤抖。加里将头埋在她两腿之间……随着时间的拉伸，那组画面如同老片子的影像，只有画面没有声音，并由先前的彩色变成了黑白。尽管如此，吴虞还是愿意回忆画面的那一部分，而不愿意回忆后来的部分。

吴虞从马桶上站立起来，她觉得自己想清楚了，她要完整的人生。那么以前，自己为什么喜欢没有束缚的生活呢？她想，那种感觉也是真实的，就像一个人在一个地方待久了，她想出去看看，感受新鲜的风景。问题是，总感受新鲜的风景、总漂泊着，就会想要一种安定的生活。对于女人来说尤其如此，无论怎么喜欢流动的风景，而骨子里还是喜欢有一隅属于自己的地方，以便把心放进去，让她觉得安稳和踏实……吴虞去找大均，她还没充分表达她的想法，大均就把“口儿”封上了。大均进入吴虞的生活，孙教授、宋医生和她的来往就少了，吴虞反复对比三个男人，大均当然是第一选择，大均不成了，就剩下了孙教授和宋医生。单就孙教授和宋医生对比，孙教授似乎更适合当情人而不是老公，宋医生虽然刻板，却给她稳定的感觉。吴虞主动约了宋医生，她给宋医生讲了一个故事。她说她大学一个女同学出国时遇到一个老外，两人发生了一场浪漫的爱情，后来生了一个混血儿。怎奈她与那个老外隔山隔水还隔着历史和文化，他们不可能在一起。在国内，她有一个男朋友，她很爱那个当医生的男朋友，她想和他组织家庭，而那个医生有着不死不活的婚姻关系（按他自己的话说），她不知道该怎么对医生讲。然而，宋医生同样没给吴虞答案，他躲闪了。

大均和宋医生让吴虞明白，她的吸引力只是老鬼在国内的妻子和生了一个洋娃娃的能引起他们好奇心甚至奇妙的报复心的少妇，而不是他们要选择的妻子。做“情人”的优势并不等于做“妻子”的优势，两者存在着距离，甚至有着不同的换算公式，此消彼长。

这样看来，真正对自己好的还是张国强，张国强现在在哪儿？他怎么样了？吴虞去张国强原来的部队，找了好几个人，终于打听到了张国强的消息。张国强的确没回家乡，他当了出租车司机。这样说来，这个城市还是太大了，吴虞经常打车，一次也没遇见过他。

吴虞和张国强见面是东四一家涮羊肉馆，张国强比以前黑了一些，也健壮了不少。吴虞有些愧疚地问，这几年你还好吗？张国强说还行吧，好和不好都是相对的。“你呢？怎么想起找我的？”吴虞说，其实我找过你几次，说你复员了。张国强笑了，他说不对吧，既然找过我，为什么我不知道。“没你的电话。”“那，你这次怎么找到了？”吴虞立即不高兴了，她说你这个家伙，不找你就对了，我主动找你，你反而了不起了。你说说，你为什么不找我？口口声声说对我最好，一转眼就消失了，跟水珠似的，在这个世界上蒸发掉了，没一点儿影。张国强苦笑一下，喃喃着，我以为你恨我，不希望见到我……吴虞站了起来，坐到张国强身边，她刚要说什么，见张国强的表情很不自然，顺着张国强的目光看过去，一个年轻女性迎面走了过来。

年轻女性是小周，张国强的女朋友。

张国强连忙介绍小周，告诉吴虞小周也是大学毕业，在一家杂志社工作。事后吴虞知道，小周临时聘在一家杂志社跑发行，户口不能落在北京，她跟张国强一样都属于漂一族。不过，这些都不重要，重要的是他们彼此在同呼吸共命运。他们虽然苦一点儿而心里却有目标，这就使得他们的生活有滋有味。吴虞问张国强，我们见面，小周为什么会来。张国强诚实地说，是我把小周叫来的。“是想证明什么吗？”吴虞不依不饶地问。张国强说，小周知道你，我讲了很多你的事，她想见见你，见见我崇拜的对象是什么样的。吴虞的目光立即暗淡了。

就这样，吴虞最后的陆地也漂移了。

和加里在一起的那个夜晚成了吴虞多次重复的回忆，而第二天早晨却是吴虞回忆中痛苦的部分。她不愿意想起，常常想到一半自己就强行剪断了……和加里在一起的第二天早晨，吴虞根本没见到加里，她醒来时，床的另一边已经空了。吴虞听到卫生间里哗哗的流水声，她以为加里在洗澡，就抓起一件内衣挡在前胸，嗵地跳到地上。

吴虞慢慢走到卫生间的门口，突然把虚掩的橡木门推开。卫生间里空空荡荡。盥洗池上的水龙头工整地流着水，没有加里。

吴虞疑惑地回到房间，她看不到加里的衣服、背包、相机。桌子上，酒店的便签纸上留了一行铅笔字：谢谢你给予我的快乐！——加里。字条的旁边还有五十美元。

吴虞的第一反应是检查自己的贵重物品，她动作灵敏，很快完成了搜寻。钱夹还在，相机还在，存旅行箱的卡片还在。也就是说，加里只拿走了他自己的东西，她的东西都在。接下来，吴虞就像站在高楼房顶的边缘一般，眼前模糊，浑身发软。那个上午，她一遍一遍看着加里留下的条子，那个字条成了唯一真实的东西。

几年后，吴虞终于明白，当初在旅馆里，加里没拿走她任何东西，却偷走了她未来的生活，他没留下什么东西（一张便条和五十美元），却留下了一个生命。问题的结在那里，吴虞必须去那里寻找答案。也就是说，她要再次去欧洲，去走她和加里走过的路线。去欧洲不难，难点在于，吴虞对加里知之甚少，她唯一的线索是加里用他的护照在威尼斯窄街那个二层楼小旅馆做了登记。那个小旅馆能不能这么久地保留加里的登记，吴虞不知道，即便存有登记，他们会给她查吗？吴虞也没有把握。不过，她没有别的选择，她只能去欧洲走一趟。她要找加里，起码要告诉加里，他们有了查尔斯。解决完加里的问题之后，她才可以轻轻松松地开始自己的生活。不然，她就无法摆脱事先拟定了角色的舞台，无法使自己的生活走出迷雾。

吴虞把去欧洲的想法告诉了张国强，她对张国强说，这次去欧洲决定着她婚姻的走向。同“丈夫”谈好了就解决了“两地分居”问题，谈不好就分手。她离开期间，孩子托付给张国强照顾，因为张国强是她最信任的人。张国强没什么话讲，吴虞出国的前几天，张国强几乎成了她的专职司机，跑手续，买东西。吴虞走那天，张国强和小周临时搬到吴虞家里，张国强和小周成了洋娃娃的保姆。

机场停车场到了，张国强下车走到车尾，打开后厢盖准备往外拿旅行包。车内的吴虞看了看表，然后，向后窗玻璃敲了敲，招手让张国强进来。张国强拉着旅行包打开车门。“时间还早，”吴虞说，“进来说会儿话吧！”“说话，说什么？”张国强发愣地问。吴虞说你呀，不能进来说吗？张国强只好回到车里。

吴虞对张国强说，我记得你说过，你是这个世界上对我最好的人，你是说过的吧？张国强迟疑了一下说，说过。那么现在，你还会信守你的承诺吗？张国强犹疑着点了点头。吴虞笑了，她说你不诚实，你对我最好，那小周怎么办？要知道，“最好”只能给一个人，不可能同时是两个人的，不然只能是好，而不是最好了。张国强一时无法回答。吴虞笑了，摸了一下张国强没刮净胡子的脸说，其实，我不该向你要“最”，有“好”我就满足了。

吴虞的飞机起飞了，张国强还在车里抽烟，他反复想着吴虞的话，越想越糊涂。

按预定的时间，吴虞欧洲行不会超过十五天，一晃三个月过去了，没有吴虞的任何消息。张国强和小周带着大量消耗牛奶的洋娃娃，彼此间开始了烦躁和口角。白天吵过之后，晚上上床两人又好了。小周依偎在张国强怀里，劝张国强："说不准明天吴姐和她老公就回来了，我不相信他们会把亲生骨肉扔给别人。再说，他们能让咱们白带孩子吗？怎么也会奖励奖励。等咱们有了钱，你就不用那么辛苦了，我也不用整天替你担心了。"张国强说别想那么美了，如果吴虞一辈子不回来，我们怎么办？"咱们先养着呗，随你张姓给他起个名，叫张查尔斯，再给他起个小名，叫国际哥，怎么样？总之，他们早晚会回来的。"听了小周的话，张国强的心情好了一些，他拉过小周要行房事。小周推着他："不行，现在不安全。"张国强说不安全才好呢，有了孩子咱们就结婚。小周说现在不能有孩子，身边这个娃娃还不够累的啊，等以后再说吧。张国强的犟劲上来了，他骑在小周身上，他说我今天非好好 × 你不可，制造出咱自己的孩子。

张国强和小周大张旗鼓地摇撼吴虞那张单薄的床，肆无忌惮地发出喘息和呻吟的时候，房间的门被推开了。洋娃娃站在门口。洋娃娃问，妈，你怎么啦？张国强和小周保持着一个姿势，他们都不敢动。稍许，小周有些激动，小声对张国强说，你听到了吗？他管我叫妈妈！张国强的眼睛和身子都十分僵直，庄重地点了点头。

搓色桃符

小雨那天，研究生宿舍的三个漂亮姑娘请他吃饭，去卫生间的过程中，津副教授遇到了三个姑娘中的一个——鸽子。津副教授就用胳膊支住墙，横在鸽子的头前。鸽子以为喝红了脸的津副教授要做出什么举动，就快速向四周瞅了瞅。见四处没人，鸽子用眼睛瞅着津副教授，那意思是，你想干什么？

津副教授没干什么，他低声说，我准备去一趟草原，想找个女伴，我很想你去。津副教授的意图鸽子明白了，她好看地笑了一下，说，我要考虑考虑。

津副教授回到席间，另外两个姑娘正在讨论网恋的事，见津副教授心情不错的样子，其中一个说，先生，听说你是系里的荤故事专家，讲几个精彩的。津副教授故意一脸坏笑，说，我有一个原则，从不在未婚女青年面前讲荤故事的。两个姑娘咯咯地笑起来，说瞧不起谁呀？我们懂的东西你还不一定懂呢。这时，鸽子也从洗手间回来，她从津副教授的椅子后回到自己的座位，那一过程需要津副教授翘一翘椅子，以便把身后的空当拉大一些，让鸽子顺利通过。鸽子在通过的一瞬间，也十分自然地用手扶了扶他的椅子。只是，这一瞬间在津副教授和另外两个研究生的眼里有着不同的内容。另外两个研究生什么也察觉不到，也不会有意识去察觉的，对津副教授却不同了，鸽子手扶他椅子靠背时，有一个指头明显剜了他的后背一下——津副教授知道，他和鸽子去草原的事已经成了。

津副教授对鸽子注意好几年了，注意归注意，并不一定和后来的事发生联系。鸽子虽不是系里最漂亮的研究生，但绝对是她们那一届最有风韵最具魅力的女孩子。可惜，自己已经结婚多年了，不然，说不准也会加入到追求鸽子的行列里的，他相信自己的魅力。问题在于，好女孩太多了，现在能碰到鸽子，以后还可能碰到比鸽子还好的，没有完的。所以，自己从没有离婚再娶的念头，也许不同的女人进入家庭之后都是一样的。鸽子不是他带的学生，她的导师是方教授，方教授曾是自己的导师，他和鸽子应该属于师兄妹关系。不过，他现在也是硕士生导师，而鸽子是地地道道的学生，鸽子除了管他叫“先生”，从没有要管他叫“师兄”的意思。还要特别说一句，一提到教授，阅读的女士和先生们也许会自然地联想到矍铄的老人，其实，津副教授的年龄不大，今年刚三十六岁。

说起来，津副教授和鸽子的正面接触还是在方教授家里。鸽子写了一篇论文，论文是讨论教育问题的。她从一个女孩子无意怀孕遇到的困惑谈起，那个怀孕的女孩子遇到了她人生的重大难题，她觉得她所受过的教育没有一个能帮助她解决这个问题，既而，对我们的教育体系提出了“设问”。方教授当然不希望鸽子转移研究注意力，方教授委婉地对鸽子说，尽管这个题目好发表，也可以引起很多人的关注，甚至让人注意到她的学术个性，但这毕竟与她所研究的专业相隔太远，有点儿风马牛不相及。那次见面，津副教授对鸽子却留下了非常好的印象。他觉得鸽子不仅长得吸引人，她说话的语气、姿态甚至学术品格都吸引他。从那以后，鸽子常常在他的浅梦里出现。他幻想有一天，他和鸽子单独在一起，并做他最想做的事。每每想到这些，津副教授就庆幸，亏得鸽子不是自己带的学生，不然，他的机会几乎等于零，毕竟，自己还是老师啊。

后来，津副教授和鸽子的接触就多了起来，差不多有十多次。他发现，鸽子也很愿意和他在一起，他的才华、风趣和豁达都很吸引女孩子，他已经在鸽子的眼神里发现了跳跃的东西，那是一种不用言说就已自明的东西，比较适合“默契”这个书面语。

去草原的车是早晨出发，那次列车的乘客不多，他们完全可以每人占一个椅子。鸽子坐在他的对面，他闻到一股幽香的气息，他还发现，鸽子施了淡妆。鸽子显得兴奋的样子，每次瞅他，都抿嘴笑一下。津副教授的装束也不再西装革履，他穿休闲的衣服，穿耐克运动鞋，那双鞋是新的，还有防虫剂的气味。

环境的关系，津副教授和鸽子的话题还是比较正式的，比如，他们的话题是关于鸽子的论文，津副教授说我觉得那篇论文挺好的，怎么说，让我觉得十分振奋……鸽子在一旁静静地看着津副教授在讲，津副教授讲的东西对鸽子来说也许并没有多大的启发意义，她所以全神贯注地注视津副教授，大概完全是在看他说话时生动的嘴唇。津副教授以为他的话对鸽子是有帮助的，越说情绪越高涨。鸽子还是打断了他，说，其实我写这篇文章时，最直接的动因是我自己。津副教授愣住了，想了想，才说，挺好。

鸽子咯咯地笑，问，什么挺好？

津副教授也笑了，说，这样的论文不会脱离实际的。

鸽子不再提论文的事，她陆续拿出了好吃的东西，她显然是做了精心准备的，酸奶、水果、口香糖。她还拿出了一副扑克："想不想玩拱猪？"

津副教授摇了摇头："这个玩法，我不太会。"

"听说你桥牌打得不错，这个简单极了。"

"我不知道我行不行。"

鸽子过来拉津副教授的手，似乎是无意的："没问题，我教你两遍就会了。”

玩扑克的过程中，津副教授还与鸽子提论文的话题，他说你真了不起，你是怎么处理的？“处理什么？”鸽子不解地问。

“孩子呀？”

鸽子说到医院处理的呗，我不怕人知道。

“那——”津副教授有些支吾，“他没陪你吗？”

“陪我有什么用，遭罪的是我。”

“看来，真得小心点儿啊。”津副教授一语双关地说。鸽子立刻笑了，脚在下面踢了他一下。

他们继续玩扑克，玩着玩着，津副教授又想起了前面的话题，他问了起来：“现在，你们还来往吗？”津副教授是指使鸽子怀孕的人，这个不用明说，鸽子也懂。鸽子轻松地说没什么来往，人是一段一段活的，再说，经历了一些事之后，看问题就不一样了。

“你喜欢他吗？”

“当然了，不喜欢他就不会和他在一起了，不过，我只是想和他在一起，并没想怀孕。”

“那……你怀孕之后，他的态度呢？”

“他说他会对我负责，他要娶我。”

“你呢？”

“我觉得太奇怪了，他对我负责，他用什么对我负责？娶我就是对我负责吗？凭什么我怀孕了就得嫁给他，我并没想嫁给他呀。因为怀孕了我就嫁给他，我可不想这样委屈自己一辈子……”

津副教授迟疑地点了点头，说这个问题上，你的认识超出了我的想象。

鸽子似乎不大愿意谈这个话题，还没到吃饭时间，她就把准备好的午餐拿了出来，还拿出一瓶葡萄酒，递给津副教授开启瓶盖。津副教授有些绅士地把酱色的瓶子打开，一股微酸甘洌的气味扑鼻而来。“你先喝一口！”鸽子快活地说。

津副教授喝了一口，然后，递给了鸽子，鸽子接过来也喝了一口。他们喝酒不用杯，当然也没有像样的酒杯，而问题的关键是，鸽子肯和他用一个瓶嘴喝酒，这个本身就是姿态，鸽子已经不把他当外人了。想到这儿，津副教授的心怦怦直跳。

就餐过程中，鸽子总是翘着嘴吃东西，她大概缺少化妆经验，怕吃东西时把口红沾上。所以，她用纤细的手指灵巧地将食物放到嘴唇里面，样子很好看。津副教授一边欣赏着一边体味着，他觉得鸽子像一个清丽、纯洁并快乐着的小鹿，把一片白桦林生动起来了。

到通辽时，天色已经暗了。津副教授读本科时的同学在迎接着他们，那个同学据说已经是不小的领导干部了。他穿着风衣，挺着将军肚，见到津副教授时高喊着：

“老酸！”津副教授喊了声：“老鬼！”两个人颇西式地完成了一个礼节。鸽子被津副教授介绍成他的学生，她在四五个男人面前并没有享受到女士优先的待遇，只是跟在几个男人的后边，直接去了宾馆。

在宾馆的一个包间里，津副教授和鸽子被老鬼身边的七八个男人围在了中间，他们性情豪放地喝起酒来。在这种场面中，津副教授和鸽子的感受是不一样的。津副教授同老同学叙旧，他觉得自己被尊重、友情和热情包围着，而鸽子却觉得自己被烟雾、噪音包围着。所以，一个小时对津副教授来说只是转眼的工夫，而对鸽子来说，既漫长又难熬。

差不多一个半小时过去了，老鬼他们敬酒的“说道”还没结束。鸽子实在忍不住了，她借上卫生间的工夫，对津副教授招了招手。津副教授就找了一个借口，来到了包间外。鸽子用跳跃的眼神瞅着津副教授，说：“我累了，我想回房间休息。”津副教授大胆地把小鸟依人的鸽子搂在怀里，鸽子没拒绝他，反而轻轻地搂住了他的腰。鸽子的鼓励给了津副教授力量，他把鸽子搂得更紧了，他还断断续续地喃喃：“你先休息吧，我一会儿去找你……”

这时，包间的门开始响了，津副教授和鸽子快速分开。从包间里出来的是老鬼，老鬼还没说话，津副教授就说：“小兰（鸽子的姓）觉得不舒服，她想回房间休息。”老鬼大大方方地说，那就回去休息吧。

鸽子临走还对津副教授做了一个手势，那意思是，少喝点儿酒，我等你。

津副教授太兴奋了。事情常常就是这样，如果津副教授不那么兴奋，也许对自己会控制一些，不想，兴奋起来了就难以控制，回包间没多久，他就喝得舌头不够柔软了。老鬼问他，你带的这个漂亮姑娘真是你的学生吗？津副教授说绝对没错。“你们之间不是那个……”老鬼两个大拇指向一起对一对。津副教授可不想在这么多人面前承认什么，他说别瞎猜，学生就是学生，我带她来这儿，是实地考察的。老鬼瞅了瞅津副教授，没再说什么，继续提议喝酒。

这酒一喝就喝到了十点多，大家一点儿没有结束的意思，从老鬼的表情看，似乎他们的聚会仅仅是个开头。这时，津副教授的手机响了。

津副教授拿起手机一听，是鸽子的声音。鸽子说：“老酸，是我。”

津副教授稍微一愣，连忙起身走到包间外，朗朗地笑着：“你怎么知道我的外号？”

鸽子似乎不理解他的快乐，用低婉的声调说，我睡不着，特别寂寞，你什么时候能结束？津副教授说应该快了。鸽子，你别不高兴，我想一会儿就结束了……你理解我，老同学多年没见，我现在要走，不……不好。

“你好像喝多了？”

“不会，我的酒量，哪那么容易就喝多……多了……”

“控制点儿啊。”

津副教授回到了包间，他想趁清醒的时候结束，可他提议了两次都被老鬼给挡了回去，老鬼的理由是，十年没见了，一年喝一杯还得十杯呢。

津副教授他们从包间里出来已经超过了十二点，老鬼搀扶着津副教授上了电梯。进了房间，津副教授和老鬼都不行了。老鬼倒茶水时，把杯子碰到了地上，杯盖四处滚动。老鬼说今天晚上我不回去了，陪你住一宿。津副教授知道他已经喝多了，不过，他还惦念着去找鸽子，于是，他对老鬼说，你回……回家吧，已经挺够……意思了。老鬼说，那怎……怎么行？十来年没……没见面了，我老婆能理……理解。没办法，无论津副教授怎么心焦也没办法，况且，他真的喝得身子发软，倒在床上没多大一会儿，就在老鬼的唠叨声中打起了鼾。

津副教授被叫醒已经是第二天早晨七点半，老鬼陪他吃早餐时说，侄女上学的事你别不挂心上。津副教授想了想，怎么也想不起老鬼什么时候提过侄女的事，是喝酒的时候说的还是他躺在床上时说的？津副教授的确想不起来了，他瞅了瞅鸽子，鸽子很平静的样子，只是在人不注意的时候，用幽怨的眼神瞅他一下。有时，鸽子还用腿在桌子下碰碰他，每一次都让津副教授心跳加速，血压升高。

那天的安排是去草原上骑马。鸽子听说骑马，高兴得像孩子那样蹦了起来。要是没有老鬼他们在身边，也许鸽子会跳起来，一下子跳到津副教授的怀里。

老鬼找的车是“沙漠风暴”，进口的越野大吉普。津副教授和鸽子坐在一个座位上，他们总算坐在一个座位上了。尽管津副教授的上身，特别是头部故意远离鸽子，可他的腿还是用力向鸽子这边靠，鸽子也回应着他，他俩的腿紧紧地贴着。两天来，津副教授和鸽子一直处于不间断的酝酿之中，他们体内的化学元素都被调动了，身体上还发出了特别的气味。津副教授和鸽子大概都闻到了这股奇特的气味，所以，他们两人的目光一对视，就有想立刻吞噬对方的感觉。津副教授浑身发热，嗓子发干，下身跟着车的节奏，一路都在充血。

骑马那一段津副教授和鸽子都是快乐的，他们已经暂时忘记了这两天某种愿望没有达成的不愉快，只是从马上下来，津副教授觉得自己的下身由于长时间充血而隐隐作痛。扶鸽子下马时，他小声对鸽子说，我现在特别难受。鸽子似乎理解了他的意思，蒙眬着眼睛说，我也是。

马场外有一排小摊，卖一些旅游用品，鸽子蹦蹦跳跳去那里买东西。没多大一会儿的工夫就回来了，她把一个木制的护身符套在了津副教授的脖子上。津副教授见老鬼离自己不远，连忙把鸽子套的东西拿了下来。鸽子不解地瞅他，说：“这是桃木做的，避邪，可以带来好运的。”津副教授小声说：“回去再戴”。

下一站是漂流，越野吉普开到了大青山下的一个低洼地，那里的气象就不同了，洼地的四周长了围墙似的混叶林带，同高坡一望无际的草场以及象牙白的沙漠有了迥然不同的差别。那景致有点儿像天山脚下或者阿尔卑斯山下的风光，同一地方可以出现不同纬度的景色。老鬼帮津副教授和鸽子租了漂流的橡皮筏子，然后说，你们俩漂吧，我们在下游等你们。等津副教授和鸽子笨拙地上了橡皮筏子，老鬼就钻到吉普车里，开车去下游了。

那条用来漂流的河与其说是河，还不如说是溪流，总共就五六米宽，好在那里的水流湍急，还有点儿历险的意思。一开始，津副教授和鸽子手里还各自拿一条棍子，用来调整皮筏子的方向。渐渐地，溪流岸边的红柳茂密起来了，他们表情丰富地对望了一下。津副教授对鸽子说，真对不起，我本不想这样的。鸽子什么也没说，她把手里的棍子放到皮筏子里，敏捷地扑向津副教授，他们就搂抱在一起，抚摩和接吻什么的。这一过程中，他们都没说话，也没时间说话，就那样持续了很久。就在津副教授和鸽子亲热时，皮筏子在一个弯河道上搁浅了，他们也不理会，继续亲热着。

亲热的时间一定很长，直到津副教授感觉到屁股底下发凉，他才知道麻烦来了。他移开鸽子一看，那个皮筏子已经瘪了。他想，恐怕是皮筏子被岸边狰狞而出的树根给戳破了。他连忙起身，摇摇晃晃、颤颤巍巍地把鸽子推到岸上。鸽子进到柳毛棵子里，减轻了重量的皮筏子漂离了岸。津副教授想一个箭步跃到岸上，由于皮筏子不吃力，事实上，他并没有跃到岸上，而是完整地跳到了溪流里。鸽子惊慌地大叫了一声。

津副教授爬到岸上，他像个落汤鸡一样，他一边脱衣服一边说，我可不想给你留下这么狼狈的印象。鸽子笑了，然后，一下子跳到他的身上，两只胳膊抱着他的脖子，两只腿夹在他的腰上。津副教授顺势把鸽子抱住了，说让我死了吧。

后来发生的事，尊敬的女士和先生们在阅读时完全可以想象到，只是，事实并不是那样的。当津副教授把衣服铺在平坦的一处草场上，而鸽子也把衣服都解开时，津副教授却停止了他的行动。津副教授对鸽子说，这样做，我觉得对不住你，这样的环境，我觉得太狼狈了。鸽子在津副教授身下，她疑惑地眨了眨眼睛。津副教授继续说，更重要的是，我不想图一时的快乐而给你带来痛苦。鸽子明白了，她小心地问，你没做准备吗？津副教授说本来，我打算到宾馆买的，不想，昨天的事很糟糕。鸽子的眼睛里流露出哀怨，她不再说话，紧紧地将自己的脸贴在津副教授湿淋淋的胸脯上。

回去的路上，一车人的话题都是津副教授和鸽子“落难”的经历，老鬼说好在现在天还不凉，不然，你睛好吧……今天晚上啥也别说了，只有多喝白酒才能祛除风寒。鸽子还是在津副教授身边坐着，她像一个受了委屈的小女孩，依偎着津副教授，只是，她的腿不再向津副教授的腿上用力。津副教授并不觉得自己在与鸽子的较量中失败了，相反，他觉得他是赢家。他想，他起码会给鸽子留下这样的印象：他自制力强，像个男人，他善良，能为别人着想，等等。想到这儿，他看了鸽子一眼，鸽子闭着眼睛，不知道在想什么。

回到宾馆洗漱时，津副教授乘机溜了出来，他在宾馆楼下的药店里买一盒安全套，心里显得踏实地回到了二楼饭厅的包间。进了包间，津副教授发现，接待他们的人中又增加了一个女孩子。老鬼向津副教授介绍，这是咱侄女，正上高三，明年就高考，我让她考咱校……全拜托你了。没等津副教授说话，老鬼又对侄女说：“叫津叔叔。”“津叔叔。”女孩叫道。

这时，鸽子也进了包间。老鬼立刻热情地介绍他的侄女，让他侄女管鸽子叫老师。鸽子不太好意思，说叫姐姐吧，千万别叫老师。老鬼说那可不行，（对侄女说）人家可是研究生啊，哪能叫姐姐。然后，老鬼扶着津副教授的肩，虽然是对津副教授说，实际上也是对鸽子说，咱们在一起喝酒热闹，她（指鸽子）自己太孤单，多没意思，所以，让侄女陪陪她。说着，对侄女说，你今晚就住在这儿，跟老师——叫姐姐也行——交流交流，多学点儿东西。听到这话，津副教授的眼睛直了，他瞅了瞅鸽子，鸽子的表情十分茫然。

客随主便，津副教授知道争也争不过老鬼，人家老鬼连工作都放下了，全身心地陪你，你总不会不知好歹吧。

到草原的第三天，他们又乘“沙漠风暴”去了大草原深处打猎。那天上午，他们在车上颠簸了三个小时，才到了一个县城。见到了据说是县武装部的一个人，那人对老鬼毕恭毕敬，把擦好的半自动步枪装到了车里。那天，车在没大腿根深的草场里行进着，有如快船行驶在碧绿的大海上。津副教授无意欣赏草原的风光，他只感觉到身边柔软的鸽子，他的下身在继续充血……

那一天，他们在车上整整待了六七个小时，一只野兔什么的也没碰到，到太阳快从地平线消失时，他们就选择了一个沙砾土包，把一些啤酒瓶子、饮料罐摆在土包前，砰砰地打了一阵子。鸽子似乎对打枪没什么兴趣，她始终捂着耳朵，不像几个大男人开怀地大笑。津副教授扫了鸽子一眼，他觉得不能再这样下去了。于是，他把老鬼拉到一边，小声对老鬼说，今天晚上不用你们陪，折腾好几天，你们也该好好休息一下。老鬼说别这样说，这样说不外道吗？津副教授有点儿急了，他说不是，我也想和鸽子单独在一起。老鬼快速眨了眨眼睛，“……你们？”无奈，津副教授用刚从老鬼那儿学来的方法，把两个大拇指向一起对一对。老鬼立刻爽朗地笑着，大声说，你这人，为啥不早说？津副教授四下看了看，怕别人听到老鬼的声音。

回去的路上，津副教授还是找到了机会，他对鸽子耳语道：“我把老鬼打发了，今天晚上我们单独在一起。”鸽子抿了抿嘴角。津副教授用手比画着，说：“那个，我也买好了。”鸽子用手在津副教授的大腿上掐了一下。津副教授觉得下身又开始充血。

由于路途遥远，晚饭不可能回宾馆吃，老鬼就安排在一个蒙古包里吃烤全羊。席间，津副教授想起晚上终于能和鸽子在一起了，心情异常地好，喝起酒来也十分爽快。鸽子怕他喝多，不时地暗示他，津副教授知道自己的酒量，他一点儿都不担心。

饭局是在晚上九点左右结束的，临结束前，津副教授去蒙古包外小解。他迎着满天繁星和辽阔的大草原打了一饱嗝，他想，这里太好了，离天空近的地方就是让人心里辽阔。在这样一个夜晚，尤其想到接下来要发生的事，这个日子一定令人难忘！

津副教授小解时，老鬼也来了，老鬼叼着烟站在津副教授的背后，他口齿不清地嘟哝，风吹流眼泪，撒尿砸脚背。人老了就这样，不过看你撒尿的姿势，屁股朝前使劲，说明你的身体还行……老鬼说的时候，津副教授已经尿完了尿，他一激灵，把裤子提好，回头对老鬼说，那还用说。不想，就在这时，津副教授突然晕倒了。

大家把津副教授折腾到通辽市医院已经是十点半了，医生做了检查之后说，没什么事，人疲劳了都容易血糖低，特别是撒尿的时候，大脑瞬间断氧空白，就晕倒了，补点儿糖就行了。只是，他还应该输液，他血液中的酒精浓度太大了。那天夜里，津副教授就躺在白色的病床上输液，鸽子在一旁陪着，在津副教授相邻的一张床上，鸽子蜷缩着身子，静静地、持久地坐在那里。

津副教授和鸽子是早晨七点的火车，他们几乎是从医院出来就去了火车站。在车上，他们相互依偎着，十分疲倦的样子。路上，津副教授不停地对鸽子道歉，他说实在对不起，我没想到会是这样。鸽子淡淡地说，没什么，你别想那么多。车到沈阳时，津副教授对鸽子提议，他们在沈阳下车，找一个好一点儿的宾馆，这样他们就可以在一起了。鸽子想了半天，最后说，我觉得太疲劳了，还有……我现在一点儿情绪都没有了。

津副教授回家的第三天，老婆小秋就发现他脖子上挂着的东西，小秋说，那是什么玩意儿，一点儿都不好看。津副教授说是去草原时买的，桃木护身符，可以带来好运的。小秋拿到手里仔细看着，说，得了吧，根本不是桃木的，只是普通的木头刻的，搓上桃木的颜色罢了。津副教授接过来看了看，他虽不懂得桃木，不过经小秋一说，也觉得是搓色的了。

那之后不久，学校里就传出津副教授和鸽子的绯闻，说他们在大草原浪漫了一回。津副教授不知道这个绯闻传播的范围有多大，但至少有三个人向他反馈过消息。在这样的舆论环境中，津副教授自然不能像以前那样明目张胆地找鸽子了，见到鸽子总像心里有鬼的样子。一天，他终于看到鸽子独自在网球场边看书，就给鸽子打了一个电话。果然，鸽子的手机是挂在脖子上的。

“鸽子啊，我是‘老酸’！”

电话里的鸽子似乎迟疑了一下，说：“先生啊，有事吗？”

津副教授愣了愣，然后说：“你听到咱俩的传闻了吗？关于咱们去草原浪漫的传闻……”

鸽子的声音依然十分冷静："你觉得冤枉了是不是？"

鸽子这样说，津副教授一时没话好讲。

电话里的声音说："……如果没别的事，我把电话挂了。"

津副教授正犹豫着，对方的电话就啪嗒一声挂了。

津副教授傻愣愣地站着，他下意识地摸了摸自己的领口，那里已经没有了搓色的桃符，他想，大概在前几天，他就找不到鸽子说的能带来好运的那个桃符了。

拔掉的门牙

在车上，我们都不由自主地摇晃着身子。阳光透过车窗的栏杆，在每个人的脸上跳跃着。就在这个时候，我想起二十年前听过的一个笑话，我禁不住笑了起来。我这样笑，令我身边的人十分紧张，有的甚至恐惧地看着我。站在我身边的一位比我高大魁梧的男人立刻离开了我，走到另外拥挤的地方去了。我莫名其妙。

我想到的笑话是这样的，一个姓杨的人长了很长的门牙，外号杨大牙。由于牙太长了，以致难以合拢嘴唇。一天，一个电影导演见到了他，说要选他当演员。杨大牙强忍着喜悦一路小跑回家，向家人以及街坊邻居讲了，让大家共同分享他的快乐。大家说当演员了，好是好，就是你的牙太难看。杨大牙一想也对，就在老婆的陪同下，去医院把牙拔了。后来，见到那个导演，导演说，完了，我们看好的就是你的门牙！这个笑话陪伴了我多年，每次想起，我都忍不住要笑。可奇怪的是，有几次我讲了这个笑话，在座的人都觉得不够笑，起码没我想象的那样大笑。我仔细分析其中的原因，我想，大概他们没我那样的经历，也就是说，没在特定的环境里听过这个笑话，所以，他们不会产生共鸣。

在后来的很多年里，我也想过这样的问题。杨大牙的门牙没了，还有人叫他的外号杨大牙，后来的人没见过杨大牙的门牙，他们一定会产生误解，为什么叫他“杨大牙”呢？生活中是不是常有这样的事？

生活中还有些事在人们的心里，成为私密，当然，我所说的私密也是分级别和时效的，可以划分为秘密、机密和绝密。秘密就是藏在心里，但会和自认为“可靠”的朋友说，范围不会太大。机密在心里的位置比秘密深一层，常在无可奈何的时候暴露出来，或者说过了几十年，机密已经失效了，于是当新鲜事讲了出来。绝密就不同了，绝密在心里的最底层，永不外宣。有的人一生都不会讲的，甚至会带离这个世界。当然，这个私密级别也随着时间和条件的变化而相互转化的。我相信，每个人都有私密的，只是私密的程度不同。在我的经历中，这几种不同级别的私密都有，现在，我要告诉大家的就是我发誓永久封存的绝密。

星期二一大早，我就去了公安分局刑警大队。

值班的警察问我什么事，我说要找大队长。“要报案吗？”我说不是报案，是自首。那个警察反复打量我，然后问：“自首什么？”我说自首二十年前的一个案子。他瞪了瞪我，懒散地说：“什么案子？”我说我要亲自对大队长说。警察又瞪了瞪我，说："那你就等吧。"

就这样，我坐在门厅的长条凳子上，八点钟过后，陆续有人进进出出，没人在意我。我觉得奇怪，他们匆匆忙忙的，可一个杀人的犯罪嫌疑人坐在门厅里，他们却视而不见。一直到上午十点半，还没人理我。我只好走进走廊里，在大队长办公室门口敲门，敲了半天没敲开。这时，一个面孔严肃的中年人走了过来。"谁让你进来的？"这时，早晨接待我的警察出现在走廊里，他对中年人说，这个人早晨就来了，说是要找队长自首。我说就是这么回事。"自首什么？""二十年前的一个案子，您是队长吗？"那个人说，我不是队长，等队长你到门口去等。说完，那个人也走了。

等到了中午，我觉得饿了，就出来吃饭。我走出刑警大队，也没人理我，我想，这样看来，我一定要见大队长了。不然，他们不会认真对待我的自首的。况且，我觉得我这个案子不是一般的小案件，理应由大队长这样级别的警察来处理。

吃过饭（那是一顿特别丰盛的大餐，我这样想，自首之后，恐怕就难以吃到这样的大餐了），我给在政法委的熟人打了电话，说我有事要找分局刑警大队的大队长。熟人立即给刑警大队挂了电话，他说申队长现在在办公室，你去吧。就这样，我顺利地进到申队长的办公室里。

当我和申队长见面时，我们都十分尴尬。申队长就是我上午见到的中年人，而此刻，申队长也一定认出了我。

申队长首先打破了尴尬，他说你上午说找队长，我们这儿有七八个队长，有三个中队，还有一些副队长，你没说找大队长。

我说我要找的就是大队长。

还有，申队长笑了："要找大队长也不用说自首啊。亏你想得出来。"

"不是，我真的是来自首。"

"你说什么？……你真来自首？……托关系来自首，我当了二十多年的警察，还第一次遇到……"

我说你别笑了，我真的是来——自、首！

申队长收敛了笑容，他说自首，自首什么？

"杀人案。"

"杀……人。是你？"

"是我。"

申队长瞅了我半天，问我，你是怎么认识老鹏的？老鹏就是我找的熟人，政法委干部处处长。"他是我的学生。""你的学生？"

"没错，不信你打电话问他。"

"可是，你怎么……"

我明白申队长的意思，我的学生都成了他的上司，我怎么可能是杀人犯。我知道他这样想，我说老鹏是我的学生，可并不说明我就不是杀人犯，我没开玩笑。

申队长想了想，迟疑地说，那你说说看，你是怎么成为杀人犯的。于是，我就把犯罪的经过对申队长讲了。

事情是这样的，二十年前，我在宁城的一个青年农场里做知青。由于我的年龄小——虚岁十八，所以干一些打杂的活。那年是恢复高考后第二年，我一边复习一边在锅炉房烧锅炉。同时和我烧锅炉的有张衫、李寺和王码字。那年冬天的一个夜里，突然有一个女孩出现在锅炉房里，她围着花格方巾，红润润的脸上有一双大眼睛忽闪忽闪的。我问她找谁，她说她是张衫的妹妹。“我哥在吗？”那天，张衫和李寺去蓝旗营子看电影去了，我告诉张衫的妹妹。她说这样吧，我在这儿等我哥。我就把锅炉房里仅有的一个凳子给她坐，自己回到木板搭的简易床上看书。过了一会儿，一股好闻的气息传了过来，我一回头，张衫妹妹的脸离我的脸只有咫尺之遥，我的脸一下子涨红了，心怦怦直跳。张衫的妹妹笑着说，你真用功啊，要考大学吗？我说是啊，你呢？她说她正读高中，明年考大学。她还说，去年她试验了一下，考上一所专科学校，她不去，她一定要考医科大学，她喜欢医生这个职业。那个时候，我正是青春期涨潮的时候，我还从未和一个女孩子这么近地接触过，我浑身灼热，几乎要燃烧起来了。张衫的妹妹大概从我的呼吸、不停地咽唾沫以及怪异的眼神中看出了什么，她说你一定有了资产阶级思想。她这样说，并没离开我，我鼓足了勇气，伸手摸了她的脸一下。她一下子跳了起来，大喊，你要流氓！我说我不是想要流氓的，我只是控制不了自己。她说你还是思想意识有问题，不然，你不会做出流氓的动作。任凭我怎么解释，她还是坚定地认为我要流氓，而且要告诉她哥哥，告诉他哥哥倒没关系，了不起张衫会棒揍我一顿，可后来，她说明天要去青年点儿告我，我吓坏了。也许就是那句话，让我起了杀人的念头，使我滑入了万劫不复的深渊之中。现在说起来，没人会相信的，可当时，“流氓”这个词比杀人还丢人，还令人瞧不起。如果张衫的妹妹到青年点儿告我，我的一生就毁了，我永远没脸见人，不能上大学，也不会有朋友，我会被排挤到那些被人瞧不起的“流氓”阵营里。

那天晚上，我陷入了痛苦的火海里，无法摆脱。就在我痛苦得要命时，张衫的妹妹喊我，有没有吃的？我饿了。我把我的晚饭给了她，我对她说，你要不告发，我的饭就给你吃。她没说什么，夺过铝饭盒，打开就把我的晚饭给吃了。吃过饭，她笑着对我说，我的立场很坚定，不能因为吃了你的饭，就不告发你。我说你的意思还是要告我。对呀，我就要告你。这时，我随手拎起一个铁钎子，说，如果你告我，我就要你的命。她用蔑视的眼神对我说，你敢？我就是要告你，明天就告你……

我浑身发抖，一闭眼睛，铁钎子抡了出去。同时，我听到一声惨叫。我睁开眼睛，眼前的女孩子已经血肉模糊了。

我吓坏了，龟缩在锅炉房的一角，等待着张衫和李寺回来，等待着被抓、被关监狱、被审判和被枪毙。可是，一直到后半夜，张衫和李寺都没回来，我也变得清醒了一些。我想起知青中流传的一些故事，就决定在天亮以前把张衫妹妹的尸体处理了，据说，没了尸体也就没了证据。这样，我闭着眼睛，使出了全身的力气，把张衫妹妹的尸体投入到燃烧的锅炉里，而血迹也被我用炉灰给清理了。

之后的几天，我如坐针毡，怕光怕声音，怕见到人。后来听说，张衫在找他的妹妹，但所有人都怀疑他妹妹从城里出来，往青年点儿的路上被坏人害了，那个年月，发生这样的事不算奇怪。一晃一个月过去了，什么也没发生，没人知道我杀人的事，没人找我，我也借口有病，回到了城里。

那一年我发奋读书，终于考上了国家重点大学，从本科读到研究生，毕业后来到离宁城一千公里外的海滨城市。这二十年来，我控制着自己不去想当年犯罪的事，只要那个念头一出现，我立刻想别的事，把那个心惊的记忆压抑下去。也许，从另一个角度来说，我犯罪的事已经成为了历史，被发现的危险性越来越小了，可是，随着年龄的增长，痛苦却越来越重。人有的时候就是这样，真正承受不了的不是外在的痛苦而是精神的痛苦。

……申队长说，我明白了，你是因为承受不了继续隐瞒的痛苦才这样做的，是不是？

我说不是，我说了一句冠冕堂皇的话，我说经过二十年的人生之后，我终于醒悟了，我应该受到审判和惩罚。

其实，还有一个更重要的原因，我已经受不了折磨了，生不如死。这两年，我几乎每天夜里都梦见张衫的妹妹，她成了一个凶恶的女鬼，她不厌其烦地对我说，你是杀人犯，你是杀人犯！

申队长立即打电话，他叫来了两位刑警，准备给我做笔录。申队长说，你把刚才对我说过的话，如实地重复一遍。我说太好了，你终于相信了，我会很好地配合你们的。

那天晚上，我被关在刑警大队里，我很放松，很久以来没这么放松了。那天夜里，我没做梦，没梦见张衫的妹妹，睡得很香。我甚至还这样设想过，如果当年发生的事不是那样，而张衫的妹妹不说告我，说不准，我们还开始了爱情生涯。大学毕业后我们来到海滨城市里生活，她在医院当医生，我在大学当教授，休息日我们带着儿子（或者女儿）去海滨广场散步、喂鸽子、放风筝……这时，我发现我的脸上有冰冷的泪水。

第二天中午，关押我的房门打开了。出现在我面前的是老鹏，后面还有申队长和一些我陌生的面孔。

老鹏说贾老师，你这是怎么啦？出来再说吧。

我说我现在是犯人，你不要叫我贾老师。

老鹏想说什么没说出来，他们把我带到了申队长的办公室。

我问这是要提审我吗？

申队长说提审什么呀，贾老师，你应该去医院而不是我们这儿。老鹏在一旁说，真想不到，您会得这样的病。

我愣住了，我得什么病了？是的，我的私人病历上有如下几种病：陈旧性痔疮、胆管结石、神经衰弱以及血脂略微高出指标。这些都算不上大病，可老鹏是怎么知道的？即便他知道，也不用那么大惊小怪的。

申队长说对不起贾老师，让你在我们这儿委屈了一夜，不过，说到这儿，他忍不住笑了，他说这也是你自己要求的。

老鹏说贾老师我认识你这么多年，没发现你喜欢开玩笑，只是，这样的玩笑是开不得的，如果换了别人会给你个行政拘留的。

我说我没开玩笑。我很严肃，我是来自首的。

你自首什么？

我昨天已经坦白了，你们也做了记录。

“可是，”申队长说，我们已经把情况发给了宁城公安局，经查证，他们根本就没有这个案子的记录。

可能，张衫家没报案。我说。

“问题是，张衫根本就没有妹妹。”老鹏在一旁说。

“不可能，”我说。我努力回忆着，我说绝对不可能。

“你说不可能也没用，已经做了查证，要知道，这样会浪费我们的人力、物力和财力的。”申队长在一旁说。

“会不会这样，那个姑娘是张衫的表妹，或者自称是张衫妹妹的人……”

申队长说：“我们不会跟你继续玩下去的，要查你自己去查吧。”

老鹏似乎也不站在我的一边，他说别闹了贾老师，你这样，我都不好意思了。

就这样，刑警大队不要我，我又出来了。

我出来以后，学校和家里都认为我精神出了问题。我有口难辩，我的精神绝对没出问题，我只是说出了事实真相，可奇怪的是，为什么没有人相信？

从刑警大队出来的第二天，一个叫王玮的精神科医生就开始纠缠我。她大概要为我做心理治疗。她问我一些愚蠢的问题，比如国家领导人是谁？一斤铁和一斤棉花哪个重？我很生气，我是教授，不是三岁的孩子。就故意说错了。她获得了证据一般，兴奋地做着记录，我知道她急于给我下结论，比如神经性障碍或者神经官能症。我觉得这样真是太荒唐了。我只是一个想伏法的犯罪嫌疑人，我想我应该有自首的权利，既然你们没把案子破了，我自首为什么不行？只有经你们手破获的案件才是案件，而没经你们手破获的案件就不是案件了吗？如此待遇，我觉得太不公平。更不可理解的是，他们竟然简单地把我推到精神病的行列里，一推了之。

我决定用事实来说服他们，证明我没有说谎，我就是杀人真凶。如果说一开始，我只是接受不了内心的折磨而决定自首，那么现在，我还担负着一个寻求事实真相的责任。那天晚上，我就给学校留了一封长信，拿着我所有的积蓄，乘二十一点的火车去了宁城。

我像要侦破一个杀人积案一样，必须查证所有能够证明有罪的证据，所不同的是，我要找出的犯罪嫌疑人是我自己。

我有很多年没回宁城了。宁城也发生了很多的变化，宁城的变化和很多城市的变化差不多，我就不细说了。在宁城，我最先见到的是王码字。王码字在自行车管理所管理自行车档案，见到我之后，他坚持要请我，说多年没见了，还真是挺想的。我说是啊，我有病从青年点儿回城再就没见到你。他说不对吧，你考大学之前我还去你家看过你，还给你买了一支钢笔，请人在钢笔上刻字，写的是“无限风光在险峰”。那字体很漂亮，像毛泽东的字似的。我努力回忆着，的确，是有那么一支钢笔。王码字请我吃饭的地方叫大馅饺子，不用说，我们当然吃大馅饺子了。王码字不停地讲大馅饺子是宁城的特色，会让我有回家的感觉。我知道大馅饺子是宁城的特色，同时我也知道，还有很多比大馅饺子名贵的东西也是宁城的饮食特色，不过我不在意这些。如果有点儿不舒服，不是大馅饺子不够昂贵而是王码字太会讲话、过于强调了的缘故。相互问了一些情况（二十年的情况也可以概括的），我们的谈话就进入到了正题。我对王码字说，人这辈子可真快呀，一眨眼都四十岁了。他说可不是嘛。二十年前发生的事，就跟在眼前似的。他说可不是嘛。我说那时候多好，你、张衫、李寺，咱们在一起烧锅炉。王码字想了想，说你烧过锅炉吗？我说你忘记了，我推炉灰的时候，还把你的手套给弄没了。王码字说是啊，不过，我记得你没烧过锅炉。我说你仔细想想。王码字想了想，说，你帮推炉灰没错，可推了十几天你就病了，你没烧过锅炉，你长得单薄，干不了。我说你记错了。看我十分认真，王码字说就算你烧过锅炉，这重要吗？“当然重要了。”我认真地说。王码字说想不明白，烧锅炉也不是什么光彩的事，你要证明什么呢？我说对我来说很重要。接下来，我继续问王码字张衫的事，王码字说你都知道了，张衫回城后分在苗圃工作，前年已经死了。我知道张衫已经死了，我所关心的不是张衫死的问题。我问王码字，你还记得不？我有病回城那些日子里，张衫的妹妹不是失踪了吗？王码字想了半天，说，我怎么不记得了。“不是说张衫的妹妹从城里来知青点儿找他，结果失踪了吗？”“没听说，在我的印象里，张衫没有妹妹。”我说你仔细想想，是不是你记错了。王码字仔细想了想，说应该是没错的。我说如果张衫没有亲妹妹，他总会有表妹或者管他叫哥哥的对象吧。王码字说表妹就不清楚了，不过，张衫的确有一个对象……你问这个干什么？我说，非常重要。

王码字诡秘地笑了，他说那个时候就张衫有心眼，青年点儿的时候就联系了对象，只是，他鬼也没鬼过李寺，张衫还没怎么样，李寺就从中间插了一脚，先把那个姑娘给干了。你好像见过，青年点儿后山蓝旗营子的，脸红扑扑的，大眼睛忽闪忽闪的。我的心怦怦直跳。我说那个姑娘是不是死了。王码字说是死了，你应该听说的。

“是被人害死的吧？”

“我听说是得病死的。”

“什么病？”

“不知道。”

吃饭过程中，我们谈论了很多。最后，我对王码字说，我这次回来是想托你帮我打个证明，把我在青年点儿的经历写出来，重点是写我在锅炉房烧锅炉。王码字说可以倒是可以，只是我不明白，你要这个证明干啥，找工龄还是想提前退休。我说你别管，只要证明就行。可是，王码字笑了，他说我写你烧锅炉可是违背事实的呀。我说我的确烧过锅炉。“的确烧过的确烧过。”王码字不停地点头。

第二天，也就是我找李寺的那天，王码字把我要求他写的证明写来了，他的身边还跟了一个姑娘。“叫贾叔叔。”女孩子轻轻地叫了一声贾叔叔。王码字不见外地说：你侄女，明年考大学，她听说你是海大的教授特别兴奋，她做梦都想考海大，录取的时候，可全靠你了。我不知道说什么，我知道我帮不了王码字，明年，我可能已经伏法了，即便还在大学里，也不一定能帮上忙。

见李寺费了一些周折。李寺回城后在机车车辆厂当钳工，后来企业效益不好，就提前退休了。王码字和李寺也多年没来往，所以，找了好几个人才找到李寺的家。李寺家在东安区的一间平房里。从环境上看，我知道李寺的生活很困难。李寺已经没了当年的英俊，成了一个名副其实的小老头。我的出现令李寺感到很意外，当年，李寺依仗着自己人高马大，经常欺负我，现在，他脸色蜡黄，皮包瘦骨，身子孱弱，这些也许都不重要，重要的是，李寺一副猥琐的样子，对我点头哈腰的。很显然，他知道我找他并不是算当年他欺负我的账，二十多年过去了，再没心胸的人也不会记年轻时候的账了。

我说要请李寺吃饭，李寺搓着手说，这怎么好这怎么好。

我领李寺到了一家饭店，李寺总像学生见老师一般，十分规矩。我已经习惯了这样与人打交道，所以就自作主张地点了菜，还给李寺点了酒。

席间，我问李寺一些往事，李寺的记忆力显然没有王码字好，他显得语无伦次，总是对我的话加以肯定，不断地重复“可能是吧”。最后，我问他张衫对象的事，这个时候，李寺已经喝了一些酒，他的眼睛亮了起来，说话的嗓门也大了。他说啊，你说五丫啊，为这事，张衫还跟我打了一仗。说的时候，李寺把脖子伸给我，那上面有一道油亮的暗红色的长疤。“张衫给砍的。”我点了点头，说：“后来，那个……五丫是不是死了？”

“是啊。”

“没找到尸体吧？”

“我不知道。”

“对了。就是那个五丫。”我兴奋地说。

正在低头大嚼的李寺抬起头来，他疑惑地看着我，问：“五丫怎么啦？”

“五丫死了。”

“是死了。可跟我没关系。”李寺说。

我说当然跟你没关系了。睡觉跟你有关系，可死跟你没关系。

我让李寺把我在青年点儿烧锅炉和五丫的死写下来。李寺伸出手来，他的手有些发抖，他说你看我这样，能写字吗？你要这些干什么？

我说有用。

李寺说你到我家都看见了，我老婆在床上躺着，没钱治病。你能不能借我……点儿钱？

我想，李寺在趁机敲我。不过，这个时候我需要他，我问他多少，李寺的眼珠子转了转，他大概使了大劲，试探着问，二百行不行？

我笑了，我说这样吧，我给你五百元，不用还了。

李寺激动得快哭了，他拉着我的手说，你想怎么写就怎么写，我签名就是了。

后来，我给王码字打电话，告诉他李寺向我借钱的事，王码字说，你怎么能听他的，钱到了他手里，他就喝酒了。

张衫已经死了，他是得肺结核死的。按理说，张衫没生活在上个世纪前半叶，那时肺结核是不治之症。张衫得肺结核时，肺结核已经算不上什么了不起的病了。但由于张衫生活困难，没钱医治，所以治疗得不及时，拖来拖去，病情加重了……张衫死后，他妻子也另嫁他人，无法联系。我去探望了张衫的母亲，老太太家里还保存着张衫年轻时的黑白照片。看到张衫的照片我想起了很多往事。我问张衫的母亲，张衫是不是有一个妹妹，老太太说有一个。他的妹妹是不是死了。老太太说对。我想，我终于找到证据了。我问老太太有没有他妹妹的照片，老太太说，孩子三岁就死了，没留下照片。

到这儿，按公安的说法，线索又断了。

只剩下唯一的一个线索——五丫。

在蓝旗营子，我找到了五丫的亲戚。亲戚说，五丫是让知青点儿的知青给害了。听了这话，我特别兴奋，我想我给五丫亲戚买的食品总算没白买。

“是不是没找到五丫的尸体？”

“尸体？什么尸体？”

我说：“其实是这样，五丫被人杀了，然后扔到锅炉里烧了。”

五丫的亲戚说，不对呀，五丫是生孩子难产死的。

我大失所望，我问他们，蓝旗营子有人失踪过吗？

他们都说不知道。

以上就是我回宁城的收获。回家后，我把收集的资料进行了整理，可无论用哪一种逻辑推理，我都推理不出当年我杀了人。问题是，我的确杀了人。令我感到不解的是，为什么我杀了人而我自己都证明不了它?

回来之后，学校和医院组织专家对我进行了会诊，会诊的结论是，我根本没有精神病。这样，就出现了两个不同的结论。专家证明我没有精神病，也就是说，我的记忆没出问题，我的确杀过人；可公安部门以及我自己的调查证明，我没杀过人。

我“生不如死”的状况还将持续下去，我被这个世界搁置在另一边，我连认罪的权利都没有，我真的是太可怜了。

不瞒各位说，从那以后我的主要精力都放在对宁城和那起积案的关注上，我像一个考古工作者，细心地寻找所能寻找到的一切线索和物证，也像一个史学研究者，不厌其烦地收集所能收集到的资料。功夫不负有心人，那年秋天，我终于在一个叫《江城女报》的报纸上发现了令我激动的线索，看到宁城以及那个年代青年点儿的文字，我觉得浑身都在眩晕，我知道那是激动以后产生的生理反应。那篇令我眩晕的文章的题目是:《二十年前的一起积案——“凶手”寻找被害人亲属》。文章报道的是宁城一个女医生患了不治之症，她知道自己不久于人世，所以，她公布了一个隐藏了多年的秘密——二十年前的一个杀人案……只是，看到后来我才大失所望，在她的讲述里，被杀的人不是她，居然是我。莫名其妙！据女医生讲，她在考大学之前，曾去青年点儿给烧锅炉的哥哥张衫送罐头瓶子装的咸菜，刚巧哥哥不在，她认识了一个姓胡的知青，那个知青也在复习准备参加高考。由于哥哥不在，那个姓胡的知青就对自己很不“礼貌”。这时哥哥回来，她就把姓胡的知青对自己“耍流氓”的事告诉了哥哥，哥哥勃然大怒，拎起锅炉房的一个铁钎子就砸了那个知青，显然，哥哥是由于愤怒而失了手，姓胡那个知青当时就死了。她和哥哥都很恐惧，他们都傻了，一句话也不说，一动不动地坐在冰凉的地上。一直到后半夜，哥哥才站了起来，把姓胡的知青抱了起来。她用双手捂着眼睛，不敢看。后来她才知道，哥哥把姓胡的知青投到锅炉里烧掉了。事后，没人调查他们，大家都传说姓胡的知青早就好高骛远，不安心在青年点儿劳动，一定是自己当了逃兵，跑了，跑到苏联那边都不好说。这件事过去了，她如愿地考上了医学院，毕业后当了医生。而哥哥在事发后的第三年也回了城，分在苗圃工作，事情过去很多年了，他们兄妹俩都在苟且偷生。前年，哥哥得肺结核死了。现在，她也将离开人世，她想把自己的一点儿积蓄留给姓胡那位被害人的亲属，她说这是她所能做的最后的事情了。因为她觉得，自己的生命已经不足以、没资格偿还那个陈年旧债了……看过报道之后，我立即给《江城女报》打电话，找到了发稿的编辑，那个编辑很热情，他答应帮我联系作者，然而，十多天过去了，那个编辑还没消息。无奈我又多次给报社打电话，电话里的人答复我，那个编辑是临时聘用人员，三天前已经离开，无法联系。

就这样，我再次去了宁城，按文章提供的线索找“口述”的女医生，我几乎找遍了宁城的所有医院，也没找到那个女医生。

我糊涂了，女医生真的存在吗？如果她存在，那我就不可能存在。问题是，我是存在的。如果她不存在，她为什么会知道那件事，那是我内心的私密啊，没第二个人知道，她怎么会知道得那么清楚？如果她存在，讲述的也是事实的话，那我是怎么回事？我为什么还活着？也许，在我们惯常所熟悉的事物之外还有一个巨大的空间？就是说，有一个故事发生的世界。当然，这样想有点儿太个性化了，也许另一种解释大家比较容易接受，那就是巧合，因为这块古老土地上的人太多了，芸芸众生，世界这么大，有一些东西巧合了并不应该大惊小怪的，对不对？

在我的老家宁城流传过这样一个故事，听这个故事时我才十二岁。宁城刚解放的时候，有一对自由恋爱的青年到城里照订婚照，路上，女青年去小解，她发现草丛中有一朵漂亮的花，就把花摘了下来。到了照相馆，女青年拿着花和男青年一起照相。这时，照相的师傅发现镜头里出现了三个人，一个男的两个女的。师傅抬头一看，是两个人，可再看镜头还是三个人。照相的师傅很慌张，连忙把手里的气囊捏了。他告诉这对男女，让他们等一会儿，他立即把照片冲洗出来。冲洗出来的照片的确是三个人，男青年一看傻了，多出的女人是他以前的“娃娃亲”，已经死了一年，她的坟就在他们来的路边、他现在的对象小解的地方……这个故事现在没人愿意相信，但当时在宁城，没有人不相信的。就像我前妻同我讲过的——她现在在欧洲的一个领事馆当外交官——她把国内一些事讲给老外听，有很多老外都不相信是真的。我的事也没人相信，但我敢保证绝对是真实的。

现在，我再讲杨大牙的笑话，别人会说“老掉牙了”。可是，社会的节奏太快了，故事也旧得太快了，有很多事实真相我们并没有搞清楚！

持伪币者

认识李清之后，我得出这样在别人看来十分荒谬的结论：美女多集中在影视明星和陪酒小姐这两个群体之中。

我是在世纪街认识李清的。世纪街起码有一百多年的历史了，是这个城市发展初期最早的商业街之一。我听说它曾经叫过偌高林大街，一听就知道是俄国人名字，我在报纸上看过关于街名来历的介绍。只是，一次说偌高林是将军，一次说偌高林是铁路工程师。我想一般人不会注意到这一点，我注意了，不过同时我也想，至于偌高林是什么身份并不重要。历史走过了很久，人们不会在意过去的事情，即使现在大街叫什么名字，也不会特别在意的。后来那条街又叫过大和街，叫过建设路和红旗南街，除了史志办和地名办的人外，大街上永远都只是走过来走过去的人群，我相信没有人会关心这些。

我说这些的意思是，在这条有时间长度的街上，我是个后来者。到目前为止，我在这条街上才当了三年的巡警。三年的时间很短，可我已经厌烦了。每天守候在这条街上，我错误地把自己理解成这条街上的“主人”，其实，我不是主人，充其量也就是个“看街的侍卫”。看到街上每天出现的气宇轩昂的帅哥和不可一世的靓女，我觉得自卑又有些嫉妒，我甚至希望他们摊上事，这样，我们之间的角色就发生了转换，主动权掌握在我的手里，气宇轩昂的是我而不是他们了。

我也曾这样想过，哪天一个美女被抢了或者被窃了，我及时地出现在她的身旁，帮她找回了钱包、项链或者装着高档化妆品、手机等物品的漂亮女包。我成了她心目中的英雄，成了被人尊敬的好警察，而接下来，以我英俊的外表来说，我们不可能不发生一段浪漫的爱情故事——事实上，那些来报案的焦急甚至哭哭啼啼的女人大多是中老年妇女，偶尔有年轻的，但绝对不敢恭维她们是美女。

李清除外。可惜，李清是个“鸡”。

认识李清的过程是这样的，那天早晨，我正在警车上听广播电台的主持人带有诱惑性的娱乐节目，110指挥中心来了通知，说世纪街297号商亭报案，我和大刘立刻驱车赶到，大概没超过1分钟。297号商亭的老板姓朱，他一脸正义的神色，说他抓到一个用假币的人。

这个时候，我看到一张美丽的面孔，美得惊人，美得令人心悸。

经过询问，我们才了解了事情的经过。李清是“蓝色港湾”的“服务员”，她去 297 号商亭买烟，她用的是一百元面值的人民币。商亭的朱老板发现夹层中“领袖头”的边缘模糊，用验钞器幽蓝的光一照，知道是假币。我们去时，朱老板还大嗓门地嚷着，以前，他就收过假币，他怀疑都是这个“小妖精”干的。

这样，我们就把李清带到了派出所调查。

到了派出所之后，李清一脸的委屈，眼泪在眼圈里直转。她说这是客人给的小费，她也不知道是假的。她还说，朱老板之所以报复她是因为他向她调情，被她拒绝了。显然，李清不是假币的制造者也不是贩卖者，所以，大刘对假币的事不感兴趣，他不停地深挖李清是不是“出台”小姐？都干了什么？嫖娼的人中有没有大老板等等。折腾了两个多小时，李清什么都不承认，她说她只陪客人喝酒，别的事什么都没干过。那天下午，“蓝色港湾”的老板出面把李清接走了，临走，李清用幽怨的眼神看了我一眼。

大刘说，这次让她逃脱了，哪天让我抓到证据，我非弄残了她不可。

我觉得大刘有点儿小题大做，同时我也想到，大刘也是男人，他大概和我一样，在如此漂亮的李清面前发生了类似的生理反应。所不同的是，大刘采取了摧残的办法，而我没有，我只是在心里想，我应该找机会联系她，上她，但是，不能娶她做老婆。

在警车上，我对大刘说，如果李清不是“小姐”，那该多好！大刘把抽完的“大重九”烟盒展开，临时盛烟灰，他弹了弹烟灰，对我诡秘地笑了笑，你是不是想上她？我摇了摇头，不承认。大刘说，兄弟我跟你说，跟小姐玩玩行可别动感情，干我们这行的犯大忌。

那天晚上下雨，我们的警车就停在“蓝色港湾”对面的一个街角上，我注意到车玻璃窗外随雨水扭动的人影，那些人在“蓝色港湾”出出进进，不知道李清又会陪哪个男人。当时，我的心情很不好，如果李清不是陪酒小姐而是另一个职业，大家可以认可的职业，比如银行的职员、医院的护士，我们之间就会成为另一种关系了，我会大胆地追求她，开始我的爱情生涯，并进一步走入布满鲜花的婚礼殿堂。

再见到李清是一个月以后，“蓝色港湾”里有人殴斗，我是和值勤的另一位巡警去的。我们进去时，斗殴已经结束，参与斗殴的双方都打车去了医院。我们照例巡视一番，训诫酒吧的保安一番，就准备收工了。刚要出门，有人喊我，我一回头，发现了站在门口拐角处的李清。李清站在一株假松树(一定是去年圣诞节留下的，上面还挂着白色的粉末、铃铛，但没了假礼物包)的后面，尽管那里的灯光很暗，却仍然可以看出李清亭亭玉立的身姿。写到这里，一定有正义感强烈的人指责我，你身为人民警察，怎么会这样形容一个陪酒小姐。是的，我也这样想过，可是，美是客观存在，我不能用过去阶级的审美观看问题，也不能瞪着眼睛说瞎话。

我慢慢地走了过去。

李清说，明天我准备回老家。

“怎么，不干了？”

“是啊。”李清显得轻松的样子。

我沉默着，不知道该说什么。

“明天早晨走。”

“是啊，找我有事吗？”

“我想对你说，你是这条街上的好警察。”

我的脸有些涨热。得到一个陪酒小姐的肯定与得到领导的肯定、街道老大妈的肯定一定是不同的。得到陪酒小姐的肯定，会不会有“凡是敌人拥护的我们就反对”的嫌疑呢？不过话说回来，李清未必把自己当成我的敌人，也未必把自己当成社会的敌人，也许，她也用社会公众的价值标准来判断是非呢。

“谢谢你这样说。”我说。

“那个刘警长是个杂碎！”李清说。

我笑着说，你不怕我告诉他？那样，你明天就走不成啦。

李清也笑了，她说你不会。

我不笑了，我知道，这期间，大刘一定是把李清给干了，而且还不给钱。

“还有，”李清说，“上次那张假币，我知道是假的，就想给朱老板，谁知道这个一肚子坏水的家伙比狐狸还狡猾。”

我爷爷也在这条街上当过警察，那时候叫大和街，我考警校时，爸爸对我说，好在现在不唯出身论，否则，你根本当不了警察。我上警校时，爷爷这个伪满警察已经瘫痪在“老年关怀医院”里。他时而清醒时而糊涂。有一次我穿着警服去看望他，他浑浊的眼睛里突然有了历史深度。他说，机关长，昨天没去你家，没去你家。爷爷脸上长满了老人斑，浑身瘦小枯干，皮包骨头。据说原来，他一米八的个子，身材高大，面孔英俊。我知道爷爷说的话是什么意思，他住院后我看过他的日记，他在大和街当治安警的时候，好色的爷爷有过无数次的风流韵事。那时的大和街，东街是南满洲铁道株式会社员工的高级住宅，而西街的西町是关东军军官的住宅。爷爷每天在这条街上巡视着，他和那些日本太太们相处得很好，日子久了，就和日本军官的太太们偷情。我根据日记的记述统计，起码有七个女人，有名字的就有四个。那时候爷爷一定身强体壮，最忙碌的一天是他从东街的一个科长家偷情出来，才想起和西町的光子有约，又去了光子家，忙完了光子，又碰到了少佐年轻的太太麻子。一天之内干了三个日本娘儿们。最惊险的一天是，爷爷在一位野战情报部军官家与他太太偷情，军官突然回来，军官太太就把他藏到了做江米饭团的缸里，爷爷在那里待了一天一夜，总算捡了一条命。

后来，爷爷和日本太太的事还是败露了，但查无实据，他就被发配到海岛去当警察，一直到一九四五年日本投降，他才回到了城里。第二年春天，也就是一九四六年，开始大批遣返日侨，爷爷在码头看见了麻子，麻子怀里用布套裹着一个两三岁的孩子（不知道是男是女）。麻子的丈夫在华北得过病，已经没有了生育能力，爷爷知道，那个孩子应该是他的。可是，迫于当时的政治环境，爷爷是不敢上去跟麻子说话的，也不敢去认孩子。爷爷在日记上写，麻子走在通往滚装船的栈桥时，还向码头上东张西望。我的脑海里出现了一个活生生的画面，我想，如果爷爷真有一个在日本的儿子（或者女儿），他们的年龄比父亲还大，他们会有一天来找我们吗？我希望还是不希望他们来找我们？转念一想，又觉得不可能，他们没有身份，就像伪币一样，不可以在市面流通的，这样说来，身份太重要了。

爷爷在“文化大革命”后的一篇日记上这样写道：现在想起来，我那时就有了爱国的思想，我在操日本人的妈！我只能用这种方式表达对日本鬼子的恨。看到这儿，我才觉得爷爷真虚伪、真无耻。

爷爷死都不会相信，我也会在原来那条大和街——现在的世纪街上当警察。所不同的是，那些日本房子大多被推掉了，世纪街的两侧耸起一座座高楼，高楼把天空都割成了一条方肉。爷爷时代宽阔的马路变成了窄窄的街，街还在，但一切都变了模样。

事情就是这样，在当警察之前，我羡慕当警察的(不然我也不会报考警校了)，而当了警察之后，尤其是当了三年的巡警，我开始觉得乏味了。我的同学大江分配在刑警队，聚会时，他常常提起破案的事，讲话时，总是不知不觉降低了我们巡警的身份。同样是警察，也分三六九等的。

所以，有很多时候，我都梦想街上发生一件惊天动地的大案，而我正好将这个案子破了，这样，我也会做出惊天动地的大事。

那年冬天，我们街上真的发生了大事，朱老板被人杀了。

负责朱老板被杀案的是大江，大江已经当了中队长。三年前，我和大江还是同学，人家现在成了领导。大江提升有他工作努力的成分，但更主要的还是运气。去年，一个以杀人为职业的犯罪分子被大江抓获了，从而破获了六起积压的案件，大江立了特等功。事后，大江感慨地说，这事给我的启发是，人是不能感情用事的。那个杀手虽然没有电影里的杀手那么职业，可他在被抓前基本是个冷血动物，他行踪不定、嗅觉灵敏、心狠手辣。公安部门抓了他五年都没抓到，后来，那个杀手栽在一个女模特手里……两年前，杀手偶然见到了在桑拿里表演的模特，就花五千元包了那个模特一夜。不想，那个模特怀孕了，并且把孩子生了下来，生下了孩子，模特就开始了她漫长的寻找之路。奇怪的是，公安机关怎么找也找不到杀手，而模特却找到了他。那个杀手本想杀了模特灭口然后逃离，可看到了自己的孩子，他犹豫了，最后他改变了主意，和模特住在一起。那个模特就住在大江家楼里，大江就有了抓杀手的机遇。大江说，如果没有模特和她的孩子，不知道什么时候才能抓到他。

朱老板被杀案应该说案情是清楚的，属于谋财害命那种。可案子迟迟未破，一拖就拖了一年多，大江领着人在这儿忙活了一个月，后来接了别的案子，这个案子就放下了。在这期间，我也对案子进行了很多思考，也联想过李清，李清和朱老板还是有个人恩怨的。可想来想去，总理不出一个头绪来。

下雨那天晚上，我去朱老板原来的商亭买烟，商亭已经兑了出去，新老板是个笑眯眯的胖女人。

我递一百元钱给她，她看了看，然后神秘地笑了。给我找钱时，我才发现了问题，我的手里是六百元。我说你应该找我六十元而不是六百元。她笑着推我的手："以后还请多关照。"我立刻正色道："关照是关照，但这样不行。"胖老板有些不好意思，她说你看我的脑子，经常犯糊涂，把一百当了十元。她这样一说，我们都有了台阶，我笑了一下，没再说话。

一年后，我突然在世纪街上见到了李清。令我吃惊的是，李清用婴儿车推着一个婴儿。我的表情一定很不自然，我问："你的孩子吗？"

李清也不自然，她点了点头。

这时，我恍然大悟，李清回老家，一定是生孩子去了。可是，李清是怎么有的孩子？有了孩子为什么不在家乡养大而又回到了世纪街？

"我在后街租了房子。"

"和丈夫在一起吗？"

"没有，就我们娘俩，有空去坐坐。"

"那我去可不好。"我含糊其词。

李清笑一笑，说："没关系。"

我想了想，继续问："你自己带着孩子，靠什么生活呀？"

"我原来有积蓄。"

"可毕竟坐吃山空，孩子的爸爸不供养你们？"

"……没有。"

我心里抖动了一下，突然想到了杀手和女模特，李清在做陪酒小姐时是不是也遇到过杀手？所不同的是，她正在寻找那个人——孩子的爸爸，还没找到而已。

她，或者她孩子的爸爸与朱老板的死有关吗？

日子一天天地过去，李清的孩子也一天天长大。有一天，我看见李清从超市出来，她一手推着婴儿车，一手拎着装满各式各样食品的大口袋。我走到她的身后，把她的大口袋接到手里。李清回过头来，她说我以为是谁呢，吓了我一大跳！

李清家住在世纪街后面的老房子里，那些房子已经上了市政府的公告，估计年底前怎么也拆迁了。那些老房子就是我前面说过的日本人留下的小洋楼，外表看挺漂亮，里面已经十分破旧和破败了。李清就住在那个小楼的二楼，是一个单间。李清的家并不像我想象的那么整洁，而显得凌乱不堪。奇怪的是，这种凌乱和凌乱中散发的婴儿和女人的气息，无论是从视觉上还是嗅觉上都能刺激男人的某种暧昧的神经。李清说进来坐吧。

我四下看了看，没找到一个可以坐的地方。李清过去把床上的衣物一划拉。“坐床上吧。”我觉得脸有些热，立刻产生了别的联想。李清似乎没在意这些，她还忙着收拾孩子，忙完了，李清就坐在我对面的地板上。她问我，是不是你一直认为我是出台小姐。我迟疑着，不知道该怎样回答。“我不是，”李清说，“我说了你可能不相信，我只陪酒，从不出台。”我支吾着，说：“这个，我没想过。”

李清笑了，尽管没以前那么清丽了，可笑容还是挺迷人的。

我觉得自己心跳得十分厉害，嗓子发干，血直往上涌。我抬起头来，看着墙皮有些脱落的天花板，此时，我想起了爷爷，爷爷会不会正是在这个房间里与某个日本太太偷过情？想到这儿，我觉得心口发堵。

“我想我得走了。”我这样对李清说。

李清愣愣地看着我，她似乎觉得话题刚刚开始，她并不知道我的想法。现在，如果我不走，接下来，我不知道我能不能控制住自己，我不敢保证我不会有超出理智的举动。

“真的走吗？”

“是的，我不能脱岗太久。”

说的时候，我已经起身了，我走到门口，突然在李清的临时饭桌上看到了“二锅头”酒瓶和装着烟灰的“大重九”牌香烟的纸盒。顿时，我觉得眼前发黑。

我和李清见面的第三天，李清就被人杀死在房间里，一同被杀的还有她未满六个月的女婴。杀人者已经对犯罪现场进行了破坏。负责破案的大江说，这又是个挠头的案子，看来，你们这个世纪街是我走霉运的地方。

我说这个案子我可以破。大江说，真的吗？那你立功的机会来了。我说也许立功不是最重要的。

“那什么是最重要的？”

“别的。”

经过一夜痛苦的思考。第二天早晨上班，趁大刘不注意时，我把手铐铐在他的手上。大刘瞪着眼珠子瞅了我半天，渐渐地，他的目光有些暗淡。大刘说，你怎么知道是我?

我说你应该知道的。

大刘叹了一口气，说，我不想这样，可是，我别无选择。

案情已经真相大白了。去年，大刘把李清给睡了，由此李清怀孕，一个月后，她就回老家生孩子。也许开始，李清还对大刘充满了仇恨，可是有了孩子之后，她的态度发生了改变。她重新出现在世纪街上，是在给大刘施加压力，她大概想让大刘离婚，她要大刘承担起对女儿抚养的责任。大刘不可能离婚，如果李清没做过陪酒小姐而是银行的职员或者医院的护士，大刘也许就不那么恐惧了。他知道，如果他和老婆离婚而娶了一个小姐，他不敢保证自己的警服是不是该脱掉了。所以，李清回来时，他先是不承认，后来李清要做亲子鉴定，大刘才软了下来。大刘一直采取软磨硬泡的办法来对付李清，当然，这期间大刘也给了李清一些钱，一共是九百元。案发当天，大刘又去找了李清，李清威胁他说，如果一个星期不把离婚的事办了，她就告他。大刘一时情急，就随手拾起桌子上的“二锅头”酒瓶，将李清打倒了，发展到这个阶段，大刘索性也用酒瓶子把女婴给打死了……事后，大刘把那个酒瓶子带了出来，摔得粉碎，杀人凶器被他销毁了。大江在分析案情时一直说凶手使用了钝器，他怎么也没想到，那只是一个喜欢喝酒的人剩下的酒瓶子。而我，如果不是和杀人的、被杀的人熟悉，我想，这个案子我也破不了，我不过是撞到运气上了。

由于我破案立了功，不久，我就上调到刑警队了。离开前，我又见到了商亭胖老板。胖老板说，以后有机会常来看看，我说会的。胖老板还神秘地笑着，她说你上次买烟的那张假钱我花出去了。我愣住了。我问她，我用过伪币吗？她想了想，立刻说，是啊，警察能用伪币吗？再说了，啥是伪币？能花出去就不是伪币了。

我们的日子还继续着，每天，世纪街仍人来人往，在我心里留下的触目惊心的记忆与这条热闹的街没有什么关系，我这样想，有些事如同夜晚拍死在墙上的一只昆虫，第二天经过太阳一晒，连痕迹都没有了……

寻找郭春海

现在，我想我应该叫郭春海，除了叫郭春海我不知道我还是谁。我所以认为我叫郭春海是我经过差不多一个小时寻找的结果。这一个小时我就坐在这个陌生的城市的江堤上，江堤菱形的青石缝里长了一些草，那些草我似乎见过，只是想不出它们的名字。向远处望，江的对岸还是楼房，我一样陌生，那些楼房在泛灰的江水中连倒影都没有。

我的清醒似乎发生在奔跑之中，然后就坐在江堤的长条木椅上。从江面吹来湿漉漉的风，我当时的感觉就像早晨刚刚醒来，只是令我极度恐慌和呼吸艰难的是我把醒来之前的事全遗忘了。我的心情发生了巨大的变化，我努力回忆着，焦急之中我薅着头发，捶打着脑门，结果毫无收获。我知道有一种病叫健忘症，但那似乎是一阵子一阵子的，没有像我现在这样，把以前彻底遗忘了。后来，我用两种希望安慰自己，第一，好在我现在清醒了，清醒了就说明我的病已经好了，既然病已经好了，就应该庆幸而不是痛苦；第二，健忘症是一种病，是一种病就应该有相应的治疗办法，况且，说不准什么时候，在特定的条件下，比如暗示或启发，我的记忆就会恢复。这样，我焦躁的心情渐渐有所平缓。我当时急于解决的问题是，我必须首先知道我是谁。

接下来，我从我自己开始寻找。我大概有 170 厘米，体型偏胖，有凸出的肚子。我在树下找到一个有积水的坑洼，拨开上面漂浮的黄色树叶，我看到一种圆胖的脸，我觉得“他”十分陌生而又十分熟悉。感谢昨天夜里下了雨（应该是昨天夜里？），我总算知道自己长什么样子。我下身穿一条衬裤，上身穿一件跨栏背心，我看了看路上的行人，他们几乎都穿着秋季的服装，我穿的显然与他们的不一样。我看了看手表，已经是上午十点多了，我显然也不属于晨练的……所有这些都没有给我提供明确的寻找线索。我开始翻自己身上仅有的衣物，突然，我摸索到裤裆处有一块地方发硬，我连忙把那一处打开。这时，我发现衬裤内侧的文字。我像考古人士一样小心翼翼地把那个面翻大，终于，我认清了上面的字：郭春海。是油笔写的，有点儿失色，可还是可以认出是郭春海。那几个字写在一块白色的粗纹布上，大概是过去用过的邮包，非常巧，刚好把那几个字裁剪齐了。据此我这样推断，我就是郭春海，我还有一个会过日子的老婆，她把邮包布剪下来缝在我内裤的里面，在我出门的时候，用来装钱用的。这样看来我肯定不是什么大人物。

那个口袋里没有一分钱，这让我产生了疑惑，我是从家里出来的还是从医院里出来的？是被人绑架了还是被人灌了迷魂药把身上的钱洗劫一空扔在路上了？还有，我在江堤的椅子上坐下来之前是奔跑的，我奔跑的起点在哪里？

当时，我做出这样的决定，我想我来的地方不会离这里太远，我决定在这一带转悠，虽然我找不到我从哪里来，可一旦转到我来的地方，或者那个范围，我想一定有认识我的人。这样，问题就解决了。

于是，我穿着“奇装异服”，在众人的注视下，以江堤为点，做扇面辐射，沿着大街小巷串开了。一直走到暮色出现，只有注视我的人，却没有人同我打招呼。无奈，我又回到了江边，看着紫红色的西天叹气。

我叹气的时候，有个老头同我搭话，那个老头面色红润，头发银白，像有知识的人。他说他年轻的时候也穿得少，还能在冬天里冬泳，可说老就老了！

我说我不是为了锻炼身体才穿这么少的，我也不知道为什么穿这么少，我找不到家了。

老头认真地瞅了瞅我，大概觉得我的精神不像有什么问题，思忖着点了点头，说：“挺哲学的。”

我哭笑不得，只好把我的真实情况对他讲了，他说这没什么难的，说完就领我去打电话，他拨了114，问叫郭春海的电话。谁想，查号台的小姐问他，你问的郭春海住在哪儿？老头理直气壮地说，我要是知道还问你吗？对方说那就对不起了，这座城市里叫郭春海的电话有三十八个。我听到了他们的对话，那是一个公用电话亭，窗口前就我和那个白头发的老头。我们的上方已经点了电灯。

老头好像怀有歉意地对我笑了笑，说，看来，不是一下子可以解决的。

我说没关系。

老头问我下一步想怎么办。

我说继续找我自己。

老头说天已经晚了。不过，我不能把你领到家里……你能理解吧？

我说我理解，这样已经让我十分感谢了。

老头走了几步，他又回过头来，说，还有一个办法，你可以去派出所查一查。

我觉得这是一个好主意，就对他摆手，并示以微笑。

我到派出所时，派出所已经下班了，就一个小白脸民警坐在齐胸高的柜台里，我想他大概是值班的。那个小白脸民警没有理睬我的意思，他在听桌子上的一个收音机。收音机正放着流行歌曲，小民警听的时候，嘴还跟着动弹。

我喊到第三声同志的时候，他才抬起头来。“有事吗？”他这样问我。

我说当然有事，后边还应该有一句没事我上这来干什么。不过，后面的话我咽了回去。

小民警瞅着我，他不说话大概就是等着我说。于是，我把我如何在江边奔跑，又如何查到自己叫郭春海，以及到我认为可能出现的一带寻找自己等过程讲了一遍。

小民警只是听着，我不知道他听我讲述还是听收音机里音乐排行榜的歌。

小民警终于对我说，你先坐一下。他说的时候指了指门口的一把木椅。我心存感激地横向移动着，坐了下来。

小民警到一个玻璃隔断后面打电话，他说话的声音不小，他说收容所吗？我这儿来了一个精神病，对……你们过来几个人。我看这人长得挺膀的……

我当时的反应是快点儿逃，如果把我带到收容所去，我想，不会有我的好果子吃。这样，在小民警没从玻璃隔断里出来的时候，我已经“一个箭步”跨出了派出所的门口，并以百米的速度向居民楼区跑去……

到深夜十点的时候，我才感觉到自己一天没吃东西了，肚子发紧，向胃里面反抽着。同时，我也觉得冷了，我一开始就交代过，我穿的东西很少。我想了很多解决吃饭的办法，包括乞讨什么的，但这个时间不太好，街上的人少了。还有，我得找一个可以过夜的地方，在居民楼区里显然不行。

人大概和动物一样，都具有趋光性，我不知不觉就来到了火车站前。站前灯火通明，有密密麻麻的人流。我先来到一个小饭店，在里面转了一圈，就出来了。我不知道该向谁乞讨，也张不开口。

这时，有一个小男孩走到我身边，我一眼就可以看出他是流浪儿，他的眼白十分明显，而身上、脸上都油乎乎的。他瞅我并不说话，当我的目光同他对视时他又有些躲闪。我知道，也许他是我今天晚上的唯一机会，就对他说："我已经一天没吃饭了，你有什么办法吗？"

他在我的表情上得到确认后，他说这个好办，可你得听我的。

我说没问题。

他说跟我来。我就跟在他的身后。

我们来到一家生意显得红火的饭店的门口，到了门口，那个小男孩就停住了。他用眼神示意我也停下来。

谁想，我们刚站了没一分钟，就有人过来赶我们，说的话也十分难听。小男孩领着我离开了饭店的门口。然而，等赶我们的人一走，小男孩又向我招了招手，我们又站在了饭店的门口。

于是，我们又被赶走，再回来，反复了三次。我一次比一次胆怯，离门口的距离越来越远。

这时，奇迹发生了。饭店里的人终于拿着几个白色的快餐盒，放在门口，说：“把这些拿走，滚得远远的！”

小男孩把快餐盒递给了我，尽管我猜想那些饭菜是客人剩下的，可眼前，它们已经是我的梦中美食了。我示意小男孩可以和我一起享用。小男孩摇了摇头，并像电视里播的太平洋岛上的土著人一样，有节奏地拍起了肚皮。

我大口吞咽着乞食，身子也渐渐暖和过来。吃过饭，小男孩还递给我一个口香糖，是绿色包装的，我好像见过。我对他表示谢意。他说不用，四海之内皆兄弟嘛。但是，小男孩同时也提醒我，如果我不加入他们的帮，就不能在这一带要饭，会挨揍不说，搞不好还得被陷害进去。

进哪里？我问。

“笆篱子（监狱）呗。”小男孩说。

我说我不会在这儿乞讨的，我只是犯了病，找到家人就好了。

小男孩说如果有困难还可以找他。我看了看他，觉得他不会超过十岁。

那天夜里我就躺在车站候车室的长条椅子上，我一夜梦见的自己全在火车上，我不知道哪里是起点，也不知道哪里是终点，好像一生都在火车上颠簸着……我醒来时天已大亮，候车大厅响着广播员有气无力的声音，她在通知旅客检票。夜里的旅客嗡嗡地说话，排着臃肿的长队。我伸了伸腰，觉得该“起床”了。正如我昨天晚上对那个流浪的男孩所说的，我不可能加入到流浪者的队伍里，尽管新的早晨并没有使我的记忆有所恢复，可我毕竟还有强壮的身体。我起码可以干一些力所能及的活，并在这一过程中寻找我自己，等待着记忆的苏醒……

这样决定之后，我在上午九点的时候，已经出现在外地民工市场上，我站在同样焦急地等待着“应招”的民工中间，注视着每一个走过我们身边的行人。

我在注视行人的时候，居然也有行人注意我，我知道他们的目光充满了疑惑，我想他们一定有人认识我。我正要揭开我的身世之谜的时候，突然，那些外地民工像被捅了蜂巢的野蜂一样，四处奔跑起来。我发愣的时候，一个小个子民工推了我一下，说：“还不跑，等挨抓呀！”

我就奔跑起来，跑了几百米之后，我气喘吁吁，蹲在地上呕吐起来。

后来有人说那是一场虚惊，四下散开的民工又陆陆续续回到那个天然形成的一个拥挤的小广场上。客观地说，在那个约定俗成的广场上找活还是有效的，我们身边不断有人来打探和讨价还价，也真有被带走的，只是没有人理睬我。我认真看了看，他们中间好多人都有一个小木牌子，上面写：“刷油”，“刮大白”，“地板打磨”，等等。没有牌子的也拿着象征性的工具，比如老虎钳子是干水暖管件的，拿锯的是干木工的，拿铁锤和铲刀的是干泥瓦工的……而我什么工具也没有，我开始失望了，心想，搞不好今天晚上还得去找流浪的小男孩。

到中午的时候，我几乎已经动摇了，这时，一辆国产客货两用车开了过来，车上一个留胡子的人说：“我们是搬家公司的，谁愿意干就上车。”

我连忙举手说我愿意。

跑到车前，留胡子那人似乎对我不太满意，我想他大概觉得我有些偏胖了，说，就……你先等一会儿。我像在炎热的天气里喝了冰水一般，唰地凉到了心里。

谁想，也该我有命，那些有手艺的民工对当力工不太感兴趣，加上我在内，报名的就两个人。无奈，留胡子的人对我说：“你！也……上来吧。”这时，我才发现他有点儿口吃。

我如获至宝，急忙爬上了车。上了车之后，我才把过于活跃的心稳定住，不管怎么说，我毕竟算有“工作”啦。

我被汽车拉到一个地方，留胡子的人说他姓戴，他还给我找了一套衣服，那是一套涤卡布料、深蓝色的旧制服。扣子是褐色的，有五角星标志。虽然出现了磨损，还不算破。我觉得这套衣服与过去的历史有些联系，在当年，能穿这种淘汰下来的警察制服是很荣耀的。

后来我知道留胡子的老戴是我们的老板。他原来是一家国营企业的工人，下岗了就搞了这家搬家公司。这个戴老板虽然有严重的口吃，经营还真有一套。我们除了当搬家工之外，每天还要向外散发一些宣传单，那些宣传单是用粉色、黄色和绿色的纸印刷的，上面有一行广告语："脏活、累活找老戴！"

脏活和累活老戴并不干，干活的是我们。不过，由于老戴经营有方，我们的活还真不少。活虽然脏一点儿累一点儿，总比没有活强。

不用说大家也知道，到老戴公司的第一个星期，我几乎是死里逃生的。所以，我敢肯定在这之前我绝对缺乏锻炼。难怪老戴看了我的形体就不准备用我……搬家的时候，我上一趟楼就两腿发软，全身虚脱，从楼上下来，像被水淋过一般。上第二趟楼下来，我就蹲在楼下呕吐。年轻的同伴们担心我挺不住，我还咬着牙坚持，我深知这个"工作"对我的意义，我不想到火车站去乞讨。

到了晚上，躺在大通铺上的年轻的伙计们都鼾声如雷，我却浑身疼得难以入睡，后来他们说，我在夜里呻吟不断，有的时候还叫娘……一个星期后，我渐渐适应了搬家的劳动强度，不过，第一个星期是怎样熬过来的，我可不愿意回忆。

人具有想象不到的适应能力，我不知道我原来是谁，可现在我已经适应了搬家公司的生活。我还交了一个叫老虎的朋友，他和我是同一天加入搬家公司的。老虎今年十九岁，他管我叫郭叔。在伙计们中间，我的年龄最大，可以说，我是所有十二个民工的叔叔。我习惯了房间里的汗味和此起彼伏的呼噜声，习惯了他们喝酒时用“老虎、棒子、鸡”那种简单的酒令，习惯了他们唠的“臊嗑”（荤故事），习惯了十二个人共用的那个厕所上的“文化”。那上面文图并茂，形象而生动，比如什么“高高山上一条沟，一年四季水长流……”的打油诗，比如“一个炕上，两个男女，三……”一直到“十在舒服”，等等。那些“文化”在常人眼里有些下流了，但是，我能理解他们，他们正是燃烧着烈火的青春年龄，除了干活、吃饭和睡觉以外，什么也没有，他们也是人。问题是，我不是燃烧着烈火的青春年龄，可在实在无聊的时候，也得加入到他们的行列里。有一天蹲厕所的时候，我把那个图加工了一番，类似工笔的。我画的显然比他们的好，充分地体现了经验的作用。

而更多的时候，我在夜里想的是两件事。一件是想我自己的身世，无论怎样我都必须找到我自己，不管会遇到什么样的麻烦，即便真相大白后有可怕的难堪，我也必须找到我自己。我还没有到乐不思蜀的地步，即便到了乐不思蜀的地步，我也要找我自己，这一点我特别肯定，谁劝我也没有用。第二件就是安排好自己的生活，我和那些年轻人不同，我必须计算着花钱。现在，我深刻地体会到赚钱是多么艰辛，多么不容易。就在那些苦思苦想的长夜里，有一天，我听到厕所里哗哗的流水声，我的记忆似乎在瞬间恢复了，我隐约地看到一个长脸的少年站在水田的田埂上，月色朦胧，他用柳条编的椋子在别鱼……就在我几乎找到自己的时候，我被小虎的梦话给带到现实中来。小虎在梦话里重复他多次出现的话，大意是“我要劁了你！”

关于这个话题，小虎在白天也同我说过，那是我们刚到一起的时候，他知道我的名字叫郭春海，就用敌视的眼光瞅我。后来，我们之间有了友谊，他才对我说出了真相。

小虎说他家在离这个城市八十五公里的一个小镇上，镇上的镇长叫郭春海。那个镇长十分“操蛋”，欺男霸女的，什么坏事都干，他的姐姐就被郭春海欺负过。

我问他，你没找他算账吗？

小虎说他家里养了三条德国黑背狗，再说，俺家没有势力，也没有钱，所以他就是要闯出一点儿名堂来，将来有机会再找他算账。

听了小虎的话，我也十分气愤，觉得那个镇长真该劁了。不过，我并不是那个镇长。我对小虎说，叫郭春海的人太多了，在这个城市里，有电话的就好几十个。小虎说可不是嘛，全中国叫小虎的大概得成千上万。

我们留胡子的老板也对我的名字感兴趣，他平时不怎么摆老板的架子，时常来和我们打扑克，他输的时候一样买酒喝。那天，老戴对我说，老郭，我给……给你出一个名字谜。说有一个女的，同……同时跟了仨男的，后来怀……怀了一个孩子。可是女的不知道是谁……谁的孩子，就找一个道、道士给取名。道士问那仨男的姓、姓啥。女的说，那三个男的一个姓孔，一个姓高，一个姓陈。后来，道士给取……取了个名字，跟仨男的都有关……关系。女的也挺满意。

大伙猜了半天，谁也没猜出个眉目。到后来老戴说叫郭春海。并在大家的追问下，他解释郭字是高、孔、陈各拆一部分组成的，春是三人日，海是每人一点儿。老戴结结巴巴地说，把大家说得哄堂大笑。

我被嘲弄了，心里当然不是滋味，不过我并没有恼怒。静下来自己想了想，也忍不住笑了起来。人真是聪明啊。

就在我被老戴嘲弄的第二天早晨，老戴单独跟我谈话，他说经过认真的观察，他决定让我管点儿事。我想他大概觉得我的年龄大一些，处理问题就稳当一些吧。还没等我做出反应，老戴又说，让你管事也不……不白管，每月多给你一百元……工资。

我暗自高兴，努力不把喜悦表现在脸上。搬运工每个月的工资平均挣到六百元，这么说来，我就可以挣到七百元了。不表现归不表现，可老戴还是看了出来，尤其是看出我刻意克制自己的情绪，也许他选我就冲这一点。

接下来的日子，我就成了搬运工的“郭头”，我可以少搬一些东西，可以大声地指挥他们，我的心情也十分好。开了工资之后，我就把它们用手帕包好，藏到炕底下的一个墙缝里。

日子就这样一天天地过去，我对寻找自己也不那么焦急了。我想，人首先得解决吃饭问题，等挣了一些钱，我才可以从容地寻找我自己。况且，我一旦挣了很多钱，找到我自己之后，说不准，我还为我“丢失”这一段时间而庆幸呢！

很快，我到搬家公司就快两个月了，我们也换上了初冬的衣服。那些日子里我常常做类似的梦，我梦见我挣了好几千块钱，有一百元的，有十元的，也有一元五元的……

那天上午，我们给一个单位搬家，那个单位扔了很多在我们看来都是可以用的东西，所以我们一边搬东西，一边捡东西。我利用自己的特权，不让小虎搬东西，而让他捡东西，他在三楼捡，然后从窗口扔出来，我在楼下接着。正当我热火朝天地“大收购”的时候，我听到小虎在楼上窗口的喊声。我抬头一看，见一个黑乎乎的东西已经落到我的头顶，我立刻觉得眼前一黑，就失去了知觉……

镇长郭春海睁开了眼睛，他摸了摸还很痛的头，爬起来就奔跑起来。跑出了大约二百米开外，他突然停住了。他觉得奇怪，眼前的景色发生了很大的变化，街道的树已经不再有黄绿色的叶子，而人们的衣着也在转瞬间加厚了许多。

郭春海听说过“山中只三日，世上已千年”的典故，他摸了摸自己的脸，自己的脸上并没有白花花的胡子，再看看自己的身上，奇怪了，自己穿了一套民工的服装，并且，凸起的肚子也没有了。郭春海用力掐了自己一下，确定自己不是在梦境里时，他的心开始怦怦直跳，他觉得自己一定是遇到了意想不到的问题。

本来，郭春海在市里参加一个会议，会议期间，他给他原来的旧相好林丽平打了电话。林丽平师范学校毕业后分在乡里教书，得到过他的恩泽。就是上调到市里，也是他帮助做的工作。当然，林丽平也报答了他。

林丽平接了他的电话，说正好她丈夫出差，晚上请他到家里来。下午，林丽平把孩子送到了婆婆家，穿了一件有光泽的丝绸类的睡衣迎接了他。郭春海也买了上千元的礼物，此一时彼一时，林丽平已经不在乡下小学了，他再找她就另一番情景了。

那一夜旧梦重温自不必说，谁想，到了早晨，林丽平家的房门被敲得当当直响。林丽平反披了一件衣服，惊慌地说：“可能是我老公，他提前回来了。”

林丽平家住在一个居民楼的二楼，郭春海急中生智，慌忙地从窗户上跳了出去，他只穿了一件跨栏背心和一条衬裤。跳到地上之后，他觉得自己的头被什么东西碰了一下……

现在，郭春海清醒了，他清醒了反而糊涂了。他想到的只是跳窗以前的事，中间一段没有了。他搞不清自己这一跳如何跳出了好几个月，为了进一步确认，他还在街头的报刊亭买了当日的报纸，时光的确走了两个多月。问题的关键是，他无论怎样想也想不出这两个月他在哪里，都干了什么。没有答案的猜测是可怕的，远比已经知道的可怕还要可怕。

郭春海接下来想到的就是给林丽平挂电话，家里的电话没有人接，单位的人说林丽平休假，跟丈夫旅游去了。

郭春海舒了一口气。他和林丽平的事没有败露。同时他想：这样看来，自己的确“丢失”了两个月。

渐渐已经快到中午了，郭春海知道他参加的那个三天的会议肯定结束了。现在，自己的口袋里只有几十元钱，他得找熟人，先把眼前的问题解决了。

第一个跳到郭春海脑海里的是四海公司的马老板，马老板做房地产生意，在使用他们镇的土地上，他对马老板是够意思的。至于怎么够意思，就是他们两个人之间的事了。

郭春海给马老板挂了手机。他知道，马老板单位的办公室几乎就是摆设，他很少到办公室上班……电话挂通了，马老板在电话那端似乎愣了一下，直到确认是郭春海挂的电话，才说："哥，兄弟可找苦你了！"接着马老板又问："这阵子你跑哪儿去啦？"

"别提了，我看咱们还是见了面再说。"

马老板似乎这时才想起来问他："你在哪儿？"

郭春海说在市内。

马老板好像在电话的另一端犹豫了，有些迟疑地说："哥，你看这事整的，我下午一点钟的飞机……去北京。按理我该把票退了的，可这事挺他妈的重要的……要不，我把票退了？"

郭春海说那就算了吧，反正我也没什么大事，就是顺便给你打一个电话。

放下电话，郭春海的心口像堵了一个馒头，脸憋得通红。暗自骂了一句，声音很小，他自己都听不见。他一定认为马老板忘恩负义，属于中山狼一类。以前，马老板需要他的时候，不管他怎么忙，马老板也会在电话里说，你放下手里事，马上过来，什么是大事，兄弟来了就是最大的事！现在，事情反过来，怎么就不一样了？与此同时，郭春海也敏感到，他的状况不怎么太妙，不然，马老板的态度不会转这么快。

郭春海在街上走着，马老板给他造成的沉重心情反而激发了他的斗志，他似乎一定要找一个够意思的人出来，以此证明他还有朋友，即便马老板看不到，他在内心里也需要确认。后来，郭春海想了想，何必呢，动这样的气毫无意义，在他的印象里，马老板是他交情最厚的朋友了，就是自己找到一个对自己热情的人，又能说明什么？他不准备找任何人了。

走了几步，郭春海觉得不行，恐怕还真得找人，不是由于他的观念，而是现实的压力，他不是在镇机关大楼里的郭春海，而是在街上飘荡着的郭春海，他的口袋里只有几个“碎银子”，现实逼迫他必须向这个不属于他的城市里的熟人求援。

郭春海想了半天，他决定给大机关的大斌打电话。大斌原来是乡里的宣传报道员，那时乡还没改镇，他还是乡里的助理员。大斌的文字功夫不错，人缘似乎差了点儿，当时乡机关的干部都不大和他来往，按当地的话说就是不太“吊”大斌，当然，大斌也不太“吊”他们。

应该说，那个时候，郭春海对大斌是很照顾的，包括后来他当了副镇长，一直对大斌网开一面。星期天节假日，大斌经常请市里的领导来镇上的水库钓鱼，钓鱼不说，还得安排吃饭。当时他主管镇财政，大斌拿条子来找他报销，他明明知道大斌的餐费里还包括别的东西，他就用一种奇怪的眼神笑一下，就签了字。大斌心领神会，调市里的时候，大斌专门来看他，说了很多恭维的话，表示千恩万谢。虽然在后来，他和大斌也有一些来往，不过，他还真一次都没有求过大斌。前几天（应该是前几个月）他刚来市里开会的时候，郭春海还在宾馆里见到了大斌，大斌和几个朋友喝酒，在隔壁的一个包间。他十分热情地过来和他握手，叫他老领导。他还去敬了两杯酒。当时他的心情很好，觉得大斌这人不错，没有大机关领导的架子。

大斌接了郭春海的电话，声音似乎不够热情，他问清了郭春海在新华大酒店的门口时，慢吞吞地说：“你在那儿等我吧。”

大斌打了一辆出租车，他从出租车上下来，郭春海就认出了他。隔了一条车水马龙的街，郭春海就大声喊大斌的大名。

大斌大概听到了喊声，他四下张望着，目光曾在郭春海的位置上停留着，只是，很快就转移了方向。郭春海这才注意到自己的变化，原来自己白胖白胖的，现在又黑又瘦了，还有现在的衣着，把这些因素综合到一起，谁也不相信他是镇长，反而像一个地地道道的农民。

郭春海又对大斌喊了两声，大斌才认出了郭春海。大斌从汽车的缝隙里钻了过来，握郭春海手的时候，本能地对郭春海的变化和衣着表露出了惊讶。

“走，”大斌挥了一下手，他似乎不想问郭春海什么，就说，“找一个地方吃饭。”

郭春海也无法说什么，他只好跟在大斌的身后。

大斌找的是一个临街的铁皮房羊汤小馆，这个小馆就在新华大酒店的下面。找这样的小店出乎郭春海的预料。也许，大斌原本是准备请他到大酒店的，看到他的模样和穿戴，突然改变了主意？也许，还有别的，比如这行为背后还有更深刻的背景。

在羊汤馆坐下来，大斌开始点菜，要了炒羊血、炒羊杂什么的，郭春海本想要一个葱爆羊肉，不知为什么（穿的民工的衣服？），他没张开嘴。“再来两碗羊汤，加厚的啊！”大斌理直气壮地对小店的人喊道。

吃饭的时候他们都一度有过思索或者思考。但是，他们思考的或思索的肯定与当年的往事没有关系。郭春海面对的头绪很多，他显得无暇应对，像一路小跑，跌跌撞撞的，几乎是遇到什么事想什么事。对于大斌来说，郭春海则是一个谜，他的变化和装束的背后一定需要很长的公式才可以推导出结论。

吃饭的时候，大斌还是忍不住问郭春海：“这一段去哪儿啦？”

郭春海一边嚼着一边说以后我会告诉你。

大斌说你好像受了不少的罪。

郭春海又喝了一口汤，说：“……也没什么。”

大斌就不问了。

大斌不问了，郭春海反而问起了大斌，他问大斌听到什么没有。大斌说我也不瞒你，现在关于你的谣传，“我认为是谣传，”大斌强调了一句，继续说，“谣传不下十几种。怎么说呢？有的说你被检察院抓起来了，抓到秘密的地方关押起来了。有的说你在开会期间嫖娼被公安局劳动教养了。还有的说你……”

郭春海打断大斌的讲话，说：“既然是谣传，别听就是了。”

大斌说问题是镇里的人大部分都信了，并且，胡镇长已经开始主持工作了。听说还是县里安排的……当然，这也不能怪上头，你几个月踪影皆无，生不见人，死不见尸的，镇里的工作就停了？别的不说，光违反纪律这一条也够提拔胡镇长的，况且，胡镇长的资历比你还老。

大斌同他说话的口气令郭春海觉得有“变脸”的感觉，不过，谈话的内容已经压得他喘不过气来，他对大斌使用何种态度和语气就不过于计较了。副镇长老胡本来就和他明和暗不和，现在，他自己不争气，露出屁股给人家打，人家不把你彻底打肿了才怪呢。

郭春海觉得他的能力和智商都在老胡之上，他并不怕和老胡斗，问题是，现在他自己也没有底，他自己都不知道这两个月究竟干了什么。

那顿饭吃得郭春海的胃生疼，在吃饭的过程中，他还不时地观察着大斌的表情。

“这么说，我的事就没戏了？”郭春海试探着问。

大斌是局外人，他的思维少受情绪的影响，他笑着说："事情从来就没有中性的，关键是往哪个方面引导。有的时候，你认为是坏事，可能变成了好事，有的时候，好事可能变成了坏事……"

"那你看这事咋办好？"郭春海仍试探着。

"我也是瞎参谋……比如说，你想出一个好的理由，解释你'失踪'的原因，再找到证明的人。"

郭春海想了想，说："这个倒也不难，问题是胡镇长……"

"这样不更好吗，你想，既然胡镇长已经主持工作了，上容易，下可就难了。"

"问题就在这儿。"

"这只是一个方面。你想，胡镇长都上来了，水涨船高。还不得安排你。"

郭春海的眼睛立刻就亮了。他立刻谦恭地对大斌说："我懂了。大斌兄弟，你帮我运作一下，我不会忘了你的……你是知道的，我还有点儿实力。"

大斌笑了笑，说："这都好说，想当年，你不是也帮过我嘛。"

吃过饭，大斌送郭春海去长途客车站，大斌还给郭春海买了车票。郭春海感激得几乎有些涕零了。大斌似乎没注意到郭春海的表情，他在郭春海上车前还拍了拍郭春海的肩，小声问："老郭，你说实话，你是不是真的进去了？”

郭春海盲目但又坚定地说：“我肯定没进去。”

大斌点了点头，说：“那就好办了。”

郭春海回到小镇已经是晚上九点多了。小镇东面就是朝阳水库，天色的原因，水库还依稀可辨。看到水库的轮廓，郭春海觉得豁然开窍了，他想起修水库的时候，他的脑袋受过外伤。那个时候，他刚离开小学民办教师的岗位，他带领大伙挑灯夜战，大伙挺服他的。也就是那次修水库，他的命运有了转机，调到乡里……然而，令郭春海不解的是，为什么十几年那个脑伤没有出现问题，偏偏在他跳窗的时候出了问题呢？问题的关键也许还不在于什么时候出问题，问题的关键是：出了问题之后，记忆被割断了。人的记忆被割断了，就是人的历史被割断了。割断成毫无联系或者截然相反的方向，实在是太可怕了。想到这儿，郭春海觉得身子开始发冷。

郭春海回家没走小镇的主街，而是从民房的胡同里穿过去的。尽管如此，郭春海还是看到主街上灯火通明的饭店和娱乐场所。一家饭店的门口停了好几辆轿车，其中那辆黑色的奥迪是他的专车，不过，现在已经不属于他了。

郭春海带着伤感的情绪，悄悄地叩开了他家院子的大门。四周十分静谧，只有几声狗的叫声……

两个月后，郊区政府新上任的劳动局局长郭春海去基层单位检查工作。那天，劳动稽查大队的人抓了几位非法用工（不缴管理费）的人，其中就有搬家公司的戴老板。郭局长走进稽查大队办公室的时候，戴老板和七八个人正靠墙站着。

搬家公司的戴老板觉得郭局长面熟，就喊了一声郭春海。郭春海应了一声，就走了过来。

走到戴老板跟前，郭春海问眼前这个他不认识的人："你是叫我吗？"

戴老板又犹豫了，他与郭局长的眼神交流之后，自己也不确定了。

"有事吗？"郭春海有些和蔼地问他。

戴老板挠了挠头，说："对……不起，我认错人了。"

说是讹诈

罗序刚和老张正在审110巡警送来的嫌疑人，一个闯入女厕所、打扮得妖里妖气的家伙。在罗序刚眼里，那家伙就是城市身体上搓起的泥卷，看到这类人，罗序刚的情绪就发生了变化，态度便硬横起来。尤其是问他为什么去女厕所时，头上焗仿豹皮斑点儿的家伙的舌头在嘴唇边绕了一圈，说："现在是法制社会，中国哪一部法律条文上说去女厕所犯法？"罗序刚望了望老张，老张没吱声。罗序刚的火腾就蹿了上来，他真想上去来一家伙，在那张粉头粉面、挤眉弄眼的头上留下点儿痕迹。就在这时，内勤曹菁从门缝中伸出半个头，说："罗序刚电话！"

这是一个阳光热烈的日子，强烈的光线把八个人的大办公室照得连一个凉快的地方都没有，闷乎乎的，蒸笼一般。带着刚才的情绪，罗序刚来接一个声音温吐吐的男声的电话。

我是罗序刚，你是哪位？罗序刚大声说。对方的声音还温吐吐的。"小罗，我是你孙哥。"罗序刚皱了皱眉头，他知道是谁了，是孙刚。“啊，是孙哥呀，有什么事吗？”“是这样，”孙刚说，“老哥现在的情况不太好，不好意思说，破产了……去年求你办的事不办了。”罗序刚愣了愣，问：“什么事？”孙刚说：“就庄志伟那件事……”罗序刚似乎明白了，额头的血管突突直跳，他说庄志伟那件事不是了结了吗？“是结了，可那也不是你办的。我花两万块钱可不是找挨刀的。”罗序刚本来在审讯室就攒了不少火，他的嗓门大了起来：“老孙，你这话从何说起？”孙刚在那头也不示弱，说：“这事说不说都没多大意思，拿了钱就办事，没办事就退钱，大家都是‘讲究’人，一说就明白。”罗序刚更火了，他说：“老孙，这事你还真跟我说不着。”说到这儿，他用眼睛在办公室里扫了一下，见户籍民警胡鹏正伸着手指计算加班日子，准备往报销单上填，罗序刚知道，别看那小子的样子挺专注，其实，罗序刚打电话时说的话会一字不落地传到他耳朵里。碍于周边环境，罗序刚总算把火压了下去。他小声对孙刚说：“这事你应该问问朱胖子，不应该问我。”说完，罗序刚就把电话放下了。

放下电话，罗序刚觉得自己的心沉到了底。他又有些后悔，不该这样仓促地放下电话，话没说完，孙刚一旦来了电话，他接不接？不接，让胡鹏接了，孙刚说我找罗序刚，让他把我送的钱退回来，事就更大了。如果自己接呢，自己已经把电话放下了，再接就被动了，孙刚就有可能变本加厉。人与人撞到这份上，就像在一起掰腕子，你稍一松劲，你就会被动，压力就大了。所以，放下电话之后，罗序刚就在办公桌前坐了下来，急急忙忙叼上一支烟，眼角还望着电话机。可怕的电话声还是响了起来。电话铃刚响第一声，罗序刚就把话筒拿了起来——电话是找老张的。

罗序刚没出门，一脚门里一脚门外地喊了老张一声，又回到自己的座位上，暗自叹了一口气。

罗序刚认识孙刚至少在十个月以前，那天晚上罗序刚值班，一个满脸是血的瘦高男人来报案，他讲话缺少逻辑性，说两句就气得直哆嗦，一哆嗦就带出一句脏话。罗序刚让刚毕业的小赵做笔录，自己就看复习题，准备参加分局举行的法律知识竞赛。半夜时，所里的几个兄弟要去吃夜宵，下了楼，罗序刚看那个男人还没走。罗序刚就问："笔录没做完吗？"那个人站了起来，说："我在等你。"罗序刚有些发愣。你认识我？那人说是罗民警吧，你不认识我了？春海街16号楼3洞2楼的，我还给你修过自行车……罗序刚还是没有完全想起来，不过，他当户籍民警时，春海街是他的管片，他似乎也觉得庄志伟面熟。"啊……找我有事吗？"庄志伟站在那儿，显得拘束不安，支吾了一番。罗序刚总算明白了他的意思，他是想请罗序刚关照。罗序刚说："既然笔录已经做完，你先回去吧，我们调查之后再说。”庄志伟点着头，说你费心了。这时，罗序刚看到，庄志伟的眼眶子已经肿得老高，眼睛快被封住了。

那天夜里，罗序刚还真找来了小赵了解情况，看了庄志伟的报案笔录，脑袋里形成了相对完整的印象。这时，罗序刚想起来了庄志伟，也想起了庄志伟娇小而清秀的老婆。原来，庄志伟和他老婆吕秀秀都在重型机械厂工作。庄志伟在部队时是篮球中锋，复员后就进了重型机械厂篮球队。重型机械厂辉煌的时候，庄志伟也正儿八经地风光了些年，就在那个时候，他娶了在厂幼儿园当阿姨的吕秀秀。吕秀秀是重型机械厂有名的美人，庄志伟花魁独占，引起一些人的羡慕也引起一些人的嫉妒。不过，英雄美女型的组合还是比较符合传统的，是一种稳定的观念。重型机械厂篮球队一路高歌猛进，过关斩将，直杀到全国冶金系统亚军时，上万人的重型机械厂职工真的把庄志伟当成英雄了。

时过境迁，庄志伟还没太老，重型机械厂老了，不可能再养一个只争荣誉不挣钱的专业篮球队。庄志伟被分配去当了门卫。后来，下岗下来下去，把庄志伟给下了，八千块钱买断工龄，回了家。起初，庄志伟还很有想法，走南闯北这么多年，他是见过大世面的，可真的面对社会了，并不像他想的那么简单，加上他抹不开面子，高不成低不就的，后来干脆在家闷着，有时一个星期都不下楼。再后来，厂子生存艰难，把幼儿园的吕秀秀也给下了。两口子在家里大眼瞪小眼，今天怄气明天吵嘴，也还算热闹。这样抻了一段时间，到底是女人的心理素质强一些，吕秀秀出门找事做了。她在一家正红火的房地产开发公司里打扫卫生，小心翼翼、一丝不苟地工作着。那家房地产公司的老板就是孙刚。

一天下午，孙刚喝醉了酒，就睡在办公室的沙发上。醒来就喊水水的，这时，吕秀秀出现了，给他送上了水杯。孙刚见到吕秀秀，突然觉得神情恍惚起来，浑身是劲，伸手就把吕秀秀拉倒，两人经过一番肉搏，身子单薄的吕秀秀还是被孙刚压到身子底下……按理说，孙刚身边并不缺女人，也许吕秀秀的确太吸引人了，也许是孙刚喝了酒，酒壮色胆，也许财大气粗的孙刚霸道惯了，根本没把一个清洁工放在尊重的位置上。有可能他还这样想，公司里想巴结我、主动上的女孩子多了，我看上你个半大老婆子，还是清洁工，是对你的恩赐。问题是吕秀秀不这么想，她觉得自己被侮辱了，哭哭啼啼，衣着不整地一路小跑回了家，把孙刚侮辱她的事原原本本地哭诉给了庄志伟。庄志伟是什么样的人？他在工厂时就被称为“二愣子”，考虑问题不怎么拐弯，线条粗，脾气大。听了吕秀秀的控诉，庄志伟决定立刻找孙刚算账。吕秀秀拉他也拉不住，临出门，庄志伟扔下一句话：不要以为我们工人阶级是好欺负的！那天晚上，庄志伟拎了一把菜刀就去了孙刚的公司。不想，他大吵大嚷着在走廊里喊孙刚你王八蛋有本事你出来时，孙刚已经从边门逃之夭夭。于是，庄志伟和孙刚公司的保安人员发生了冲突，结果，被几个小伙子给痛打了一顿。晚上，庄志伟就来派出所报了案。

罗序刚本能地对孙刚产生了义愤，在接下来的两天里，他和小赵走访了庄志伟和吕秀秀，进一步了解之后，他觉得事情并不像庄志伟说的那么简单，那么“事实清楚”。从吕秀秀那里了解到，在她遇到强暴之前，孙刚对她有过非礼的行为，并且，孙刚还把她的工资从五百元提高到八百元。出差回来，还给她带了一套衣服，吕秀秀半推半就，把衣服锁在更衣室的柜子里。这样说来，给孙刚定强奸罪就复杂了，况且，吕秀秀回家之后，把自己洗了一遍又一遍，衣服也洗干净了。罗序刚想，处理这个案子一定要慎重，如果告孙刚强奸，必须掌握确凿的证据，不然，就被动了。就在这当口，春海街居民委员会的老付来说人情，他曾是罗序刚的棋友，两人关系十分密切。老付说来说去，无非是说庄志伟两口子人如何如何好，孙刚那样的人有钱牛×，可在理上不牛×，应该受到法律严惩什么的。老付顺便还给了罗序刚两条红塔山牌香烟。罗序刚说这么客气干什么，不这样我也会认真处理的。

就在罗序刚认真调查孙刚的时候，初中同学朱胖子来找罗序刚了。他说一个哥们儿被诬告了，他说的那个哥们儿就是孙刚。按朱胖子的说法，孙刚是个不错的人，对朋友仗义，唯一的弱点就是好女人，有点儿姿色就……就行，这不，把单位的那清洁工给那个了。原本，他以为那……那清洁工的胃口不会太高，结果，那清洁工要他调换工作，管办公室，没……没答应就反目为仇了。她自己闹不说，还让男人去……去公司闹。朱胖子口吃，表达内容却不吃力。罗序刚不便对朱胖子说得更仔细，只说："恐怕没你说的那么简单，如果仅仅是个治安案件也就好说了，怕带出一个刑事案件啊。"朱胖子笑了笑，把一个臃肿的信封放在罗序刚的抽屉里，说："一点儿……啊就意思。"罗序刚瞪起了眼睛："朱胖子，你可别害我！""我……我怎么能害你，害……你我有什么好……好处。"罗序刚的眼皮沉重起来，垂了垂，叹口气说："人家可告孙刚强奸啊。"朱胖子不屑地说，一个大老娘们儿，值得去强奸吗？你放心，我担保。罗序刚反问朱胖子，你能担保什么？朱胖子说现在这类事谁……谁能说清楚，定强……强奸比不定强奸都难。罗序刚想了想，觉得不管怎么说，定强奸可不是一件小事，还是慎重点儿好。

朱胖子留在信封里五千元钱，当时，罗序刚想，自己如果收了孙刚的钱，真像社会上流传的吃完原告吃被告了，那可就是混蛋了。那些钱在他的抽屉里安安静静地躺了一个来月，后来正赶上罗序刚用钱，就派上了用场。这期间，庄志伟也找过罗序刚两次，罗序刚正忙着手头应急的事，加上他参加分局法律知识竞赛，就把庄志伟和孙刚的事给压下了。

这期间，在朱胖子的安排下，罗序刚还和孙刚见了面，孙刚在星级酒店里摆下大宴，着实令罗序刚觉得孙刚仗义。席间，朱胖子列举了吕秀秀勾引孙刚的事，还说可以提供证据。孙刚打断朱胖子，说那些事不值得提，还是多谈友情，并透露出有意给罗序刚解决一套房子。罗序刚说他真需要一个房子，可以通过公积金贷款。孙刚说那都好说，我给你成本价不就完了。罗序刚暗自算了算，每平方米成本价可以比市场价低三百元，如果是一百二十平方米的房子，就是三万六呀，可不是小数目。那次喝酒，罗序刚也随同朱胖子对孙刚的称谓，管孙刚叫孙哥。

罗序刚在分局的法律知识竞赛中获得了冠军，发奖那天下午，他听到一个令他震惊的消息，庄志伟被分局刑警队抓了起来。中午，也就在罗序刚与派出所的弟兄们喝庆功酒的时候，孙刚正在一家大酒店喝酒。出门时，被潜伏在门口的庄志伟连捅了四刀，其中一刀捅破了腹腔的血管，造成内流血，孙刚已被送到医院抢救。后来，孙刚死里逃生，住了三个月的医院，而庄志伟也在被收押的四个月后，以故意伤害罪被判处有期徒刑五年。这件事过去了，不过，在罗序刚的心里却留下了阴影，一想庄志伟，他就有了愧疚感。

老张过了老半天才来接电话，他喂喂了好几声，话筒里全是忙音。老张不满地放下电话，嘟嘟哝哝地对罗序刚说，他本来以为罗序刚会来换他的，见罗序刚手里拿一个钥匙链一圈一圈地摇着，不满地问："你坐这干什么？""没什么，"罗序刚说，"我懒得见那个变态的家伙。""你懒得见我就喜欢见了？"罗序刚连忙笑了，说好好，我这就过去。老张说不用了，我已经把他放了。

"放了？"

"你不放他又怎样，妈的，这小子耍咱们，到真的记笔录了，他就一口咬定说是走错了，你能怎么办？"

这时，坐罗序刚对面的胡鹏大概把话都听去了，他咯咯地笑起来，说："现在犯罪的主体，越来越智能化了。"

老张瞅了他一眼，没吱声。罗序刚对老张的表情没放在心上，他心里还压着一个更大的矛盾，这个矛盾就像一个将要喷发的火山，仿佛在体外都可以听到体内轰隆隆的憋闷、压抑之声。

朱胖子是罗序刚初中同学，经营一个桑塔纳汽车配件门市，有时候和罗序刚一起喝酒。罗序刚有很多同学，小学一拨，初中一拨，高中一拨，并不是每个同学都在一起喝酒的，同朱胖子在一起喝酒，多少还有一些潜在的原因。一是朱胖子挺有意思的，他打小就有口吃，用口吃开一些玩笑，显得特别幽默。同朱胖子在一起，让罗序刚感到轻松。另一个原因是朱胖子的姐姐，说是姐姐，实际上是朱胖子的孪生姐姐，搞不好是他们的父母一念之差，把朱胖子给排小了。罗序刚初一时开始了青春期，朱胖子的姐姐属于第一个让他心跳的女孩子。他甚至在睡觉前产生了很多幻想，幻想他和朱胖子的姐姐之间发生了床第之事。是时，他觉得浑身发热，口干舌燥。那一时期，罗序刚还多次做了这样的幻想，幻想有一天他功成名就，在路上遇到已经结了婚的“姐姐”，他会告诉朱胖子姐姐，他本来是要娶她的，只是，命运总是不公正的，这样，朱胖子的姐姐一定伤心得要死。眨眨眼就十几年过去了。罗序刚再次见到朱胖子，他们都成家立业，人过三十天过午了。有意思的是，罗序刚没有功成名就，高考成绩不理想，他只考了一个警察专科学校。毕业后分配在派出所当民警，几年户籍，几年外勤，直到去年才熬了个警长。而朱胖子的姐姐却考上重点大学，毕业后留在大学团委，一步步地还当了大学学生处的副处长。罗序刚和朱胖子隔了十来年才接上了头，由于有小时候的关系牵着，所以，他们不陌生，很快就热乎起来。有一次朱胖子的姐姐还托朱胖子找罗序刚帮忙，他们大学一位老师想把外甥的户口挂在自己家的户口上，罗序刚高高兴兴地帮着办了。朱胖子的姐姐觉得过意不去，请罗序刚吃了饭，在饭店的包间里唱卡拉 OK，还跳三步舞。朱胖子的姐姐不知道罗序刚曾在青春期把她作为某个方面的客体，大大方方地表现她的热情。肩挨肩地唱李家溜溜的大姐，张家溜溜的大哥什么的《康定情歌》，跳舞的时候，还伸手拉罗序刚。相反，罗序刚像犯过前科一般，表情呆板，手脚僵硬，拘谨而羞羞答答的样子。

现在，罗序刚需要马上找到朱胖子。拨电话的时候，罗序刚的手指尖有些发抖，控制住了呼吸却控制不了神经。如果说这种末梢神经活动是缘于对朱胖子的气愤——没有朱胖子的介绍他就不会认识孙刚，不认识孙刚也就没有孙刚带来的麻烦——他内心里，对另一个男人的愧疚所产生的不安。也许还有别的原因，比如罗序刚对孙刚的愤恨。

罗序刚给朱胖子的手机打电话，手机已经关机；给朱胖子挂传呼，朱胖子没回呼。没回呼就再挂，每隔五六分钟挂一个，一个比一个显得急躁。电话铃急促地响了起来，罗序刚抢先一步把话筒拎了起来。电话里是一个女人的声音，找胡鹏的。

胡鹏来接电话，声音软软的，讲一讲把电话夹在肩膀和头之间，还背过身去。这样的电话不同于办公电话，不可能在短时间内结束。办公类电话就像通知公文，简洁明确，而私人电话就像一篇絮絮叨叨的小说，有的是闲笔。如果换了平时，罗序刚懒得关心别人打电话的时间长短，今天不同，他比谁都焦急，他在等朱胖子回传呼。朱胖子头一次这么令他全神贯注，这么盼望，他的脑子完全被朱胖子充满了。

罗序刚故意清了清嗓子，以提醒胡鹏讲话别占用太长的时间。猴精的胡鹏也不是不理解罗序刚的意思，问题是，胡鹏根本没有做出应有的反应。

罗序刚的血压开始升高，眼窝有些发热。就在这时，他口袋里的手机响了起来。罗序刚动作利落地把它拿了出来。“胖子吗？”

“我是孙刚。”

“我正在找朱胖子。”罗序刚说。

“找不找他还不是一回事？送钱那天是我们一起来的，我就在派出所楼下，车里……我也找不到他，一年半载找不到他，钱还黄了不成？”

话实在太难听了。当了这些年的警察，还没人这样跟他说话，罗序刚的脸又涨红了。好在他拼命控制着自己，才没说出与他所处的环境不合适的话来。这工夫，罗序刚也走到了楼梯口，他说：“孙老板，这里是不是有误会。”一边说着一边下楼。

“误会啥呀，谁心里都明白……”

罗序刚已经来到了派出所的门口。罗序刚压低了声音说：“老孙，我说实话，真没拿你两万，天地良心……再说，你好好想一想，你的事够哪个档，你明白我明白。现在笔录和有关证据还在我手里……”

“我操，你想威胁我？”孙刚并不示弱，“你要有本事就给我定罪。”

罗序刚也不示弱：“我也不是好威胁的，你应该知道你自己是谁。真要撕破了脸，后果你应该清楚。”

“我清楚什么？这样说我还真跟你玩一玩，当警察怎么啦，就是爷？我告诉你，你三天之内不把钱退了，我就去你们派出所找你领导，我不相信解决不了……”

“你他妈不是……”罗序刚刚想说“讹诈”这个词，见所长从一辆墨绿的北京吉普车上下来，话在舌头上滚了滚，咽了回去。所长没注意他，开门进了派出所。罗序刚气得牙根生疼，也斗起气来：“随便，你有本事就到派出所来！”说完，就把手机关上了。

罗序刚在与孙刚的第二次较量中，表面上虽然没落下风，实际上，他已经把自己给输掉了。放下电话他就觉得身子发空，腿有些发软。

回到办公室，罗序刚怎么也集中不了精力，手心一直在冒汗，他已经有了恐惧感。这个恐惧感在表面上罗序刚是不愿意承认的，但事实上，已经形成了。冷静下来，罗序刚对自己的草率开始后悔，他不应该与孙刚斗气。聪明的办法是先把孙刚稳住，等找到朱胖子，也许矛盾就不会激化。听孙刚的口气，他根本没有退让的意思。如果孙刚真的到派出所来了，或者去分局找领导，自己该怎么办？当然，自己可以死咬住说没收他的钱，还可以说在办理案件过程中得罪过他，所以他采取这种办法来报复他……可自己毕竟拿了人家的钱，尽管不是他说的数目，可毕竟有拿钱这一事实存在。有这样的事实，自己就硬不起来——没有神不知鬼不觉的事，就有可能露马脚。逼到最后，自己承认拿了五千元，犯的事不算大，可能不至于被判刑，可自己就得脱警服，前些年白干了，白挨累了，什么都没有了。亲朋好友怎么看？社会怎么看？五千元就葬送掉所有的前程，值得吗？当然，这是最悲观的设想，可能孙刚根本就不能来派出所。即使他来派出所，钱不是他亲手交给罗序刚的，罗序刚就有话讲。况且，孙刚又不能证明他们以前就认识，凭什么拿钱给他，他不至于傻到拿一个素不相识的人的钱吧？这个逻辑谁都能接受。现在的关键还是找朱胖子，找到朱胖子，让朱胖子在中间调和，也许麻烦还不大。

那天下午，罗序刚开始发了疯地找朱胖子，可无论怎么找就是找不到朱胖子的影子，甚至连他的消息都没有。

那天下班前，天上噼里啪啦下了一阵小雨，雨下得不多，街道很快就干了，泛灰的地面有一些雨点子的印子，空气中还有锈腥的气味。小秋打进了罗序刚的手机，小秋说你瞎忙些什么，电话总打不进去。罗序刚说也没忙什么正经事。小秋似乎更加有气，说，正经事你却不当回事，我已经在姚大夫家楼下等你了。

罗序刚这才想起，昨天晚上他就和小秋约好，今天下班去姚大夫那里看病。姚大夫在罗序刚的脑子里已经成了名医了，名医大概有两种，一种是官方承认的名医，那些名医一般老百姓是排不上号的，越排不上号越是名医。另一种是民间承认的名医，多以偏方治病，老百姓相信偏方治大病这个理，最好这个民间名医还不开诊所，住在一个普通的居民区里，隐于城市中也有隐于深山的韵致。如果官方的名医不能彻底把你的病根去了，那民间的名医就更有诱惑力了。罗序刚有什么特别的病吗？也不是，是很多国人都有的乙肝“小三阳”。往往越是大家熟悉的病越难治，医院的医生讲，不管你怎么治，乙肝几乎不可能转阴。

罗序刚患乙型肝炎已经一年多了，曾经休息了两个月，现在病征没有了，化验却还是“小三阳”。开始那一阵子，罗序刚的心理负担还挺重的，按乙肝的一般规律，突发乙肝——慢性乙肝——肝硬化——肝腹水——肝癌，非常可怕。可怕还在于，医生很科学地告诉你，这个病只能维持和保养而不能彻底根治。

肝病是个富贵病，不能让他生气上火，不能让他挨累，不能让他房事太多……还得吃好的，营养充足。对于三十二岁的罗序刚来说，“富贵”来得太早了点儿。

罗序刚休息那阵子，他整天在家里钻研有关肝病的医学书籍，肝病怎么养护，吃什么忌口等等，到后来，他自己都不知道该怎么办了。上班以后，他又进入另一种状态当中，很多时候自己都忘记自己是肝病患者。不过，在罗序刚养病期间，他的确思考了很多在平时无暇思考也无从思考的问题，有很多是关于人生方面的，积极的消极的都有。

这里可以这样大致划分一下，罗序刚在养病期间，他对自己身体的关心要比小秋强烈多了，而他上班以后，他对自己身体的关心就远不如小秋了。小秋提醒他吃保健药，提醒他下班早点儿回家，看电视不要太晚，等等。姚大夫就是小秋在旷日持久的寻找中找出来的，小秋列举了很多例子，比如洗衣机厂的某某已经肝硬化，吃了姚大夫几服药，就好了。比如教师进修学院教务处的某某、模范监狱的管教某某病情也比罗序刚重多少多少倍，几服药下去，一化验，啥毛病没了！罗序刚本不相信这些，可是，他经不住小秋三番五次地唠叨，就像小秋说的，又不是为她自己，她唠叨也是为罗序刚好。小秋唠叨时间长了，罗序刚也觉得姚大夫是名医了。

说起来，通过有病这件事，罗序刚对小秋还满是感激的。他有病以前，小秋对他多是抱怨的，嫌他在外头忙，没时间顾家顾她顾孩子，有工作忙没工作也忙，喝酒玩麻将。有一次岳父过生日，小秋当着全家人的面唠叨嫁给一个警察的委屈。大姐说，现在知道委屈了，当初还不是看小罗穿着警服威风。“威风有个屁用，当房子住啊，当钱花啊？”当时，罗序刚的脸有些挂不住，当着大伙的面也不好使态度，只是像瞅嫖娼的人那样瞅了瞅小秋。这时，下岗的大姐夫说话了。他慢声拉语地说：“警察再委屈，也比咱老百姓强啊……”

罗序刚有病以后，小秋以往的怨气少了。白天上班，早晨晚间还照顾罗序刚的饮食起居，从不担心被传染什么的。罗序刚觉得，他有病是一个转折点，以前疏远的家人靠近了，而原来关系密切的人却疏远了。罗序刚上班三个月了，有一天中午吃饭，他无意间碰了同事的筷子一下，那位同事显得很紧张的样子，过一会儿，就去洗碗池不停地冲洗筷子。

其实，每个人都在通往死亡的列车上，只是通过有病，罗序刚注意了列车抖动的声音罢了。

罗序刚收朱胖子钱的事就发生在他有肝病之后，他的意志是从有病的时候开始衰退的吗？罗序刚仔细回忆着。的确，得了肝病之后，他对一些问题的看法发生了改变，但他并没有消沉下去，有的时候，他已经把有病的事忘得干干净净。那是什么？是来自生活的压力？这些年来，他的家庭一直不富裕，房子小，夏天闷得不透气，冬天又冷得要命。这不说，小秋是那种自己理想没实现而拼命在孩子身上捞理想的人。她在孩子身上敢于豪赌，从孩子上学开始，她就不停地对罗序刚叨唠，一定要把孩子送到住宿的“贵族学校”。经济条件的限制，一直到了孩子二年级下学期，他们才把罗明明送到了枫叶国际学校。那个学校每个学期的学费是两万五千元。而那次交款中，就有朱胖子送来的五千元。

经济因素并不是罗序刚收取不干净钱的唯一动因。这些年来，罗序刚虽然没收过别人的大钱，但吃吃喝喝，时不时收几条烟的事还是有的。也许是一个大家都不满意但又必须生活在其中的社会环境，想摆脱也不容易。就说派出所吧，身边的人也不全是干净的，收不收钱谁也不会讲。相反，在一些人看来，既收了钱还不出问题那才是真本事，不像他罗序刚，头一回试身手就遇了险，是自己嫩还是点儿背？在罗序刚的印象里，老张挺有本事的，他有两个好朋友，买卖做得不小，在他们管片就有酒店和桑拿什么的。老张曾对他说：“关键看人得准，干我们这行，交朋友非常重要。”罗序刚当时问他：“如果你的朋友出了问题呢？”老张舔了舔干涩的嘴唇说：“那没办法，就得认倒霉。”罗序刚觉得他对朱胖子是了解的，出于对他的信任，他粗心大意地把那五千元扔在了抽屉里，没想到出了一连串的问题，朱胖子可把他坑苦了。

罗序刚来到了莲花居民小区，小秋正在一栋楼的楼头上张望着，见罗序刚走来，她不满的声音就迎了上去。“你还知道来啊，这事整的，好像不是给你看病倒像是给我看病。”小秋埋怨着，瞅了瞅罗序刚，又紧起那条修剪过的纤细的眉毛，“你怎么回事？来看病还是来办案子？”

罗序刚这才想起，自己还穿着警服。“没什么吧？”罗序刚说，“警察也得病啊。”

小秋说：“别出洋相了！现在咱们是求人家，姚大夫看你穿着警服，准没好心情。况且，人家是民间医生，不挂牌营业，搞不好还以为你来查他呢……你快把衣服脱下来。”

“脱下来，在哪儿脱？”

小秋四周观察了一下，她的眼睛似乎一亮，她看见不远处有一个公共厕所，就朝厕所的方向推了罗序刚一下，说：“去那儿换。”说着还把一个纸包递给了罗序刚。

罗序刚说：“我里面可没背心。”

小秋说真麻烦透了，又从口袋里拿出钱来，塞给罗序刚：“你到商店买一个背心吧。”罗序刚接过了纸包和钱，嘟哝一句：“怎么好像罪犯一样。”小秋没听清，问他说什么，他说没什么，就走了。

姚大夫住在四楼，罗序刚进了房间就有几分后悔，凭他的经验，怎么看姚大夫也不像是什么名医。小秋却相反，极尽恭维之能事，想方设法讨好姚大夫，感谢的话一点儿都不吝啬。姚大夫看了看罗序刚的化验单，又简单问了问病情，然后说："你找到我可算找对了人，你放心吧，一个疗程下去，保证药到病除。"小秋立刻激动起来，那个当口，让她给姚大夫下跪她都可能做到。罗序刚有些感动，不是姚大夫的话，而是小秋的表现。也就在这时，罗序刚的心口像给什么东西堵了一下，他突然想起了孙刚的电话，如果自己真出了什么事，最对不起的，该是小秋吧。

那天晚上，小秋的情绪特别好，兴高采烈的神情传递给罗序刚一个信号，只是，对于罗序刚来说，今天真不是时候。按说，他们之间也有日子没同床了，如果没发生打电话的事，罗序刚要不做，于情于理都说不过去。今天不行，罗序刚知道，如果自己勉强与小秋做了，他绝不会集中精力，不能集中精力就不可能成功。这方面男人与女人不同，男人是绝对不能勉强的，到时候那东西不争气，就是来个不坚强，你有什么法子？预知到不成功还不如不做，顶多小秋不愉快。不愉快也比不成功之后她不高兴好。

小秋来督促罗序刚吃药，还对他说："洗个澡，早点儿睡吧。”

罗序刚说手头有工作要做，今天必须完成，你说烦不烦……你先睡吧。小秋瞅了瞅正从公文包里往外拿材料的罗序刚，果真不太愉快地回卧室里去了。

此时，罗序刚也不敢看电视。本来，电视还可以排解他郁闷的心情，可如果看电视，小秋就会有怀疑，怀疑他是不是真的有工作需要开夜车。不看电视，愁绪就阴云一般在脑前脑后密布，想摆脱都摆脱不了。

罗序刚在狭小的饭厅兼客厅里吸烟，一支接一支地吸，烟雾静静地在台灯的光线里盘旋着。仔细想一想，罗序刚觉得自己还不算是个坏人，从警这些年来，基本上是忠于职守兢兢业业的，比较有些人，自己还算是干净的。别的不说，就说感染乙肝病毒吧，很可能就是去年追捕带来的后果。去年春天，他配合分局刑警队的弟兄去追捕一个网上逃犯，那个逃犯藏匿在郊区一个平房内。夜里，翻越一个板障子时，罗序刚的右胳膊被划出一道半寸深、二十多厘米长的大口子，事后，在小镇医院里缝了八针。伤疤好了之后不到一个月，单位组织体检，一查他就成了“健康带菌者”，乙肝表面抗原阳性反应。而在上一年的体检中，他什么毛病也没有。自己被感染是缘于那次追捕吗？如果不是又是什么时候呢？问题是，即便就是那次追捕造成的，又怎么能证明呢？即便能够证明，又有什么用呢？没有任何一个文件明文规定因公“感染”会享受相关的待遇，有规定的只是因公致伤致残。感染乙肝算什么？既不算伤也不算残。当然不会有补贴，他看病的钱也限制在医疗保险卡“活的”部分之内，大量的药费还得自己负担。还有，罗序刚认为“严打”是他发病的直接诱因，当时，罗序刚连续忙了几天几夜，劳累过度，免疫力下降，乙肝就不失时机地发作了。当然，这也算不上正当的理由，别人也参加了“严打”，别人为什么不发病而偏偏你发病了呢？也就是说，无论你感染了乙肝病毒还是乙肝病发作了，都不能找到直接的因果联系。相反，如果你是在追捕时被逃犯刺伤了，这就没问题了，谁也说不出什么，还可能立功受表奖。事实上，这样的心理因素不能不对罗序刚产生干扰，特别是在家休养的时候，罗序刚的心情一度很消沉。当然，消沉也不仅仅局限于这些因素，更多的是由于身体上的变化而对人生目标进行了校正。比如，罗序刚有时觉得自己委屈，力没少出，可得到的回报呢？看看周围的人，他们胡作非为却受不到惩罚，可自己呢？社会是个庞大的复杂体，有很多人做好人，可受到表彰奖励的人却寥寥无几，而做坏事的人也不少，真正受到法律惩罚的也不是很多。罗序刚甚至觉得窝囊，人家常在河边走，鞋湿了也就罢了。他头一回下岸，就把两脚陷了进去。

这些年来，罗序刚一直是要求进步的。进步就像爬梯子，这个梯子也不是特别好爬的。一年爬那么一骨节，爬了好几年，下一阶的高度已经看到了，仿佛触手可摸了，这个当口，有病就够麻烦的，又来了孙刚的威胁——应该叫讹诈，这几乎等于是雪上加霜。孙刚这事处理不好，自己前几年的梯子就白爬了，还得摔下来。也别不信，如果孙刚真来派出所找领导，即便不把他从梯子上摔下来，也够他支撑一阵子的。罗序刚心里明白，只要孙刚找所领导，只有负面影响而不会相反。在一个单位工作那么多年，不可能没有对立面，一个副所长就暗地里和他闹别扭。他们俩都是警校毕业的，两人之间也没什么过节，可能单单是性格上反向，不怎么对撇子。平素里，罗序刚挺瞧不起他的，可孙刚的事一旦发生就不同了。副所长想要治他，有了机会有了把柄。如果不想被治，罗序刚得一个一个所长、指导员、副所长地做工作，做到副所长那儿，不低三下四还能理直气壮吗？从一般意义上讲，几个所领导还是比较庇护他们的。细想一下，庇护的大都是一般的纪律问题，有点儿出格的事除非是所领导也参与了，像他罗序刚这样，完全是个人行为的事，想得到庇护都不容易。假如所领导采取观望的态度，而他的对立面，比如关系不好的胡鹏乘机添油加醋，他罗序刚的麻烦真就来了，真得从梯子上摔下来了。有的时候是这样，看似壁垒森严，实际上，堡垒内部更加脆弱。

后半夜了，罗序刚不得不上床，躺在床上，他还是睡不着，睡不着还不能翻来覆去，那样就会把小秋搅醒，那种硬憋自己的滋味就跟上了刑一般，折磨他的意志。

罗序刚睁眼躺在床上，眼前是一片黑暗，即使窗外的夜色微弱的光线也被小秋用双层窗帘给遮挡住了，这个时候，黑暗形成了一股潜在的力量，开始大面积地向罗序刚压将过来，以至他的呼吸都有些困难。收孙刚五千元钱的事，罗序刚已经做了最坏的打算，也就是说，从最坏的底线向回想，把握性或许能更大一些。如果收贿赂成立，他就可能被定罪，尽管数额不大，不一定能被判刑，被开除公职是没商量的了。如果自己被开除了公职，自己下一步能干什么呢？从踏上社会的门开始，他就当警察，手头上没技术，对其他业务也是只知其一不知其二，没一样是精通的。以前，自己是从未想过这样的问题的，也就是说，从没想过，有一天自己不干警察了，能干什么。所以，无论如何也不能让这件事发生。大凡人都有这样潜在的本能，两利相权取其上，两害相权取其下，眼下，宁愿自己吃点儿亏，也要想方设法阻止“贿赂案”成立。在贿赂案案发之前“私了”才是明智之举。自己吃亏在暗，定贿赂案在明，保全自己只有一条华容道。

私了就意味着同他憎恨的孙刚妥协，向他的讹诈妥协，孙刚向他索要的数目不是五千而是两万，如果不是自己不干净，完全可以把孙刚告进监狱。问题是，自己和孙刚都在污泥水里打滚，自己也沾上了。虽然自己的身上还有执法的标志，但此时，法律已经被搁置一边。在我们常规地认为法律应该如何如何时，其实法律也有它致命的死结。像罗序刚和孙刚这种情况，法律被抛在了事件之外，公平线已经模糊了边缘。说起来，罗序刚并不惧怕孙刚本人，他怕的是讹诈。警察怕坏人，有点儿说不过去。事实上，越具权威的人，越是表面看十分强大的人，其实，他内心里更加脆弱。

不知道是什么时候，罗序刚决定明天一大早就去找孙刚，他决定向孙刚妥协。当然，他只还给他五千元，实在不行，两万元他也先认了。重要的是，得先把事态平息下来，等找到了朱胖子，他相信，那一万五，是不会瞎的。做出这个决定之后，罗序刚才迷迷糊糊地睡着了。

第二天早晨，老张急三火四地找罗序刚。昨天夜里，分局来电话，说劳改农场来了通报，在押犯庄志伟已经潜逃，他完全可能在家里露面，要求派出所负责监控。而在早晨的所务会上，监控庄志伟的任务当然地落到罗序刚、老张和胡鹏头上。罗序刚是警长，得牵头。所以，老张必须把这个情况尽快告诉罗序刚。

老张找罗序刚时，罗序刚正在找孙刚。罗序刚先来到孙刚的房地产公司，往日兴旺的公司办公楼前冷冷清清，大门和窗玻璃上都落满了灰尘。走到大门前，罗序刚还清晰地看到，孙刚公司的大门，已经被区法院的封条给封上了。

麻烦了，上哪儿找孙刚呢？罗序刚拿出了电话本，小心翼翼地翻着，终于找到了孙刚的手机号码。除了手机号码，孙刚什么也没留下。罗序刚拨通了孙刚的手机。“喂……”罗序刚刚想说话，电话里面传出来的并不是孙刚的声音，而是类似那种机制的声音：电话已经设置了呼入限制！

罗序刚犯难了，可他还必须得找到孙刚。罗序刚调动自己的经验，快速在大脑中搜寻着可能找到孙刚的线索。这时，罗序刚灵机一动，立刻给市局户政处打了一个电话，请户政处的小马用微机给他查孙刚的电话。没几分钟，小马对他说：“你这老伙计，全市叫孙刚的有八百六十四个，谁知道哪个是你要查的呀。”

罗序刚把孙刚公司的名字和他所能提供的情况给了小马，小马说那你就得等一等了，一时半会儿，恐怕找不到。没办法，罗序刚只好在春海小学的大墙外转悠着，显得焦急万分，六神无主。

大约一个小时以后，小马才给罗序刚打来了电话，他告诉罗序刚，罗序刚要找的孙刚已经查到了。孙刚的户口不在市内，在农村乡镇，叫二营铺子，并且，没有家庭电话。这个消息对于罗序刚来说几乎没有什么价值，即便二营铺子的孙刚是他要找的孙刚，那也是多年以前的地址了。孙刚不太可能回二营铺子，他应该在市内。问题是，这么大的城市里，人海茫茫，上哪儿去找孙刚呢？想到这儿，罗序刚的脑子里跳出了一个活脱脱的人来。上次朱胖子和孙刚请他喝酒，在场的还有一个叫“大老王”的经理，好像是经营石材生意的。罗序刚说他肝不好，不能喝白酒，那个人还说，啥肝不好，是肝缺酒吧？想起来了，想起来了。从喝酒的场面上看，大老王和孙刚的关系绝非一般，他总会有孙刚的消息吧？

罗序刚又翻弄自己的小本子，找了半天，才在密密麻麻的电话记录中，找到“王经理（石材）”的电话。还好，仗着自己是一个细心的人，罗序刚松了一口气。罗序刚好不容易把大老王的电话挂通了，罗序刚问大老王如何能跟孙刚联系上，大老王说：“操！我还到处找他呢。这个骗子，我的买卖全让他给砸塌了。”

关上手机，罗序刚立刻觉得两眼发涩，眼压升高。罗序刚努力控制着自己的情绪，反复告诫自己，一定要想开一些，最坏能坏到哪儿？肝病是经不住这样的情绪折腾的，一定要稳住。实在不行，就去乡下跑一趟呗。按理说，目前，孙刚在市内的可能性最大，当然，也不排除他跑回了二营铺子。他现在正在躲债，跑什么地方都不奇怪。也许，孙刚是从二营铺子给他打的电话？如果是正常办案，抓孙刚的话，二营铺子也是重点监控的地点。孙刚给罗序刚打电话时，说自己破产了，但罗序刚没想到事情这么严重，严重到孙刚本人也到了东躲西藏的地步。这说明什么？说明孙刚更加可怕，这个时候的孙刚什么都不会在乎的，处于狗急跳墙地步的他，别说去派出所，什么事干不出来？罗序刚倒吸了一口冷气，看来，他昨天夜里的决定是有先见之明的，同孙刚妥协是唯一的万全之策。罗序刚决定下午就去二营铺子，虽然二营铺子距离市中心一百六十多公里，找一个好点儿的车，两个小时怎么也到了。即便是白跑一趟，他也要去试一试。

这时，罗序刚的手机又响了，铃声不仅传递到他的耳朵里，还直拨他的心弦，颤巍巍的。罗序刚一激灵，接听电话时，心怦怦直跳。

电话是老张打来的，老张问他在哪儿。罗序刚说在春海小学。“我离你不远，这就过去！”老张干净利索地说。

老张开着他那辆跑了三十多万公里的老款“捷达”轿车，没多大的工夫，就来到春海小学的大墙外。老张下了车，就把早晨所务会的内容向罗序刚做了传达。末了，老张说，我说你早晨去医院复查，打电话请假了……你可别说两岔了……怪事，你跑春海小学干啥？你儿子不是上住宿学校了吗？

“有点儿，别的事。”罗序刚含糊地说。

老张说看你挺疲倦的，不行，你把衣服换了，我带你去洗个桑拿吧，休息休息。罗序刚说不用了，我这边的事还没处理完。

老张拿眼睛量了量罗序刚，说，那我先走了，有事你就给我打传呼。

老张走了，罗序刚的腿更加发软。

这会儿，罗序刚显然不能找车去二营铺子了，老张带给他的消息同样是一枚重型炸弹，把他轰得晕头转向的。真是按住了葫芦起来瓢，孙刚的事还悬着，还没个头绪，庄志伟的事又冒出来。从听到庄志伟越狱的消息开始，罗序刚就意识到这个消息对他来说绝对不是好消息。庄志伟为什么越狱？最大的可能是报复孙刚，或许自己也难逃干系。如果当时，他把这个案子处理妥当，也许就没有后来的事情发生了。现在的麻烦在于，孙刚能管他要送礼的钱，庄志伟就不会因为送他的两条红塔山而觉得心里不平衡？就算是庄志伟对自己没那么大的仇，可一旦和孙刚再次冲突，也难免会牵涉他……当然，罗序刚想，现在还不到想答案的时候，想也没用。不管怎么说，既然庄志伟能越狱，就说明他不想好了，不想好了的人是什么事都能干出来的。

罗序刚去派出所的路上，果然接到了一个陌生声音的电话。电话里的声音极其嘶哑。罗序刚知道麻烦想躲是躲不掉的，它还是来了。

庄志伟用低沉的声音对罗序刚说：“你肯定知道我

出来了。可你想不到，我出来是为了解决孙刚和你。是你和孙刚害的，我才有了今天……”

“你怎么把我联系进去了？”

“你心里清楚！如果你公平地处理案子，还用我自己去杀孙刚吗？我自己不去杀孙刚，我能去劳改吗？……”听到这儿，罗序刚的火又蹿了上来，这种逻辑够不讲理的，可是，庄志伟就用这种逻辑思维，你也没办法。罗序刚知道，他对庄志伟解释也没有用，并且，自己决不能后退，在一个在逃犯面前，他没有一步退路了。“你想怎么样？”罗序刚厉声问。

“我想怎么样？到时候你就知道了。”

“你在哪儿？”

“这个，你别管。你是警察，你不会不敢见我吧？”

“啥时候？”

“你等我电话吧……”说到这儿,对方就把电话挂了。

罗序刚木然地呆立着，过了好一会儿他才回过神来。庄志伟越狱果然与自己有关，只是，他原来猜测的远远没这么严重，没这么可怕。

到了派出所之后，罗序刚什么也干不下去，所以，只好心情沉郁地回了家。他紧闭房门，找了几盘基本属于盗版的 VCD，专拣紧张激烈的战争片看，他希望他的情绪能被转移，可事实上，他的心情并没有得到改善。罗序刚觉得，自己在没有退路的悬崖上攀爬着，他几乎到了体力透支，而前面越来越凶险的地段，他所剩下的，也只有闭着眼睛一搏了。

现在庄志伟在干什么？他找到孙刚了吗？连他这个当警察的都找不到孙刚，他觉得庄志伟也不会那么幸运的。起码，庄志伟没有他合法的侦察渠道，况且，庄志伟现在还是在逃犯，他还得避免暴露自己的身份，在这种情况下找孙刚更增加了难度。此刻，罗序刚不善良地想，最好庄志伟先找到孙刚，让他们两个人火拼，庄志伟先替他把孙刚干掉，然后，刑警队再把庄志伟抓起来，这样，既可以杀了孙刚灭口，同时，庄志伟又成了杀人犯，也成功地消除了对自己的威胁。罗序刚还这样想，如果他有孙刚的确切消息，他会既不暴露身份，又把消息传递给庄志伟的，让庄志伟替他把孙刚解决掉。想到这儿，罗序刚本来具有的人性又复苏了一下，他觉得那样自己的罪恶就大了。同时，他还这样想，有的时候，你也许在不久之前还是一个好人，当面对危及自己生命安全的时候，情况就发生了变化。这样说来，地狱和天堂之间就仅仅隔了一个门槛，迈到这边是天堂，迈到那边是地狱。而好人和魔鬼之间也许在特定的环境里，仅仅是一念之差……如果庄志伟找不到孙刚，恰恰先找到的是他（罗序刚觉得他是好找的，他在明处，而孙刚和庄志伟都在暗处），他该怎么办？他想，他首先会向庄志伟解释，并会对他进行诚恳的劝诫。事实上，庄志伟也许不会给他解释和劝诫的机会，相反，凭借庄志伟以往的风格，庄志伟会毫不犹豫地对他实施有效的攻击。出现这种情况该怎么办，他没有别的选择，只有用枪来击毙庄志伟。最好，庄志伟带着凶器，并在庄志伟没有对他进行重大伤害之前，他就把庄志伟击毙了。这样，他就是正当防卫，他就可以避免法律责任。搞得好，还可以得到奖励。问题是，他并不想击毙庄志伟，他甚至同情庄志伟，内心里对庄志伟还怀有歉疚。他想击毙的是孙刚，他觉得孙刚那样的人祸害才大呢。但是，孙刚没有威胁他的生命，他不会冒触犯法律的危险去击毙孙刚，而威胁他生命的是庄志伟，他没办法。事物也许永远不会按照你的心愿发展，你只有选择保护自己的权利，却没有让事物按你的要求发展的权利。

罗序刚越想内心的痛苦越大，痛苦归痛苦，他也没办法。

接下来是枪的问题。罗序刚身上没有枪。给他配的枪统一锁在副所长掌管钥匙的一个大铁柜里，没有任务，他们平时是不带枪的。没有枪，他对应付庄志伟就没有太大的把握了。所以，明天一上班，必须把枪拿到手。罗序刚的设计是这样的，早晨，他就对老张说，有人在菜市场的人群里看到了庄志伟，他带着凶器，所以，他们得提高警惕，还必须佩上枪。老张不会多想什么，他向所领导提出枪这个问题时，老张肯定会在旁边帮腔。

有了枪，他离地狱近了，也许相反，他从地狱的边缘逃脱了出来。

下午下班前，老张给罗序刚来电话，通知他尽快到所里去开会。

罗序刚回家已是午夜十一点，居民楼黑乎乎的，有倾塌过来的感觉。也许在有灯光有人流动的居民楼之间就会减轻这样的感觉，不同的是，罗序刚家在一群居民楼的边缘，楼的另一侧是风传了四五年要动迁，而实际上仍继续低矮、仍继续破旧的临时建筑，那里面住了一些外地来打工的，很多窗口是被铁皮之类的东西挡死了的。

以往路过这里，罗序刚内心里生出的是抓坏人那样的警觉，而今天，他的内心里却充满了恐惧，位置颠倒了过来。罗序刚当了十年的警察了，恐惧是从什么时候发生的，他自己也不知道。不过，今天的恐惧感极其强烈，以至他的呼吸都有些不均匀。此刻，尽管罗序刚穿着警服，可罗序刚知道，在黑夜的掩盖下，警服的威严作用就会失去，他和普通人没有什么区别。问题的关键是，他的腋下或者腰间还没有枪。

这个时刻，庄志伟要是隐藏在一个临时建筑里，手里拿着凶器，不知不觉从黑暗的地方窜出来，他获胜的机会大概不会大。不过，罗序刚不想那么容易就输掉了，他还是紧攥着拳头，随时准备应付来自身前或者身后的偷袭……回到家，罗序刚发现自己的身上，已经被汗浸湿了。那天，又是罗序刚的不眠之夜，不过，这回，罗序刚想的大多是下午想的问题，他把它作为一个计划，详细而周密地进行了布置。

那天早晨，小秋走了之后，罗序刚还写了一个类似遗书的东西，所不同的是，他写了事情的经过，并表达了他认为应该表达的歉意。那个东西大概是他为最坏的结果准备的。然后，揣着那份文字材料去了派出所。在老张的配合下，罗序刚如愿以偿地拿到了枪，拿到枪之后，罗序刚表现得很大意的样子，没有擦枪什么的，一旦计划的事情发生了，他可不想造成事先预谋的任何线索。罗序刚从派出所走的时候，还故意和曹菁开玩笑。他对曹菁说，你答应请我吃饭都半年了，怎么还不兑现。曹菁说急啥，一个月内保证兑现。罗序刚说，你不怕情况发生了变化，前几天电视台来采访的记者不是说了嘛，现在请吃饭过时了，现在都请睡觉。曹菁随手把手中的油笔抛向罗序刚，讨厌！

说来非常奇怪，那天，罗序刚的精神绷得很紧，一向模样憨厚的他脸上总盘旋着一种冷笑。他把手机的音量调到了最大，他甚至盼庄志伟的电话快一点儿打进来。

中午吃饭时，庄志伟的电话打了进来。“你在哪儿？”罗序刚问。问的时候，他瞅了瞅老张，见老张离他挺远，一点儿都没注意他。

“离派出所不远……在春海小学。”

春海小学？那可不是一个好地方。那地方人多，赶上学生上课还好，如果是课间，伤着学生就麻烦了。然而，这个时候他是没办法选择的，只能见机行事了。

罗序刚出现在春海小学时，庄志伟就在学校的大墙外的树后站着，罗序刚早有了准备，所以是罗序刚先发现庄志伟的。罗序刚走到离庄志伟四五米远的地方就站住了。庄志伟有些无精打采的样子，他看了看罗序刚，罗序刚也看了看他。不过，这个时候，子弹上了膛的七七式手枪的枪口，在他的裤兜里微微翘起……

“庄志伟，你不应该干傻事……以前，你已经干了傻事，我不是推脱责任，给孙刚定罪是需要证据的，况且，我们做过调查，事情并不是你想的那样。”

庄志伟只是眨了眨眼睛，什么也没说。

“……其实，好好改造，你很快就会出来的，我不希望你继续干傻事，把自己的所有退路都堵上……”罗序刚说到这儿，他瞅了瞅庄志伟的眼睛，他似乎觉得再往下说，他也没什么更有分量的话了。

这时，庄志伟说话了。庄志伟说，我找你是想投案自首。

罗序刚开始没听清楚，确认了庄志伟的话后，他愣住了。他脑海中闪烁的第一个念头是，这大概是庄志伟的圈套，一旦他和庄志伟的身体接近了，也许庄志伟就会偷袭他。庄志伟见罗序刚没反应，继续说，他本来是想报复罗序刚的，后来见到了吕秀秀，正在生病的吕秀秀劝他，都哭抽过去了。罗序刚明白了，他说你听吕秀秀的劝告就对了，投案自首是你唯一的选择……庄志伟说，并不是吕秀秀劝的，她越劝，我越生气……罗序刚又愣住了。

庄志伟说，是刚才过桥的时候，我才改变主意的。罗序刚用眼角扫了一眼，他看到几十米外的一个桥，桥上有匆忙而过的行人。

“过桥的时候，我看见了那个掌鞋老头还坐在那儿，他没活，他就倚在墙边晒太阳……我就突然改变了主意……”庄志伟断断续续地说。

罗序刚更加糊涂了，他没明白庄志伟的意思，不过他还是说：“这样想就对了，已经错了一步就不能一错再错了……”罗序刚抬头看了看庄志伟，突然在他的眼睛里看到了柔弱的东西，“……我一直觉得对不住你，没及时阻止你犯罪。”罗序刚说。一激动，罗序刚还对庄志伟说，我有好几个同学在劳改农场，我会关照他们照顾你……你放心，我们会配合街道照顾你的家庭，你好好改造，用不了几年就出来了。庄志伟顿时一副感激的样子，一立正，规矩规矩地说：是。罗序刚还告诉庄志伟，你自己去派出所找老张投案自首，这样对你更有利一些。罗序刚这样说，庄志伟感动得快流泪了，又一立正：是！

这样，庄志伟在前，罗序刚在后，他们一直保持着四五米的距离，直到庄志伟进了派出所，罗序刚才相信庄志伟投案自首是真的，他长出了一口气，掉过头来，向相反的方向走去，此时，他发现自己攥着枪的手已经湿漉漉的。

罗序刚走到了桥头，那个老头眯缝着眼睛，好像在享受着并不明朗的阳光。罗序刚不知道庄志伟在修鞋老头身上受到了什么启发，他想到的结论也许与庄志伟是不同的。这时，罗序刚想起，那个老头在那儿已经有十来年了，平时，罗序刚从未注意过他，甚至忽视了他的存在。

当天晚上，朱胖子给罗序刚打来了电话，接电话时，罗序刚正在派出所那间空荡荡的外勤办公室里抽烟。朱胖子说："哥们儿，这几天让你上……上火啦？"

罗序刚果然火冒三丈，大声问："你去哪儿了？生不见人死不见尸的！"

朱胖子嘿嘿笑着，说："最近我搭上一女老板，老有钱了。这……这不，偷着跟她去了一趟南方，倒……倒车，全是海关罚没的走私车……"

罗序刚懒得听他啰唆，直截了当地说："他妈的孙刚讹诈我。"

"我知道，下午我见过他了，他现在成了一条癞皮狗，见谁咬……咬谁，你别担心，他的钱我还给他了。"

"你在哪儿？"

"在她家……她正洗澡呢……"

"你马上过来。"

"不……不行，她每天都有要求，可他妈旺盛了……"

"我不管，你立刻就过来。"

"干……干啥？"

罗序刚有些理直气壮地说，把你的五千块钱还给你。朱胖子在电话那端笑了起来，说多大点儿事，那几个小钱给你喝酒了。

"朱胖子，你想让我死呀！你过不过来？不过来我就开着警车去砸你那女老板的门……"

朱胖子大概听出罗序刚真火了，他说好好，明天我一定找……找你……真邪门！

放下电话，罗序刚斜坐在桌子上，他几乎不敢相信，这几天积累的难题在一天之内就全部解决了，乌云说散就散了，散得自己都觉得突然，觉得有点儿愣，有点儿不适应。罗序刚打开抽屉，把自己写的"遗嘱"拿了出来，刚想撕掉，想一想，他又改变了主意。他打开自己的铁柜，把那几页碳素笔写的东西放到了一处最隐秘的地方，他想，以后一看到铁柜，他就会想起这几天的经历。同时，罗序刚又恢复了自信，他还要好好爬自己的梯子。说起来，自己还是一个好警察，还可以当更好的警察，不能因为自己身上有了污点就不能当好警察了，完全纯洁的有没有他不知道，不过，绝对的纯洁怕是不存在的，尤其对一个人的一生来说。什么事也没那么单纯，没那么简单的。

再次坐在椅子上的罗序刚真的觉得疲劳了，他觉得身子发软，有“堆”下去的感觉。这个时候，罗序刚好像在大海的上空上飞翔着，大海茫茫，没有起点也没有终点，暗青的海面上没有浪花，十分凝滞。他很吃力地飞着，翅膀已经受了伤，两腋有风滑过。这时他才意识到，自己原来是一只鸟，他还看到，他的身边也有很多很多他这样的大鸟，他们都在吃力地扇动着翅膀……

大反话

大上午的，浅田枝子就跟老头子闹得不愉快。早晨天还没亮透，浅田就哼哼唧唧的，断断续续地喊着枝子的名字。枝子拉开浅田的房门，浅田说，我喘不过气来。枝子知道老头子又犯病了，她的第一个念头是给浅田喷一种气化的缓解药，正要转身去拿药，发现那个万花筒一般 20mL 的药瓶早躺在浅田的身边。枝子连忙握住药瓶，将喷头伸进浅田嘴里，按压一下，没听到“刺”的一声。枝子摇了摇药瓶再喷，还是没喷出来。浅田气喘着说，没……没气了。枝子知道浅田说的是喷剂。

枝子想给儿子打电话，一想儿子这会儿正在上海出差，儿媳妇几乎听不懂几句汉语，沟通起来十分困难，即便是儿子在家，从城里赶到岛上最快也要一个半小时。两个女儿就更不用说了，一个在爱媛县一个在岩手县，赶来已经没了意义，况且，赶来又没太大的可能。当然，枝子也想到了他们熟悉的中岛医疗所，不过这个时间医疗所里是没人的。而急救中心的电话她从未打过，即便打通了，凭借她的日语水平怕也说不清楚。无奈之下，枝子又给“双眼镜”打了电话。也许正因为是给“双眼镜”挂了电话，浅田对枝子颇为恼怒。

双眼镜是浅田给起的外号，还有一个外号叫白眼狼。双眼镜大名叫岩下茂，他的两个眼镜片不一样，一个远视一个近视，所以透过眼镜片看他，他的眼睛显得一只大一只小。岩下先生矮墩墩的身材，整体上比常人小一号似的。岩下的正式身份是一所国际语言学校的校长。对于浅田夫妇来说，岩下则是他们去医院看病的专职翻译。说起来，看病翻译是一个特别的领域，在翻译职业大类里这个应该属于小类中的小类，有点儿冷门的意思。双眼镜已经给浅田夫妇做了十几年的看病翻译，翻译费不但一分没少，每隔几年还要上涨。时逢节日，双眼镜见到浅田夫妇，偶尔带一个小礼物，比如两双箸（筷子），一盒小型的台历，最贵重的礼物要算是一盒寿司或者一盒昆布卷了。昆布卷就是海带包着青鱼或者多春鱼，扎上葫芦条的那种日本传统食品。浅田和枝子都不喜欢吃那个东西，主要是含糖量太高。浅田所以不喜欢双眼镜，钱是一方面，主要是觉得双眼镜的翻译水平不够，属于糊弄洋鬼子型的。可在这个小岛上，他们还真找不到第二个合适的人。有一次枝子跟儿子讲了双眼镜翻译中出现的过错和笑话，儿子沉思一下，说岩下先生非常可以了，在城里找这样的人更不容易。日语好的汉语不好，汉语好的日语又不好，因为讲病这样的翻译和一般的专业翻译、生活翻译都不一样，很困难的。枝子把儿子的话复述给浅田，浅田白了枝子一眼。总之，尽管他不得不用那个一身薰衣草香水味、洋芋模样的男人，可他一点儿都不信任他，一点儿都不喜欢他。

屋外传来了轻型汽车的鸣笛，枝子搀扶着浅田出门。早晨的雾气已经散去，空气中弥漫着港口一带传来的咸腥味，还传来海鸟的鸣叫。枝子知道今天是这些日子里难得的晴天，只是浅田的脸却一直阴沉着，属于该下雨不下雨那种阴法。其实，天亮以后，浅田的病征就缓解多了，也许是听说双眼镜要过来，他坐起来，涨红着脸费力地骂枝子，混蛋老婆子，谁让你找那个白眼狼啦？白眼狼是东北的土话，双眼镜一定听不明白的。当然，很多话也是没办法翻译的。别说"白眼狼"岩下先生，儿子和女儿也翻译不了。比如五脊六兽、扬了二怔、秃噜翻张、鼻涕拉瞎、木个胀的……这些话不仅枝子说，浅田也说。有一次浅田看牙病，浅田对医生说，这几天吧，我就难受巴拉的，总觉得这半拉脸酸叽溜烘。谁想，昨天晚上厉害了，牙疼不是病，疼起来真要命，贼拉邪乎呀……双眼镜听得半云半雾，上不去下不来，整个卡在那儿，能翻译明白才怪呢。医生问双眼镜，浅田先生是日本人吗？双眼镜告诉医生，浅田是地道的日本人。跟父母去中国东北做武装移民（"开拓团"），昭和二十年（1945 年）战争结束时丢在了中国东北。那时浅田先生才三岁，被中国农民收养了。昭和五十五年（1980年）才回到日本。医生理解浅田的日语为什么有那么重的口音了，连忙起身向浅田道歉。浅田莫名其妙，问双眼镜这个大夫啥意思嘛，弄得我五迷三道的。接着，该轮到双眼镜莫名其妙，被浅田说的话给“五迷三道”了。

浅田不怎么气喘了，但是医院还是要去的。浅田管这叫瞧大夫，瞧大夫其实是让大夫瞧，瞧瞧你到底有没有问题。浅田瞧大夫更有“瞧”的意味，有点儿小毛病就瞧大夫，闲人更在意自己的身体嘛。退休之后，浅田和枝子看病基本不花钱，可是翻译每次都一万多日元。他们两人每月从政府那里总共才领取十四万的“退休金”，还得向政府提供的“廉租房”交两万的租金。加上其他的生活费开销，如果一个月内看四次病，刨除翻译费五万元，这个月就亏欠多了。没办法呀，谁让咱老么卡眼了呢。枝子这样说。

那天上午，浅田一点儿都不配合，只让医生检查，就是不说话。浅田的意思枝子明白，不说话就不用翻译，不用翻译就可以不给双眼镜翻译费。可事实并不是这样的，既然请了人家，你就得付报酬。人家算的是时间，跟说话多少没关系，十句也好，二十句也好，没那么计算的。从医院回来，浅田就找茬发脾气。枝子说你不用找茬，我能怎么办？请人家能不给钱吗？浅田说你这个混账老婆子，败家呀！我一句话都没说，为什么还要给岩下那个白眼狼钱？枝子说你一句话没说，可说明病情还不得靠人家？别说人家帮忙了，就是人家不帮忙，陪了咱一上午，还不是一样得给钱？浅田仍紧绷着脸说，败家老婆子，谁让你请他呢？枝子说我不请他我请谁，你说说看，当时我有什么办法？有本事你别有病，你没有病那就谁都不用请了，舞舞扎扎的样吧，像要吃人似的……浅田的脸进一步涨红，他说你请就请了呗，钱不能少给一点儿？枝子觉得浅田的话很没道理，生气地说，你别站着说话不知道腰疼，少给？那你给啊！你以为我愿意给？这个月的生活费又不够了，我不知道钱好啊！我跟钱又没仇。你在这跟我紧鼻夹眼的，一会儿我就给岩下先生打电话，让他把钱退回来，你再给他！浅田被枝子给“将”住了，张嘴想说什么又没说出来，最后只说了一句——看你那样，破马张飞的！

枝子心里想笑，她知道对付浅田最好的办法就是持续性地压住他的火力，他欺软怕硬的性格是从娘胎里带来的。

中午浅田的病就好了。他在枝子身边转悠了两圈，对枝子说，你不是说这两天要吃酸菜炖粉条吗？枝子用眼睛斜了斜浅田，没理他。浅田说，我听说中国超市里有酸菜，是从东北运过来的。枝子还是不理他。浅田说如果你想吃，我可以去买。枝子的脸板不住了，她噗地笑了，说你要想吃酸菜就直说，别拐弯抹角的。浅田说这几天嘴里不是味，巴苦巴苦的，就是想换换口味。枝子不想跟他斗气了，说，你要想吃就自己去买。

浅田去超市买来酸菜，还买回一袋“顾食品”豆腐。那豆腐不同于一些国人发明的“日本豆腐”，那些豆腐膏状，鸡蛋糕一样软塌塌的，“顾食品”属于东北豆腐。做豆腐和酿酒一样，对水的要求很高。老顾头做的豆腐用的是日本水而不是东北家乡的水，应该说味道是有些差异的，但毕竟还比较接近东北的大豆腐。那些豆腐都有种原始的、粗粝的豆香味。那是一顿丰盛的午餐，酸菜肉片炒粉条，家常炖大豆腐。尤其是尖椒段泡酱油，吃得浅田鼻尖冒汗。吃过饭，浅田抹抹嘴巴遛弯去了，枝子才给自己盛了一碗米饭，抹上昨天炸的鸡蛋酱吃了起来。

枝子想，老头子这么快就好了，要感谢佛祖保佑啊，这样一想，眼睛就瞄向了佛龛。她连忙放下碗筷，去厨房净了手，然后到佛龛前上香。枝子嘴里祈祷着，十分虔诚，以至于回到饭桌时想到浅田会不会又是周期性闹人这样的问题，都觉得是对佛祖的不敬。事实上，浅田每隔一段时间都要闹腾一次，特别是“顾食品”的老顾头去世以后，浅田发病几乎有了节律和周期性。枝子叹了口气，唉，人老了，身体有毛病，心里也添毛病啊。

浅田不在，枝子的世界就格外安静了。收拾完餐具，无聊的枝子只能打开电视，她家的电视通过卫星接收器，锁定的电视频道只有几个，都是中文电视台，看新闻、看电视剧、看娱乐节目，国内发生的事情她都关注，都上心。按原来的国内的老话说，心和祖国的脉搏一起跳动——尽管她早就加入了日本籍。可是，如果心不跟祖国的脉搏跳动又能怎么样呢？到日本二十年了，除了简单的日常用语，根本没办法和日本人深入交流，也就是说，她从未真正融入过日本社会。浅田呢，那老头子也一样，他在日本的亲戚都很远，住的距离远，彼此的关系也远。当年他父母加入东北“开拓团”是举家全迁的，日本没有留下直系亲属。据说，前期移民到东北的日本人还有选择，后来日本政府发现有些人牵挂家乡，没几年就跑回日本去了，所以就修改了政策，要求举家全迁。浅田在日本的亲属都是远房亲戚，按中国的说法，早就出了五服。浅田和那些亲戚三四年都见不上一面。浅田虽然是日本人，他的日语水平也比枝子高，可只要一张嘴，就会被认为是外国人，小时候定型的口音是没办法改的。退休前，枝子在一家中餐馆打工，那个中餐馆的主要业务是接待旅游团，每天接触的也都是国内来的游客。翻来覆去就那几样菜：红烧肉、麻辣豆腐、炒大白菜、土豆烧茄子、西红柿炒蛋……还有紫菜蛋花汤。可以说，除了青菜根据季节的变化调整外，其余的菜品常年基本保持一个模样。如同一成不变的菜一样，简单重复的生活并没有让枝子增加外国生活的经验，而一转眼自己就老了。浅田虽然在工厂里做工，可每天接触的是电子元器件，似乎也积累不了更多的日本生活经验和人脉。人脉这东西说起来可就复杂了，别说与其他人，就是亲戚之间，甚至儿女之间也是冷冰冰的，礼貌并且保持着距离。因此，对于枝子来说，看中文电视、吃中餐，还保留国内的一些生活习惯、一些思维习惯，都是没有选择、没有办法的事情。

电视里正演一个抗战片，游击队无比勇敢，日本兵除了对老百姓凶残之外显得不堪一击。看着看着，枝子进入了梦乡。

梦中，仿佛有一只黑色的老鸹一样的东西在她头顶盘旋着，她挥舞手中类似毛巾或者扫把一类的东西，可那个老鸹还是扑扑棱棱地飞来飞去。枝子努力轰赶那个东西，可手脚被冻住了一样，十分吃力。老鸹又飞了过来，在枝子的头顶咯咯咯地笑着，枝子抬头一看，那个东西身子是老鸹，脸却是浅田……枝子一下子惊醒了。

枝子坐了起来，她的额头和脖子上都是冷汗。这个死老头子，人还没死就知道吓唬人了……突然，枝子意识到了什么，难道浅田犯病和大军有关？枝子仔细回忆着，昨天下午她的确跟大军通了一个电话，她和大军通话不超过二十分钟，她不过询问了大军的病情，说了一些安慰的话而已。浅田怎么会知道她和大军通电话的？不可能的！枝子想。在过去那些年，浅田的确怀疑过她和大军的关系，他下了很大的功夫，那些功夫在枝子看来是无用功，也是十分荒唐可笑的。到日本刚安顿下来那会儿，枝子跟大军通过一次电话，当天晚上，浅田就含沙射影地问枝子是不是给国内打电话了？给谁打的？枝子觉得奇怪，打电话时只自己一个人在家，浅田是怎么知道的？枝子知道浅田疑心重，为了避免口舌之争，就含含糊糊地撒了个谎。这下麻烦了，浅田不依不饶，最后还拿出了证据，说出了国内的电话号码，那个号码是镇邮电局的号码。枝子解释了半天，告诉浅田她不过是给亲戚朋友报个平安。可越解释越解释不清楚。浅田不和枝子说话，沉默了整整一个月，枝子也困惑了一个月，她不知道浅田是怎么发现她打电话并查出那个电话号码的。后来枝子知道，浅田并不是在电信服务那里查的号码，他只是按了电话的“重播键”，很简单就查出了“证据”。那之后枝子打电话就小心了，也避免再发生这种错误，可令她觉得可恨可气的是，浅田居然在电话上安装了录音机。那个录音机是小型录音机，尽管小型也不是间谍专用的，所以很容易就被枝子发现了。更滑稽的是，浅田虽然在电器厂工作，但毕竟不是技术人员，他设计的录音“启动装置”了不起是中学生物理实验课的水平，复杂而不适用。枝子知道，即便那样的设计也一定耗费了浅田大量的心血，可就因为防止自己的老婆偷着打电话而下那样的功夫，实在是让人难以理解。

一开始，枝子以为浅田是心疼电话费，才那么在意她向国内打电话的，后来觉得不是那么回事，渐渐地，大军的问题才渐渐显露出来。问题的关键是，浅田疑心重又不肯言语，他想什么你无从知道，而枝子主动解释过几次，那些解释都是单向的，好像根本落不到浅田那里，甚至是越解释越不真实似的……想起这些，枝子觉得很无聊，那些都是过去的事了，现在他们都老了。枝子继续看电视，看一看又睡着了，她有些奇怪地希望那个老鸹再来到她的梦境，这回她一定要痛击它。

浅田是什么时候回来的，枝子不知道。浅田见枝子斜歪在沙发上，张着大嘴酣睡，就用遥控器关闭了电视，不想，枝子一下子醒了过来。几点了？枝子问。浅田没回答枝子的话，语调平和地说，今天是老顾头的祭日。浅田手里还拿着一小把显得有些精致的菊花。枝子叹了口气，她不明白浅田为什么会在意老顾头的祭日，他和老顾头并没有多深的交情。以前，浅田从不祭奠谁，他亲哥哥的祭日也没祭奠过。

浅田的祭奠仪式比较简单，他在一个空白的木牌上写：顾先生。然后，将菊花摆在那个牌子的下面，祭奠仪式就算完成了。枝子没理睬浅田，独自叼上一支烟去厨房抽烟，点着烟的同时，枝子打开了吸油烟机。吸油烟机很努力地工作着，枝子吐出的那股日本生烟的味道还是辗转漂移到了浅田那里，浅田空洞地咳了两声，枝子连忙把烟熄灭了。

老顾头第一次到家里做客是横扫本州和四国的台风之前。浅田给一家料理店送货，就让枝子去跨海大桥的桥头等老顾头。桥头离枝子家大概一公里左右，距离并不远，但是站在家里的阳台上并不能看到大桥，她家和大桥之间有很多比他们视野还高的建筑物。退休后枝子经常到那个桥头张望。儿子在桥对面的城市里，好几个月见不到儿子、儿媳和孙子孙女了，她还不能给他们打电话，只好张望着。枝子这样对自己说，自己来桥头并不是等儿子的。明明知道桥上一辆接一辆的汽车里没有儿子，如果是等儿子，那自己脑袋不是出问题了吗？自己来桥头仅仅是散步而已，散步来看风景。了不起就是浅田的说法：特性！好端端的人习惯到那里去闻汽车尾气的味道。

可能相对于小岛上的人来说，枝子最熟悉那座桥了。枝子管它叫鸣桥，因为那个桥下可以根据不同的天气发出不同的声音。除了“唰唰”的汽车行驶的声音外，遇到急风暴雨，那座桥就会升腾戾气。那些风雨仿佛有了牙齿，与桥体接触时发出急促碰撞的声响。单纯的刮风天气就是另一种声音了，根据风的大小，声音也是不同的，比如呜咽、哼唧、抽泣甚至呼号。鸣桥的叫法也是有过一些经历的，一开始枝子管它叫响桥、风箱桥。有一次浅田得了中耳炎，她向岩下先生介绍浅田得病经过时，提到了响桥，大意是说浅田分辨不清响桥的声音。岩下当然不明白响桥的含义，枝子解释了半天，岩下似乎明白了，他在纸卡片上写：鸣桥。枝子想了想，觉得反正意思差不多，也就认可了。后来，枝子想起岩下写的那两个字，觉得文绉绉的，从此以后，枝子也把那座桥叫鸣桥了——只是，除了枝子和岩下先生，小岛上的人谁知道那座桥叫鸣桥呢？当然，这些都不重要。

枝子还记得老顾头第一次到家里来的情景，她为客人做的是日本料理：烤秋刀鱼、炸鸡脆骨、蔬菜天妇罗、大杂烩关东煮，还有柚子熏鱿鱼饭，配餐纳豆。这些日本料理都有半成品，加工起来很方便，口味应该不算最正宗，比如枝子在烤鱼中加了孜然，在关东煮里添加了料酒和白醋。料理虽然不正宗，两个老头吃得还是十分高兴的。浅田请老顾头喝的抹茶也是枝子自制的，那些茶叶是国内捎来的，而她自己独特的配方是添加了家乡玫瑰花的花瓣和大枣干。将茶叶、玫瑰花瓣和大枣干碎粒倒入机器干磨杯里，磨几次，过筛，未过筛的茶粉倒回干磨杯，反复再磨，自制的抹茶就成了。老顾头问，这么好的抹茶是从哪里买的呢？枝子掩饰不住骄傲地说，别的地方您是买不到这样的抹茶的，东京买不到，大阪也买不到，只有我们浅田家里有！老顾头用赞叹加疑惑的眼神看着枝子，那意思仿佛是，曾经的一个农民还会做出这么讲究的抹茶？老顾头也曾经是地道的农民，他比浅田大十六岁，日本投降那年他刚刚当了“满洲国”兵，苏联红军进东北时，他协助苏军看管“日本开拓团”的妇孺。按老顾头自己的说法，他年轻时就好色。他在看管的人群里物色到了池上理子，并带着理子回了老家。那阵子，骄傲的日本人也成了落汤鸡，有饭吃就跟着走，理子成了老顾头的老婆。老顾头当了一辈子农民，他的日本老婆为他生了八个孩子，七女一男。不想，年近五十的老顾头竟然跟着池上理子移民到了日本。眼前的老顾头早就没了农民的形象，他皮肤细嫩透亮，戴一副金丝边眼镜，俨然一个大老板。浅田说，老顾头刚到日本的时候不行，和理子闹矛盾，他老天拔地的，还跑到东京做买卖。别的买卖他也不会做啊，在东北老家做了十几年豆腐，豆腐做得好吃，他就在东京做豆腐，做豆腐也不容易啊，吭哧瘪肚的。可谁也没想到，老顾头的豆腐正好对上从中国来的那些人的胃口，一来二去出了名，大伙都管他叫顾豆腐。老顾头干脆弄了一个“顾食品”，全日本都有人订购。枝子问，老顾头自己这样跟你说的啊？浅田说有一些是他自己说的，有一些是我听别人说的。

老顾头和浅田一边喝日本清酒，一边说说笑笑，十分开心的样子。枝子在他们身边服侍着，本想听听他们说些什么，没多大一会儿，浅田就用不欢迎的眼神看了她好几眼，枝子自觉没趣，悻悻地离开了。

枝子知道两个老家伙一定又讲女人什么的，如果不是讲女人他们不会那么猥琐地笑，浅田也不会鬼鬼祟祟的样子。

枝子回到卧室，她想，你们讲你们的，我也找个人唠唠嗑，她给国内的大军打了电话。她问了大军小儿子婚礼的事，彩礼钱给了吗？新房子收拾好了没有？大衣柜、炕柜打好了吗？需要我帮你做点儿什么？他们聊了半个多小时，大军说了很多困难，但他说都有办法解决，不需要枝子的帮助。也是啊，千里迢迢的，想伸手都伸不上。枝子还向大军问了老婶和二姨夫家里事，大军告诉枝子，二姨夫和老婶都“走”了。放下电话，枝子觉得心情沉重，在她的印象中，二姨夫和老婶都挺健壮的。

老顾头离开之后，枝子问浅田，老顾头都跟你讲了什么？浅田支吾起来。枝子说看你吭哧瘪肚那样，准没啥好事。浅田说也没说啥，都是生意上的事。枝子再问，浅田就不高兴了，他说我跟你说了，你还磨叽啥？我没啥好事？我看是你没啥好事。枝子愣住了，她瞪着眼睛问，别扒瞎，我咋没好事啦？浅田气呼呼地说，你非得我揭穿你才行啊……嘚了八瑟的样吧，你刚才跟谁打电话了？枝子傻了，刚才她打电话，浅田正和老顾头兴高采烈地喝酒，他分身有术？居然知道枝子在打电话？枝子说我是跟大军打电话了，就打了咋的？浅田说，别以为我不知道啊，别以为别人都得儿喝的！然后，嘟嘟哝哝回房间睡觉去了……枝子呆呆地坐在榻榻米上。

晚上二女儿来了电话。枝子本想提浅田去医院的事，想一想还是算了，说了女儿也不会来的。她早就想好了，除非浅田病危，不然她没必要告诉女儿，告诉也白告诉。枝子有些抱怨地对女儿说，本来以为这个月你不来电话了呢。二女儿说是啊，没什么事打电话也烦你们。那你打电话一定是有事啦？枝子问。二女儿也没客套，直接说，妈你跟我哥说说，让他快点儿把借我的三十万日元还了，不然我在丈夫面前都抬不起头来。枝子立刻不高兴了，她说你哥借你钱你不去找他，找我有啥用。二女儿说我跟他说过好几次了，不好意思总催他呀。枝子说你不好意思，我就能张开口吗？二女儿说你是妈呀，我只能找你了。

“这个时候想起你妈啦？”枝子冷冰冰地回敬了一句。

枝子知道儿子现在的日子也不好过。二十世纪九十年代那会儿，日本发展那个快呀，儿子的生意也好，钱来得太快了，都不适应。按儿子自己的话说，钱来得这么容易自己都有晕船的感觉，自己都有些害怕。枝子记得，那时候儿子买衬衣都是一打一打的，脏了就扔了，连洗都懒得洗，当然也没时间洗衣服，大家都跑着搂钱呢。儿子就是那时候贷款买的房子，一个独立的三层别墅。房子一到手就涨了百分之十，可惜呀可惜，房子涨到百分之五十的时候，一夜之间发生了九级地震一般，日本经济大厦顷刻间土崩瓦解，从此一蹶不振。当初儿子以为自己捡了个大便宜，不想，房子成了他背在身上，仿佛永远都卸不下去的负担，一直到今天还没缓过气来。想起佝偻着虾腰的儿子，枝子的心隐隐作痛，可她又有什么办法呢？

二女儿加重了语气说，你不跟我哥说也行，我再跟他讲怕是要失和了，你愿意看到我们兄妹之间闹矛盾？二女儿的话像一根鱼刺正卡在枝子的嗓子眼里，枝子被“卡”住了。他们兄妹之间生分归生分，但总不至于撕破脸皮吧。枝子的口气软了下来，她说你哥他现在在上海……二女儿说我知道，我也没让您马上跟他讲，我所以先跟您说说，是想让您有个准备，看看怎么讲好，这方面您会拿捏分寸的。枝子停顿了一下，慢慢地说，那我看看吧。二女儿似乎早就谋划好了，也知道枝子会帮她这个忙，目的达到了也准备挂机了。我等您的消息！二女儿说。枝子怕女儿挂断电话，连忙问，久菜怎么样？野香怎么样？二女儿说都好都好。久菜还做噩梦吗？野香尿尿还频吗？二女儿说没事了没事了。好了，你和爸多多保重吧。二女儿把电话放下了，枝子坐在那里很久，仿佛自己似羽毛一般飘落在无边无际的空谷。

人啊都犯一个毛病，隔辈亲。可孙子孙女也好，外孙外孙女也好，枝子都挨不上边。儿媳妇是典型的日本家庭主妇，三个孩子都自己带，一天也不放在枝子家。大女儿孩子大一些，也很少来姥爷姥姥家。想外孙外孙女了，枝子就去岩手县的花卷市大女儿家探望。大女儿对枝子的到来并没有表现出应该有的热情，也不明白枝子的心思。在枝子看来，大女儿笃信佛教，心思没在儿女身上，不过介绍起佛教来却十分热心。大女儿给枝子看的DVD据说是著名的天台寺住持濑户内寂听大师的演讲录影。寂听大师面对密密麻麻的信众说："我是为了爱情才活下来的，其实婚姻的美妙之处在于婚外恋……不要怕伤害，大胆去爱。"枝子愣住了，她挥着手对大女儿说，你赶紧把电视给我关了，这是出家人说的话吗？什么乱糟糟的！大女儿笑了起来，她说我最敬佩寂听大师了，她说话不装假，风趣幽默，深奥的佛理讲得通俗易懂……你还是了解了解再下结论的好。枝子从大女儿那里知道一些濑户内寂听的情况，寂听大师出家前感情经历复杂，还是一位情爱小说作家，削发为尼后在NHK电视台主持脱口秀节目，据说还获得过NHK电视台放送奖……寂听大师说，火能把东西烧坏，它自己是不知道的，天性使然；水能灭火，它自己也是不知道的，天性使然；佛慈悲，他自己也是不知道自己慈悲的，佛性使然。水火给了人好处或者坏处自己不知道，佛呢，给了人间慈悲而自己也是不知道的。所以，行好事图报还不是佛，是谁呢？你偶然回头，发现自己做过的事原来是慈悲，那你就成佛了。大女儿说，啧啧，寂听大师说的这些多么透彻、多么经典啊！枝子不以为然，她说我不管佛理讲得好不好，我首先得看她像不像个出家人。一个好色的女人怎么能成佛呢？大女儿说您不能说寂听大师好色，她只是承认人的本性罢了。再说，修佛的方法很多，八万四千法门，哪一条路都能修成正果的。枝子想了想，还是接受不了。

与大女儿比较起来，二女儿做得要好一些，毕竟她还把两个妞妞送到枝子家住了一段时间。那时候二女儿的两个孩子久菜、野香还小，二女儿陪丈夫出国去越南，就把孩子寄住在枝子家里。那些日子可是枝子和浅田最幸福的时光啊……久菜和野香来的时候带一些漫画书和玩具，枝子看了看，《花样男子》（《花より男子》）和《花房乱爱》(目を闭じて抱いて)，等等，她连忙给收了起来。没长成的小女孩怎么能看这样的东西啊，枝子自言自语地说。浅田在一旁乐呵呵的，他对这些不太理会。枝子抱怨道，亏得孩子的爸爸还有文化，你看孩子的名字给起的，翻译成中文多难听：韭菜（久菜），还不如香菜呢。还有野香，怎么看都算不上文雅。浅田咯咯地笑，他说日本的一些事情你是没办法理解的，操那个心干啥？枝子不服气地说，她们是我的外孙，我当然要操心了。

枝子以她自己的方式对久菜和野香进行文化灌输，可惜时间过于短暂了。枝子给久菜和野香读童谣：“下雨下雪，冻死老鳖；老鳖告状，冻死和尚。”老鳖死了怎么告状呢？为什么要冻死和尚呢？一段童谣，引来久菜和野香一大堆问题。

“大毛愣出来，二毛愣撵，三毛愣出来干瞪眼。”枝子向久菜和野香讲解，像大毛愣、二毛愣和三毛愣都是星星，可久菜和野香无论如何还是理解不了。

对于小孩子来说，难理解是正常的。但是她们能从姥姥的眼神和态度中体会到姥姥的爱，知道姥姥是喜欢她们的，所以整天跟枝子背童谣。“跟我学，长白毛。白毛老，吃青草。青草青，长大疔。大疔大，穿白褂。白褂白，今天死了明天埋。”

久菜和野香特别喜欢互动性活动，像“逗逗飞”“拍手”什么的，那些童谣是玩中念叨，念叨中玩的。“逗逗飞，我家有个小胖墩，也不哭也不闹，吃饱了就睡大觉，一睡睡到日头落。”陪孩子们玩拍手时，枝子有节奏地念叨起来：“一斗穷，二斗富，三斗四斗开当铺，五斗六斗背花篓，七斗八斗绕街走，九斗一簸箕，到老享清福。”久菜问姥姥什么是斗呀，枝子拿起久菜的手告诉她，斗是手肚子的纹，圆圆的一圈一圈的是斗。野香问，那什么是簸箕呀？枝子说簸箕呀，是用来筛米用的，手指肚开口的圈就叫簸箕，因为它们长得像簸箕一样。外孙女还是没听明白，久菜问，筛米干什么呀？枝子说，筛米就是用簸箕啊。野香说，那我的手可以筛米吗？……对于枝子来说，这些童谣早已沉淀到记忆的底层，并且蒙上了厚厚一层灰尘，可不知道为什么，在天真童趣的久菜和野香面前，短短时间内都复活了。

枝子认为，童谣中的大反话是最有意思的了，她一直认为大反话里存在着智慧——“大年三十亮晶晶，正月十五黑咕隆咚，天上无云下大雨，树梢不动刮大风，公鸡得了月子病，克朗（公猪）得了产后风。”二女儿和丈夫回来目睹了这一场景，女儿的丈夫受了惊吓一般，呆呆地站在那儿。二女儿十分不满，大声说，妈你都跟孩子唱什么呀？枝子说怎么啦，你们小的时候我不是也说这些吗？二女儿不礼貌地对枝子大喊大叫，我们是我们，孩子是孩子，那些东西早都过时了、早就长毛了。二女儿丈夫虽然没表明态度，但是坚决反对久菜和野香单独与岳父母在一起，从此，枝子再没机会教韭菜和野香童谣了，尽管她又想起了很多童谣。

星期六一大早，枝子给浅田蒸了鸡蛋羹，配了点心和小菜。浅田吃过饭之后要去寺庙大市场，那个市场只有周六周日上午开，主要是卖旧货，有点儿类似破烂市场。原来那里的生意很冷清，近十年才逐渐红火起来。原本是实实在在的旧货市场，国内来的游客却把它叫着

“古玩”市场，一些半吊子收藏家到这里淘宝。他们中有些人受到两种说法的鼓动，一种是海外古董回流的责任感，一种是日本的中国古董假货少，于是眼睛发亮，出手大方。浅田曾对枝子说，你说那些人吧，看着六精八怪的，都长外路精神，到了节骨眼上就嗔痴呆傻。浅田虽然没去过北京潘家园，不过他知道，寺庙市场上的很多旧货都从北京进口，再被一些国人买回去。居日的华人或者有华人背景的人管这叫吃国人饭。老顾头吃的也是国人饭，日本经济不景气了，他就以日商的名义在国内成立独资企业，花了几百万就买了一家工厂，生产“顾食品”，一部分产品出口到日本，很大一部分以日本的品牌直接卖到了内地。到国内投资时老顾头眼瞅着就七十岁了，居然找了一个二十二岁的小媳妇。那个小媳妇是工地里包工头的女儿，据说非常漂亮。枝子对浅田说那个小女孩一定是图老顾头的钱，或者图一个日本身份。浅田说老顾头不这样看，他说是“爱情”。老顾头的工厂办得不怎么成功，几乎年年亏损。可谁也没想到，中国的地产一路飙升，老顾头的资产也年年丰厚。到他去世时，卖掉工厂的净利润就达到八千万元。典型的吃国内饭啊！

说起来儿子也吃国内饭，他经营那个贸易公司主要是海产品和农产品。国内的年景好了，他的生意就好，国内的年景差了，他的生意就差一些。浅田倒弄的“古玩”

是伪满洲国的老东西，比如一些大臣的字画、满洲钱币、绣品什么的。浅田对买卖不怎么在行，钱没赚多少，主要是有个营生，可以牵动自己的注意力和越来越生锈的身体。

浅田走了一个多小时，枝子觉得无聊又开始看电视，她看的是一个伦理片，一对母女正在发生争执。枝子想起来了大女儿，大女儿也很久没来电话了，她从抽屉里拿出了备忘卡，往大女儿家拨了电话。一直等到忙音停止也没人接。枝子又拨了一遍，还是没人接。枝子叹了口气，把电话放下了。大女儿的年龄也不小了，属虎的，今年也五十岁了，她跟自己儿女的关系也十分生疏。大女儿一共生养了四个孩子，两男两女，孩子到了十八岁她和丈夫就把孩子撵走了。你当妈的怎么那么狠心呢？枝子责备大女儿，大女儿说入乡随俗，日本都这样，如果她不这样做，丈夫不会同意的，别人也会不理解的。那你不会说服你丈夫呀，你可是中国人啊，中国人哪有那么狠心的。大女儿说你还把自己当中国人呀，你回中国不需要签证吗？是啊，他们是日本公民了。枝子这个年龄跟女儿不同，她觉得她保留了百分之九十五的中国。大女儿来日本刚刚三十岁，没几年就和原来的丈夫离了婚，后来又嫁给了一个日本人，她保留百分之五十的中国吧。而她的孩子，尤其是在日本生的孩子就不同了，他们从小讲日语，生活在日本的环境里。“一个一个狼崽子，跟我都不交流，也不讲汉语，我都不知道他们怎么想的。”大女儿抱怨自己的孩子。有什么办法呢？枝子想，你们不也一样嘛，你们虽然都讲汉语，可也不愿意跟我交流啊，我跟谁抱怨去呢？

电视剧结束时，枝子觉得自己的腿有些麻。她突然想起，有很长时间没给大军打电话了。这两年都是大军那头主动打给她的多，问题是，大军并不知道多心的浅田什么时候不在，所以有的时候枝子不方便接听。有两次，赶上浅田在家，正巧大军的电话打过来，枝子接电话时用日语说："对不起，您打错电话了。"枝子给大军拨了一个电话，没有接听，再拨一次，还是没人接听。枝子自言自语，身体那么不好，能去哪儿呢？枝子起来收拾一下自己，准备去鸣桥桥头溜达溜达。临走，枝子想了想，还是胡乱拨了一个号码，把原来的记录覆盖了。

枝子从家里下一个大坡，再转一个急弯，鸣桥就不远了。今天的鸣桥与往日不同，它被深锁在雾霭之中。一艘游船从桥下过去，发出刺耳的鸣叫，那样的汽笛声大概惊了海鸥，海鸥也发出一连串的叫声。由于雾气太重，枝子看不到海鸥令人眼花缭乱的飞翔。站在桥头，枝子觉得飘浮在浓雾中的鸣桥安静了许多，只有海浪舔舐岸基和桥墩的声音，桥上的汽车引擎声音也很小。枝子想，午后下大雾，晚上搞不好还要地震，本来昨天晚上就地震了，接下来的地震可能更明显一些呢。想起昨晚的地震，枝子就本能地想起浅田，那些小级别的地震他们早适应了，但是从国内来的游客不一定适应，他们会在摇晃中增加恐惧感，所以会影响到淘宝的情绪。事实完全印证了枝子的判断，枝子回家时，浅田已经坐在沙发上看电视了。

今天的生意不好吧？枝子问。浅田神秘兮兮地笑了一下，接着有些自得地说，今天买东西的人不多，可我把郑孝胥的字给卖出去了。卖了多少钱？浅田用手比画着。枝子没看明白。浅田走到枝子身边，对着枝子的耳朵小声说了几句。枝子吓了一跳。那不发财了吗？枝子说。浅田四下看了看，仿佛怕人听见一般，不过接下来他就自己给自己哼哼着旋律，在地上跳起了笨拙的舞步。

老顾头活着的时候找浅田拿过字画，主要是为了送礼用。那次两人喝酒吃的是中餐，枝子给他们炖了东北菜。老顾头高兴了，他说这符合他的口味，东北有名的四大炖是：猪肉炖粉条、小鸡炖蘑菇、鲶鱼炖茄子、排骨炖豆角。枝子笑了，她说这个说法我还是第一次听到。老顾头说，四大炖，猪肉炖粉条叫馋死野狼嚎；小鸡炖蘑菇叫吃饱不想夫；鲶鱼炖茄子叫撑死老爷子；排骨炖豆角叫天下没处找。枝子听后更加笑。在这样的氛围下，两个老头就刹不住车了，当着枝子的面讲起了荤嗑。还有很多是东北民间“四大”中的经典，像“四大舒服”——

穿大鞋，放响屁，坐牛车看大戏，“四大软”——老头的屌，新棉袄，霜打的茄子，烂心的枣。浅田也不甘示弱，他说我也想起一个，“四大晦气”：撒尿湿鞋面，喝汤浇裤裆，擦腚抠破纸，放屁带出屎。枝子听不下去了，自动避开，两个老头像淘气的孩子一般，反而高兴得眉飞色舞。

晚上，浅田对枝子讲起了老顾头的事故，浅田就这样古怪，你问他他不讲，你不让他讲他反而更来情绪。酒态微酣的浅田告诉枝子，老顾头这辈子不亏，在国内就不必说了，到日本与池上理子离婚之后，他先是找了一个留学生，一个高官的女儿。那个女学生为了拿日本身份就跟他办理了结婚手续。老顾头说他睡那个高官的女儿时，心想自己就是一个农民，如果不是因为到了日本，他一辈子可能都见不到县长，睡高官的女儿，那可是做梦都不敢想的事啊。当然了，那个留学生图的就是身份，身份办理好人家就离开了。后来老顾头又找了几个人，他最喜欢的是一个千叶县来的日本姑娘，唯一问题是那个姑娘吸毒……你啥意思？你的意思你找女人找少了呗？吃亏了呗？可那些年你在外面干的那些见不得人的事，你以为我一点儿都不知道哇？浅田说我不跟你说这些了，没意思。枝子说我看也没意思。浅田说就是没意思嘛！浅田说老顾头说得对，我要是找个日本老婆就好了……枝子最不愿意听这样的话，她说你找啊，有本事找啊！没心没肺子的东西，当初要是不是中国人，你早就让狼叼去，做鬼也做老了。浅田说你有良心？如果不是我你能来日本，能过上这样好的生活？狗屁好生活？像个没娘的孩子似的，你以为我喜欢这样的生活？枝子的声音越来越高。喝了酒的浅田也不示弱，他说那你为啥跟我来日本，有本事别来呀。枝子说我来日本是冲孩子来的，你以为是冲你来的？别不要脸了，照顾你大半辈子，回头换来这么个结果，你的良心让狗叼去了还是让狼吃了……浅田觉得事情闹大了，转身要回自己的房间，枝子得理不饶人地追了过去。人都是爹妈养的都不是石堆里蹦出来，你说说你，为啥就长个狼心狗肺呢？我倒霉瞎了眼嫁给了你，困难那时候我带着三个孩子提溜蒜挂的，我们娘儿几个大饼子都吃不上，还给你吃大米饭，你不撒泡尿自己照照，抠抠搜搜、磨磨叽叽的，除了脑瓜好使一点儿你说说你有啥优点……不说我了，就说你的养父母吧，他们生前你没条件尽孝，可来日本这么多年你回去上过几次坟……枝子机关枪一般不停地数落浅田，不想，浅田竟然在床上打起了呼噜。枝子站在浅田身边，本想伸手打他一巴掌，手在半空着举着，渐渐地落了下来。枝子委屈得想哭，可不知道为什么，眼睛很干涩。

枝子给大女儿打电话的第三天，大女儿才回复了电话。大女儿告诉枝子她跟丈夫去静冈县热海温泉去了，回家才看到电话记录。有什么事吗？大女儿问。枝子本来想关心关心她和外孙外孙女的事，这会儿话题变了。我要和你爸离婚！枝子说。大女儿似乎在电话那头伸了懒腰。枝子问，你怎么不关心我为啥要跟你爸离婚呢？大女儿见怪不怪的样子，不得不问，为啥呀？枝子大声说，你爸说我不如日本娘儿们……大女儿说你别理他就是了。枝子说，可他骑在我头上拉屎，我能忍受吗？这次我坚决要离婚。大女儿说你们闹了那么多年，我们都习惯了，妈不是我说你，你和爸都七十多岁的人了，怎么还耍小孩子脾气。枝子说这次不一样，我是铁了心要跟这个老东西离婚。你知道他有多猖狂，还说要找日本娘儿们……大女儿说我刚回来，很疲劳……你们俩有精神头闹离婚，我不反对，想离就离吧，不用征求我的意见。枝子很生气，她说你怎么能这样对待你的亲妈？大女儿说我支持你呀，你打电话来不就是想让我支持你吗？我说了，我支持！我支持你也不满意，我要是不支持你，你会更不满意。说完，大女儿就把电话放下了，枝子喂了好几声，话筒里没有回音。

枝子呆呆地坐在床上，两眼发直看着镜子里的自己，她觉得奇怪，瞅的时间长了，镜子里那个人越来越陌生了，你是谁？是枝子吗？

退休后，枝子和浅田两人经常闹离婚，仔细想一下，一年起码有三四回。按理说，人老了心气就平了，可不知道为什么，枝子觉得每过一段时间，她就要出出火气，也许对于浅田也是一样的，两个人出火气的时间不一致还好，如果恰巧赶上两人都想排火气，那冲突就不可避免了。枝子喜欢看电视连续剧，看了这集就想知道下一集怎么回事，由于和国内的时差关系，有些电视剧的时间晚一个小时。浅田睡眠不太好，枝子是知道的，所以夜里看电视她尽可能把音量调小一些，一点儿声音没有也不行，枝子文化水平不高，有些字她不认识，还需要声音。浅田对枝子半夜三更地看电视是一直不满的，不过总体上还是能忍受的。那天，不知道为什么他不忍受了，枝子正看在节骨眼上，浅田穿着内裤光着膀子出来，二话没说，一下子把电视机关掉了。枝子愣了一下，嘟哝一句，你神经病啊，过去又把电视打开了。浅田凶巴巴地瞪着眼睛，很有力量地推了枝子一把，过去把电视机的电源给拔了下来。枝子被浅田给惹恼了，她大声对浅田宣布，死老东西，我要跟你离婚！浅田也大声对枝子喊，混蛋老婆子，我也这样想的……这次是浅田的过错，枝子当然这样认为。当然也有枝子过错的时候，那年浅田拿回一个“瓷碗儿”，那个“瓷碗儿”实际上不是真的碗而是文房中的一个笔洗。浅田很喜欢，把玩来把玩去，不知道他怎么想的，后来他居然用那个笔洗吃米饭。由于那个“瓷碗儿”里面釉掉了很多，每次洗碗时枝子都挺烦的。一天，枝子忍受不住了，一赌气把那个麻麻拉拉的“瓷碗儿”丢在地上。浅田回来，枝子说洗碗时不小心把他的饭钵摔碎了。浅田非常不高兴，他说我看不是洗碗摔碎的，是你故意打碎的吧。枝子立即火了，她说我就是故意摔的能怎么样？家里水光溜滑的碗有的是你不用，用那个破玩意儿你不是有病吗？枝子承认是故意打碎笔洗，可把浅田给惹恼了，浅田骂枝子混蛋败家老婆子，我明天就跟你离婚。枝子当然不示弱，她说好啊，我等啊盼啊就差这一天了，离婚了我也不用伺候人了，也清净了。第二天，浅田还真去找了律师，讨价还价好几天，后来变卦了，又不想付律师费，最后请律师吃了一顿饭，还给人家送了一小幅满洲刺绣。儿子和女儿都知道老两口闹离婚的事。二女儿对枝子说，你们俩太让我佩服了，你说说看，你们闹离婚哪次是因为原则问题，都是鸡毛蒜皮的小事，我看啊，就是闲的，太腻歪是不是？太腻歪了找点儿别的事，何必闹离婚玩呢……令枝子不解的是，这么多年，浅田和她闹过那么多次离婚，可一次都没有跟大军有关的，而在枝子看来，这件事才是浅田心里的大事啊。

第二天早晨，浅田像什么事都没发生一样，早晨出去打那套形似神不似的太极拳，回来后对蓬头垢面的枝子说，昨天我喝酒过量了，一定是胡说八道了。枝子用眼睛扫了他一眼，没理他。不给饭吃了呗？浅田问。枝子还是没理他。浅田笑嘻嘻地说，那我自己找饭吃去了。说完哼着只有他自己能听明白的小调走了。浅田手里有钱，饿不着他。

中午浅田也没回来，枝子心里渐渐有些不安，素日里浅田去的几个地方枝子是知道的，她想去找他，可又有些别不过劲来。这时，家里的电话响了起来，枝子踉跄地跑了过去。电话是医院打来的，对方讲的是日语，枝子听得囫囵半片，只听明白浅田以及病什么的。枝子觉得头顶嗡的一下，仿佛地震时身后柜橱上的瓶子掉下来砸到了。这死老东西，越是担心的事越是发生了。枝子扔掉木屐，连衣服也没换，匆忙穿上外出的鞋，直接出了门。

医院在枝子家西侧，需要下一个大坡上一个大坡，如果从近路插过去，就得走一个七八十阶的台阶。枝子出门时小岛上很安静，街上的行人也很少。麻雀在街上跳来跳去，枝子一路小跑地过来，把麻雀惊飞，飞到街边电线杆子上叽叽喳喳叫着。毕竟上了年岁，枝子来到台阶前就已经气喘吁吁了，她手捂着胸口，站在覆着一层层绿色青苔地藻的台阶前把气喘匀，然后开始爬台阶。应该说，爬台阶的过程中枝子什么都没想，她就一个念头，快点儿赶到医院，可在她爬过大半的台阶，几乎要登顶的时候，她的腿软了，脚滑下来，接着就顺着台阶滚落下去。事后枝子想，这是不是命中注定的一劫呢。

她艰难地、吃力地爬台阶时，是不是跟自己过往的生活一样，年复一年，台阶越高年龄越大，以致某一天突然倒下了。

事实上，浅田并没有进医院，住院的却是枝子。枝子从台阶上滚下来，髋关节骨折。医院给枝子打电话只是让浅田家来人取浅田前些日子拍的 X 光底片，枝子没听懂。枝子住院期间，岩下先生发挥了重要作用，尽管浅田还是看不上他心目中的双眼镜，可现实的需要还是把他们的关系拉得很近。双眼镜一定会意识到，随着两位老人年龄增大，他们成了自己稳定的收入来源和可以深入挖掘的矿藏，所以态度十分谦恭。闲适下来，双眼镜还时不时向枝子请教问题。双眼镜拿着一沓纸卡片，上面记着枝子和浅田说过的方言。双眼镜恭恭敬敬地问枝子，“闹心巴拉”是什么意思呢？枝子说“闹心巴拉”就是有些心烦，心里难受烦躁。双眼镜嗨嗨地点头，表示明白。接着问，那么，“直吧棱登”是什么意思呢？枝子说，就是直来直去，像木头棍子一样，比如说眼神吧，直吧棱登的……双眼镜做好了笔记，又问，舞马长枪呢？我们这里没有马，也没有长枪的……枝子有些为难，她说舞马长枪就是个比喻，我也说不太准确，就是舞舞扎扎的意思。双眼镜嗨嗨地点头，其实他并没有完全明白，接着问“舞舞扎扎”是什么意思。枝子说舞舞扎扎……就是……就是比比画画的意思。双眼镜明白了，他用手比画着，笑着说我现在就在“舞马长枪”。枝子说不对，我说这个比比画画不是你那个比比画画。双眼镜愣住了，眼睛直盯盯地看着枝子。枝子说我也说不明白，舞马长枪不是说动作，是指人的个性……双眼镜眨巴着眼睛，一脸茫然。双眼镜翻了翻自己的卡片，继续请教：还有一个问题，“牛逼哄哄”是什么意思呢？这个问题枝子没办法回答，她说你问我家浅田先生吧。双眼镜请教枝子期间，浅田一直在旁边坐着闭目养神，枝子这样说他就睁开了眼睛。双眼镜认真地问浅田，浅田先生，“牛逼哄哄”这个词是什么意思呢？浅田很不愉快的样子，他说“牛逼哄哄”的意思就是牛逼哄哄！双眼镜嗨嗨了两声，想一想，又摇了摇头，十分困惑和不解。枝子对双眼镜的认真态度和钻研精神还是认同的，不过枝子也明白，在双眼镜谦恭讨教的背后，将是她积蓄的减少和生活费的亏欠。

枝子出院后出门要坐轮椅。傍晚浅田推着枝子到外面换口气，枝子提出想要去桥头看看，浅田没说话，却按自己的想法去做，反正方向掌握在他的手里。枝子多么希望早一点儿扔掉轮椅，那样她就可以支配自己的身体了。

秋天的落叶在街上飘零着，儿子终于来看他们了。儿子少言寡语，在浅田那里了解一些情况后只对枝子说了一句话："这个年龄就不要伤感了，伤感对养病不好。"枝子并没有觉得自己伤感，她记得自己曾对儿子说过，忧伤是可耻的。那个时候儿子刚到日本，他曾经暗恋乡中学的一个女同学，儿子离开了中国他们就各奔天涯了。儿子这个时候跟她说这些是什么意思呢？

枝子让儿子陪她去桥头，她告诉儿子她很长时间没去看鸣桥了。儿子不知道鸣桥在哪里，在枝子的指引下，儿子用轮椅把枝子推到了陆岛跨海大桥的桥头。到了桥头儿子仍十分糊涂，不知道枝子为什么管那个悬索大桥叫鸣桥。枝子在医院住院期间，这里被台风洗礼了一次，台风肆虐过后的狼藉仍然拾目可见。枝子说，你听到什么声音了吗？儿子说海浪的声音。枝子说声音里是有颜色的，不过你要细心才能辨别出来。以前，枝子来桥头张望，跟儿子女儿以及孙男娣女有关，现在儿子就在身边，她还在张望什么呢？

秋风轻轻掀动枝子的围巾和衣袂，她的目光也迷离起来。六十年前，家乡那个清澈见底的小河，那个牛车在上面就摇晃的木桥，那个早晨，青绿的岸边，小凤英听到柱子的声音，柱子就在她身后的大树上，她不好意思去看。柱子喊道，小丫蛋儿，上河沿儿，挖俩坑儿，下俩蛋儿……那景象像库存经年的老片子，闪动划痕，影像模糊，迷离的景象也如恍若梦境，都让人怀疑它是不是存在过。柱子的确是存在过的，在她看来，小时候的柱子总是如影随形，后来他当兵走了，再无消息。

儿子见枝子满脸泪水，小声问，妈你不舒服吗？枝子说我没事，老了老了眼睛也出毛病，风一溜就流眼泪。突然，枝子想起了什么，她抬头问儿子，你还记得你小时候妈妈跟你说过的歌谣吗？那个大反话，她小声念叨起来："大年三十亮晶晶，正月十五黑咕隆咚，天上无云下大雨，树梢不动刮大风，公鸡得了月子病，克朗得了产后风。"儿子用古怪的眼神看着枝子，表情谦和却也冷漠……这时，枝子看到了侧面树丛里的浅田。

枝子说，老东西，别在暗处鼓鼓秋秋的，来了就来了，光明正大一点儿好不好？浅田有些羞涩的样子直起了腰，他走过来对儿子说，你看明白了吧，你妈就这样，动不动唧唧歪歪、急扯白脸的。枝子说，还好意思说我，你好？半拉咔叽的样吧！

枝子出院以后，大女儿来探望过一次，她是顺路赶来的。她对母亲的病没怎么上心，对岩下先生翻译疾病却十分感兴趣。她问岩下，您给很多病人翻译疾病吗？岩下说有几家找他，都是从中国来的日本遗孤。那你觉得，这些老人（找岩下的几乎都是老人）与日本老人有什么不同呢？岩下说翻译起来很困难。困难在哪儿呢？是奇怪的病症还是奇怪的想法呢？大女儿问。岩下说，主要是沟通起来不容易，语言上有障碍。大女儿自作主张地点了点头，她说我明白的，其实，人身上的病好办，心里的病就不那么简单了。大女儿显然不希望枝子听到她和岩下的谈话，她把岩下拉到医院外的树林里。大女儿跟岩下谈起了自己内心的困惑。她说不知道我父亲跟您谈起过没有，他是个孤儿。岩下说这个我是知道的，浅田先生三岁，战争结束了，他被中国东北的农民收养了。大女儿说是啊，可您知道我的爷爷奶奶在哪儿吗？岩下疑惑地摇了摇头。大女儿说死了，岩下点了点头，是死了。可你知道他们是怎么死的吗？……是被我姥爷杀死的，光复的时候——我们那叫光复，我的爷爷奶奶带着我父亲——也就是浅田逃亡，路上爷爷被我姥爷带着村民杀死了，奶奶自尽了……岩下惊愕地瞪大了眼睛。大女儿接着说，可是，你知道我姥爷为什么要杀死我爷爷吗？我爷爷是个凶残的人，他在日军占领期间，欠我姥爷家三条人命……岩下张大着嘴巴，问，浅田先生和枝子不知道这些吗？大女儿说，我不确定我父亲知道不知道，我父亲小的时候就被收养了，他太小，不知道父母是谁，还一直找父母呢。而我姥爷在“土改”的时候也病逝了。这个消息我是移民日本那年才知道的，县里有人查了历史档案，搞了调查。我母亲应该知道这件事的，可那时候她已经没有办法了，她和父亲已经有了一帮孩子。我想问您的是，岩下先生，像我母亲这样的人——我是说，她和家族仇人的儿子生活在一起，并且还得把这个秘密埋在心里，您说她的人生是什么样的？她的内心是如何承受的呢？岩下仍没有从问题中摆脱出来，他礼貌地对枝子点头，同时眨巴着眼睛，最终也没说出什么。不过从他的表情上看，惊恐、诡秘之中还隐藏着疑惑。

枝子躺在沙发上四下望着，阳光下，老顾头牌位下的菊花枯萎了。

枝子一直也想不明白浅田为什么会怀念老顾头，他们只是来日本之后才认识的，没有深厚的交情，也没在生意上合作过，他们只是一般的酒友。从枝子的角度看，她并不喜欢老顾头。当然，老顾头也知道枝子不喜欢他，别说老顾头那么聪明的人，一般人从表情上也能判断人家是不是喜欢你。老顾头第二次到枝子家来，他对浅田说，我这个人啊，一辈子是硬闯过来的，有句老话说，傻小子睡凉炕，全凭火力旺。当然我也有难的时候，难的时候我就脱了裤子看看自己的裤裆，给自己打气，爷们就要学习老二的精神——能软能硬！这样的话枝子能愿意听吗？浅田却听得有滋有味。还有，讲起在国内的生产队时，老顾头私下里用豆腐换黄豆，被队长抓住了，本来队长想处分他，他大半夜去队长家闹事。老顾头说，我这个人啊，流氓一个，你啃我头皮——太硬，你啃我屁股——太臭，谁都拿我没办法。所以，在枝子的印象中，老顾头是个老流氓。枝子这样看待老顾头，尽管是心里想的，可老顾头也能感觉出来，所以老顾头也不怎么喜欢枝子。一次浅田去城里拜访老顾头，喝得醉醺醺地回来，不知不觉把老顾头说枝子的坏话给说了出来。浅田告诉枝子，老顾头说你不会打理家务，厨房埋了咕汰，进去一股污啦巴登的味，客厅里皮儿片儿的，还有桌子，在太阳下看魂儿画儿……枝子一听就不高兴了，她说老顾头是个什么东西啊，自己砢了巴碜的，还吹牛，哎呀呀，那么多女人喜欢他爱他，害臊不害臊啊，你看他那秃顶秃的，锛髅瓦块的，还有牙，如果不是假牙，早就豁牙露齿的小瘪瘪嘴了，还来说我……以后他再来咱家，看我能给他好脸才怪！

有时静下来，枝子想，老顾头那样的也是一辈子，他的人生价值在哪儿呢？他死之后是上了天堂还是入了地狱呢？或许根本就没有天堂，当然了，也没有地狱。

枝子不喜欢老顾头，不等于别人不喜欢他，浅田就喜欢他。奇怪的是，岩下茂似乎也很喜欢老顾头。老顾头那次来，正赶上岩下陪着浅田从医院回来，在枝子的挽留下，岩下也陪着喝了酒。当老顾头知道岩下茂是解释疾病的翻译，他对岩下发生了浓厚的兴趣。他问岩下，你经常给人翻译疾病，那你不成了半个医生啦？岩下点头哈腰，表现得格外礼貌和谦逊。其实老顾头真正关心的并不是岩下的医学知识，岩下毕竟不是医生，他感兴趣的是，岩下一定有很多别人没有的人生经验，因为疾病往往和人的隐私联系在一起，岩下知道很多通常人们不知道的事情，当然也会比别人更懂人生。老顾头说，我这个人身体很好，只是心里有个疙瘩一辈子也解不开。岩下耐心地等着老顾头说下去，老顾头似乎想等岩下问。等了一会儿，老顾头说，我觉得我这个人被诅咒了……岩下没听明白。老顾头解释说，他小时被跳大神的巫婆诅咒过，从此之后，自己一直没摆脱那个诅咒。什么诅咒呢？岩下问。老顾头说，诅咒我是一只跳马猴子，一辈子劳碌奔波，为钱、为女人。有很多次，我很清晰地看见了另外一个自己，那个跳马猴子。年轻的时候看还没有胡须，后来老了，长着白胡子。岩下想了想，笑着说，顾先生说得很有意思，其实我们都是跳马猴子啊！老顾头很失望的样子，很显然，岩下并没有给他解释清楚或者说没有给他想要的答案。浅田在一旁说，什么跳马猴子不跳马猴子的，跳马猴子也没什么不好，不是说人是从猴子变来的吗？岩下并没有浅田的教育背景，他不太理解地说，人怎么可能是猴子变来的呢，人是神的后代啊。老顾头叹了口气，发愣地说，看来巫师说得对呀，诅咒是没办法解除的。浅田见老顾头情绪忧郁，连忙调节气氛，讲了一个猴子的故事。浅田说他在工厂做工的时候，仓库后面来过一只猴子，由于工厂地处城市，不知道那只猴子从哪里来的。组长组织大家去抓猴子，尽管那只猴子已经进到电子元器件封闭的厂院里，可灵活的猴子还是很难抓。大家好不容易把猴子抓住了，关在一个笼子里。他们像养宠物一样给猴子买了很多好吃的，香蕉以及各种糖果点心。晚上，组长怕猴子跑掉，他亲自上了笼子盖，用纤维绳子打死扣系好，这样大家才放心地离开。谁想第二天，那只猴子不见了，绳结被打开了。他们想不出猴子为什么那么聪明，人系的扣子猴子居然可以破解。于是，他们四处寻找猴子，也打不少联系电话，结果一无所获。就在大家快把猴子忘记时，大概第四天下午，一个工人喊了起来，大家循着声音跑过去，发现那只猴子自己已经回到笼子里，正在吃前几天剩下的食品。说完，浅田大笑起来，岩下也跟着笑了起来。老顾头想了想，似乎没想出笑的理由，端起酒杯，自己沉闷地“滋喽”一口。

那天晚上，浅田喝得站不起来了。老顾头只好由枝子和岩下送。老顾头私下里拉了枝子一把，他有些郑重地问枝子，大军是谁？枝子明白了，浅田一定跟老顾头讲过他的困惑。枝子说这死老鬼，我跟他说过多少次了，可他不信，大军是我哥哥，同父异母的哥哥。老顾头诡笑着，他说不是吧，据我所知，大军是你们村里原来的大队书记，据说……算了，这个我不该问……不过，咱都这么大岁数了，啥事都无所谓了。枝子你告诉我心里话，你儿子是浅田的还是大军的？我绝对不说出去！你……混蛋！枝子本能地举起手来，然后慢慢地落下，那只手并没有落在老顾头的脸上。枝子十分委屈，她大声骂道，胡说八道！颠倒黑白！老顾头看了看惊愕中的岩下，连忙安慰枝子，他说是我胡说八道，我酒后失德，没事……没事啦。老顾头走了，岩下看了看远去的老顾头，看了看枝子，他还是停在枝子的身边。枝子的泪水噼里啪啦地掉下，怕岩下看到连忙扭过头擦着。岩下还是看到了，他故意打破氛围，笑着问枝子，跳马猴子是什么意思呢？枝子说，猴子从马上跳来跳去呗。岩下想了想，十分不解地说，这样啊，可它们还是猴子啊！

枝子和岩下向回走的路上，枝子念叨起了童谣，那个童谣一定令岩下大惑不解：大年三十亮晶晶，正月十五黑咕隆咚，天上无云下大雨，树梢不动刮大风，公鸡得了月子病，克朗得了产后风……

走过现代　走过先锋

——对津子围近年小说的思考

岳　凯

一

好多评论家都愿意提到一个说法：津子围是上世纪八九十年代先锋作家“落下的人”。这种说法带有一种惋惜，是说津子围写的小说很“先锋”，可却没像那些先锋派作家一样名气干云，成为九十年代文学青年们膜拜的偶像。他没有成为“先锋派”的一员，有地域的因素，有时间的因素，也有他个性的因素。

津子围的作品的确具有先锋性，很多小说都具有探索性和文本的实验价值，比如《眼镜》的荒诞、《三个故事和一把枪》的解构、《马凯的钥匙》的象征、《在河面上行走》的诡奇。这种先锋色彩的实验在津子围的作品中还有很多深化和尝试。在《拔掉的门牙》中，“我”因为记着做知青时做下的杀人案而去自首，到头来却在调查中对记忆提出了挑战，并且真相似乎不可知，不存在。

津子围在进入新世纪后，更加关注小人物。他曾表态说："进入2000年以后，我将注意力转到了'传统的文化背景'和'现实的中国'上，不吝惜笔墨地叙述'知识分子'和城市'普通市民'这两个群体，我的小说世界里有一群'小人物'：小公务员、小警察、医生、教师、学生、夜班司机、看门人等普通劳动者，他们既生活在现实社会里，也'活'在我虚构的精神空间里。"

在《求你揍我一顿吧》中，夜班司机喝酒跟人打架，在处理上，派出所因为各种原因有了分歧，最后不了了之。两个警察喝酒时又因为相似的心境而"求你揍我一顿"，终于又打了一架。小说揭示了生活的荒诞和现代人的生存压力。《大戏》中更是把这荒诞放大，丁红军莫名其妙地发现自己的户口错误地因为死亡被注销了，想要恢复似乎又难上加难，最后竟然想出了要主动犯个罪这样的歪点子。虽然在作品中仍然弥散着现代性的气氛，弥散着荒诞和无奈的基调，但津子围对作品中的"小人物"倾注了更深的感情。这是对底层百姓生存状态的关注，津子围表示"是他们让我对一些概念，诸如'温暖、悲悯、感动'清晰起来"。这或许与上世纪九十年代影响力很大的"新写实小说"更加接近。事实上，从先锋到新写实，中国小说中的人物也由符号式的人物变成了更加有血有肉的个体。

二

最近两年，津子围在创作长篇小说和电视剧作品之外，也发表了一些中短篇小说。《合同儿子》《明天的太阳》《大反话》《一县三长》等几部小说让我们感到津子围的创作出现了一些转化，似乎他正在走过现代和先锋这个阶段，回归更加传统的叙述方式。

《合同儿子》（《中国作家》2013 年第 2 期）写司机小董酒后驾车撞死了彭大威，为了减轻惩罚，小董想尽各种办法讨好彭家父母，甚至还成了合同上的干儿子，最终给老人养老送终。这并不是爱的赞歌，小董在整个过程中都被利益所驱使，到头来却又跟老人产生了挺深的感情。《明天的太阳》（《芒种》2013 年第 4 期）则展示了剧作家贾春的戒毒所生活，讲述他如何走上吸毒之路，一个文弱书生如何在戒毒所里受尽凌辱，又因为写作上的能力受到文学爱好者管教“莎士比亚”的帮助。

跟津子围以前的作品相比，这两篇小说更加注重故事的叙述，更加注重不动声色地让故事逐渐展开，虽然小董无奈的情境、贾春生活的痛苦和虚无等现代性的情绪还是贯穿其中，但是故事的主体地位更加稳固。在《合同儿子》中，作者讲了一个看似离奇的故事，却讲明了事件中各方的利益基础，让故事可信，像是发生在我们身边的家长里短。在《明天的太阳》中，一个原本幸福的家庭因为吸毒带来瓦解、痛苦和覆灭的故事看似法制教育宣传，但故事里面还是有贯春的痛苦感受和大量的心理描写，保持了小说的现代性深度。

《大反话》（《北京文学》2013 年第 6 期）的题材比较罕见。小说描述的是日本遗孤回到日本之后的晚年生活。浅田是当年日本人撤退时留在中国的遗孤，后来日本政府把他接回日本，同去的还有老伴枝子和孩子们。如今年岁大了，从小浸润在中国文化中的老两口儿在物质和精神上有很多不适应，也有很多的无奈。写日本遗孤的故事在国内就比较少，写去日本的遗孤家庭老年的生存状态的就更少。作者通过浅田夫妇在看病、交流以及饮食等生活上的各种不方便，与子女们的疏远，老两口儿之间的猜忌及对中国生活的怀念，把日本遗孤在日本比较普遍的老年境遇展现出来，让我们似乎看到了《东京物语》一样的图景。

《一县三长》（《鸭绿江》2014 年第 1 期）则是一个写历史的故事。十八岁的刘岚芝被组织上派到乐津县当县长，一个姑娘县长该怎样开展工作？巧的是该县还有另外两个县长，日伪政权的县长孙秉恕是刘岚芝原来名义上的未婚夫，国民党派去的县长又恰恰是刘岚芝一直暗恋，并且带领她走上革命道路的陶望之。我们的读者如果也经常看电视剧，会对这几个县长之间的利害关系比较清楚。于是十八岁的女县长刘岚芝要面临着如何帮老百姓断案，帮部队筹粮，还肩负着与另外两个政权以及日本鬼子进行周旋和斗争的多重任务。我们也在对故事的矛盾逐渐展开、冲突逐渐加剧中津津有味地来欣赏女县长的成长、女县长的英勇和女县长的柔情。

很少见的，在《大反话》和《一县三长》中故事占据了更加突出的地位。《大反话》中读者会对浅田夫妇看病的不方便、浅田对枝子的猜忌等等生活上的小故事印象深刻。《一县三长》中更是把女县长的工作和爱情故事娓娓道来，让人读起来津津有味。津子围的小说，看起来故事性越来越强，也越来越好看了。

三

小说好看，给读者们带来欣喜。对于作家来说，有没有风险？有。《大反话》专注写日本遗孤回国后晚年生活的困境，是否可以被指摘为题材过于偏小，缺少代表性？《合同儿子》把对老人的养老送终和双方的利益紧紧相连，主人公也一直心怀鬼胎，会不会被认为过于世俗？《一县三长》可以被简化表述为一个十八岁女县长和她的前未婚夫以及情人之间的情感斗争和政治斗争交织的故事，这是否太像通俗小说了？在乐津县的政治斗争中安排这么多的巧合，是否故事性和戏剧性太强，让读者因为迷上故事而忘掉作品的意义呢？以近二十年形成的批评话语看来，津子围小说近期的改变像是一把双刃剑，一方面，作品更加精彩和好看了，另一方面，会不会被评论界看成是倒退、媚俗和向通俗小说靠拢呢？

我们有过先例。余华的《活着》刚问世时，很多人在觉得好看之余不习惯这个和余华原本的先锋风格迥异的作品，觉得余华倒退了，妥协了。后来才慢慢接受了新风格的成功，余华也成功地完成了转型。

从上世纪八十年代中期开始，中国文学受西方影响，开始了从“写什么”到“怎么写”这个思路上的转型。在创作上，先锋小说的出现让中国文坛成为西方各种现代性写法的实验基地，更加西化的句子和结构，更加诡奇的故事，更加迷茫的心理分析，使得一批先锋小说呈现出中国前所未有的小说形态。另一方面，批评界也吸收了大量的西方文艺批评方法，从文本分析到原型挖掘，从结构主义到心理分析，中国的文学批评似乎也从没有如此精彩。虚无、迷惘、困惑、荒诞、象征、解构，这样一些词汇是文学界的常用词汇。先锋作家和新批评家们的确让中国小说脱胎换骨，在上个世纪末，文学界认为中国的小说从来没写得这么好，但同时也承认，中国的小说从来没有这样失去过读者。

余华《活着》遭遇的冷遇，并非偶然。至今这样的风险仍然存在。在很多作家和批评家的观念里，文学就应该是精英化的，如果作家过于向可读性和阅读的愉悦方面靠拢，就会出现向读者“媚俗”的陷阱。“媚俗”这个当年昆德拉带给中国文学界的热词，常常让试图取悦读者的作家们不寒而栗。向读者媚俗，向影视靠拢都似乎成为纯文学家们应该“不齿”的勾当。

在这种气氛下，小说继续失去着读者，渐渐成为在作家和评论家们之间流传的一种“沙龙”读物。作家和评论家们更像是在自说自话，讨论着大众无从看见，或者是不想去看的一件件新衣。

事实上，应该鼓励作家把作品写得好看，鼓励作家争取更多受众的努力。文学不应该永远默默无闻，不为公众所知。让更多的读者喜欢，应该是作家创作作品的一个重要目标。

在这个意义上，我支持津子围近年的转化，他走过现代，走过先锋，吸收传统的故事叙述魅力，让小说更加精彩，更加好看。

四

其实，也没必要担心津子围在转化中失去了现代性的深度和先锋的思考。在他精彩故事的背后，读者能感受到现代性的深层脉动。正像一个二十岁的青年人也许会常常慨叹人生，迷茫于荒诞和虚无，一个四五十岁的中年人，走过人生，不再慨叹，而是在每天的柴米油盐、待人接物中去体味人生的酸甜苦辣。

在《合同儿子》中，小董拿到了合同父亲的财产处理权，他“躺在彭家树家的大床上忍不住笑了”，可是在带着妻子去欧洲旅游时，又会“想到彭家树，想到彭家树的房子，不知道为什么，小董突然觉得心里有些隐隐的不安”。这里面一切都在不言中，小董的工于心计似乎终于取得了胜利，但他的良心和未泯的人性又让他隐隐浮现出“不安”来。对人性的深层次分析作者是隐于叙述中的，只是没有直白地点明。

在《明天的太阳》中，贾春后来万念俱灰，却也总在怀念小白月，并且费尽心思去寻找小白月怎么走上吸毒之路的，却始终没找到那个让他家破人亡的始作俑者，贾春的痛苦和迷茫不也是一种现代人衣食无忧之后不能安心的现代性吗？

《大反话》中，浅田作为遗孤回国了，枝子却是到了异国他乡，两个人都不懂日语，在日本过着侨民一样边缘的生活，连看病都要雇个翻译。枝子经常魂牵梦绕地怀念故乡。落叶不能归根，枝子只能常常到“鸣桥”张望，她是在张望大海，张望家乡，还是在张望儿时的记忆？枝子夫妇是特殊的身份，他们的情感却是人类共有的望乡和内心难安的情感。

《一县三长》中刘岚芝跟几个男人都有着或明或暗的情感，有暗恋很久，后来做了国民党县长的陶望之，有产生过想法的领导陈黎明，有一直在身边保护她的朱大可，还有曾经的未婚夫、日伪县长孙秉恕。最终残酷的斗争打破了她所有玫瑰色的爱情之梦，她只能在弥留之际念叨着让人无从知晓的“大前日个儿”。

进入2000年以后，津子围将注意力转到了传统，他更加关注“传统的文化背景”和“现实的中国”，他对一群“小人物”倾注了更多的情感和笔墨。津子围对那个世界的“小人物”充满了感情。这些人物不再是先锋小说中作为符号出现的人物，而是一个个活生生、有血有肉有个性的人物。作者对他们的观照从理性转向了更多的感性。近年来，津子围小说的叙述也越来越靠近传统文化的中国元素：宁静、平和、自由和开放。不再用过多的笔墨去渲染心理，不再过多地去描画人物的生存情境。当人物成为有感情有个性的人物，主人公开始讲述自己的故事，表达着人类共同的感受和情感。那些现代性的感受和先锋的思考，被深深隐匿于个性的皮肉之下，却像灵魂一样，无处不在。

五

1918年5月15日4卷5号《新青年》刊发了鲁迅

的小说《狂人日记》，为中国的现代白话文小说开了先河。到如今，已经有近一百年历史了。简单回顾一下百年来中国现代白话文小说的发展，会对小说的写法变化有更明确的思路，在这个大背景下，也能更清晰地认识津子围小说的转变。

与明清时期的白话小说不同，在“新文化运动”中产生的现代白话文学，一开始就打上了深深的西方烙印。尤其小说这一体裁，是按照西方的小说文体来模仿的，从句式、结构、心理分析，乃至主题，都与西方小说亦步亦趋。作者们大都是对中国传统文化积极声讨的主将，当然不会去沿袭“旧小说”的传统，他们是要开辟全新的中国小说范式。不过坦率地说，这些先辈们又都从小深受中国文学滋养，传统的影响当然不是说剔除就能剔除的。我们在很多小说中也能看到传统文学的影响存在。

中国的现代白话文小说就这样在创建的热情中开始了新的征程，在三十年代，以施蛰存、刘呐鸥、穆时英等为代表的“新感觉派”小说首先移植了西方现代主义小说的精神和写法，他们吸取来自日本新感觉派小说的立体化、动态化、感觉外化的语言表达方法，借鉴了来自西方的意识流的小说结构和人物塑造的方法，创造出独特的心理分析式的小说流行词语和修辞手法。不过抗战很快让这一潮流落幕，救国文学冲击了现代文学的实验。而后，延安的文学走上了面向群众的转化，这倒使小说更加接地气了，也是小说第一次向传统的回归。解放后的小说经历了很长时间向苏联文学学习的道路，后来在特殊的时期又显示出“高大全”的宣传倾向。直到“文革”之后，小说的文体实验又重新开始，勤奋的小说家们用十几年的时间试验了西方百年以来的各种写法，也让小说的可能性发挥到了极致。现代性和后现代性的人类心理感受，先锋的思考使得小说越来越像西方意义上的小说，中国小说终于有了跟西方小说“接轨”的端倪，也得到西方的推介甚至赞赏，但却被国内读者渐渐抛弃了。

仔细想来，这里有两个问题需要反思。一是为什么现代性和先锋性应该是人类的共同迷惘？中国人灾难深重的近代史和从贫困中努力发展的生活产生的感受应该和西方在电气革命后积累了大量财富产生的现代和后现代心理等同吗？中国人心中的实践理性会像欧洲人那样整天去探讨存在的痛苦和进行深度的心理分析吗？对此津子围有着反思，他说：“我认为，中西方文学的差异性体现在‘逻辑’和‘语言’上。乍一看，逻辑和语言是同向上的关联，其实，它们的背后是两种不同的、个体生命与世界的联系方式：一个是理性主义，一个是自然主义。严复说中西方文化是两座高山。我部分地同意这一说法，是因为它们起码不是两条河流，河流可以融合，而高山只能对照。”中国文学和文化与西方有着相当大的差别，我们不固步自封，但是也没必要试图让自己全面地“转基因”，让自己在情感和感觉上都去跟西方接轨。那样也不可能做到。第二个问题是我们的小说是写给谁看的？我们拼命地与西方接轨是不是也暴露了这两代中国作家的不自信？在莫言获得诺贝尔文学奖之后，我们作家们心中那个拼命让中国文学站上世界舞台的努力是不是可以缓缓了？大家不必再急功近利地为西方的视角写作，说到底，小说是为中国读者写的。中国读者更喜欢故事的曲折，更喜欢故事的戏剧化和悬念，更喜欢温馨和典雅，如果可能，中国读者还会更喜欢意境。我们应该为中国读者写出中国风格的好作品。从这个意义上说，我支持津子围等小说家向传统转化的努力，也期待他们获得成功。

六

还记得十几年前，春节家人团聚，常常是每天晚上，大家聚在沙发上津津有味地看着中央台一台又一台的文艺晚会，每个人都心满意足。今年的正月里，大家庭相聚，文艺欣赏却难以同乐。我被美剧《纸牌屋》兴奋得睡不着觉，妻子、女儿追着看韩剧《来自星星的你》，只有父母依然在客厅里忠诚地看着电视里上演的《乡村爱情》第七部。我打听了一下，其他家庭中的不同家人也各有不同的欣赏习惯。在一个分众文化的时代，我们得允许并尊重大家欣赏口味的不同，并不再以孤芳自赏的精英文化面貌出现，在文艺上，或许不应存过多的高下之见。文学也一样，与其孤芳自赏，顾影自怜，不如多鼓励创作那些能让群众喜欢的作品。与其让文学成为小范围的“沙龙”作品，不如低下头去写点儿群众喜欢看的。那些试图深层次“有意义”的作品，先试图做到“有意思”吧。

2004 年，在津子围作品的讨论会上，作家和评论家们提出中国作家的“高原现象”，认为有一个作家群体已经有很高的水准，理论准备、写作实践和社会影响力都进入了“高原”，但中国更需要产生国际影响的“山峰”级作家。坦率地说，“高原”上的好多作家“功夫”都已十分了得，从理论到创作的能力上都很成熟。如果他们能再多吸收些传统的营养，增加些中国文化和文学的自信，应该有机会创造出更加有个性的，具有中国色彩的优秀作品。

图书在版编目（CIP）数据

大反话/津子围著. —大连：大连出版社，2014.10
（“字码头”读库）
ISBN 978-7-5505-0763-0

Ⅰ.①大…　Ⅱ.①津…　Ⅲ.①中篇小说—小说集—中国—当代 ②短篇小说—小说集—中国—当代　Ⅳ.①I247.7

中国版本图书馆CIP数据核字(2014)第198983号

大反话
DAFANHUA

出 版 人：刘明辉
策划编辑：刘明辉　张　波　卢　锋
责任编辑：李　萤
封面设计：林　洋
版式设计：张　波
封面绘图：王天用　洪　羽
责任校对：刘丽君
责任印制：阎　骋

出版发行者：大连出版社
地址：大连市西岗区长白街10号
邮编：116011
电话：0411-83620442　0411-83620941
传真：0411-83610391
网址：http://www.dlmpm.com
E-mail：dlszhangbo@163.com
印 刷 者：大连美跃彩色印刷有限公司
经 销 者：各地新华书店

幅面尺寸：130 mm×195 mm
印　　张：10
字　　数：221千字
出版时间：2014年10月第1版
印刷时间：2014年10月第1次印刷
书　　号：ISBN 978-7-5505-0763-0
定　　价：29.00元